KB016534

사과나무가
있는
국경

세 / 계 / 여 / 행
포 / 토 / 에 / 세 / 이

사과나무가
있는
국경

김인자 글·사진

푸른영토

참고 | 이 원고는 에세이 형식으로 쓴 여행기이며, 이 책의 콘셉트는 다양한 나라 다양한 인종 즉 사람(인물사진)을 중심으로 세계 각국의 여행지에서 겪은 에피소드로 구체적인 경험과 사색적인 기록에 중점을 두었다.

길을 잃지 않을까 두렵다
—따뜻한 사람과 아름다운 세상에 감사하며

내가 세상에 온 건 지독한 늪에 발이 빠진 거였다. 발만 빠진 줄 알았는데 정신을 차리고 보니 온몸이 빠져 있었다. 막막했다. 가까운 곳에서 짐승 소리가 들렸다. 오싹했다. 나는 정신을 잃지 않으려고 노래를 불렀다. 노래를 부르며 한 발 한 발 걸어나갔다. 여행은 그렇게 시작되었다. 언제까지 인간의 일을 신에게 맡길 수만은 없다는 심정으로.

지난한 시간을 길에서 보냈다. 내가 노마드란 생각이 들 땐 혹독한 공간 속에서 누구의 도움 없이 홀로 나를 바라보고 나와 대화하며 나의 내면으로 걸어 들어가 기꺼이 내 손을 잡을 때다. 이제 나는 그곳이 어디든 길을 잃을까 봐 두려운 것이 아니라 길을 잃지 않을까 봐 두렵다. 일상일 땐 그것이 여행인 줄 몰랐다. 길 위에 있을 때만이 일상도 여행이란 걸 알았다. 그렇게 여행은 봄을 앞세워 꿈을 현실로 만드는 것이었다.

머릿속에 수만 권의 백과사전이 들어있는 사람도 문지방을 넘는 사람을 이길 수는 없는 건 진리다. 길을 통해 내 몸이 체득한 건 보다 넓은 세상을 보고 보다 많은 사람을 만나 편견 없이 그들을 사랑하라는 신의 뜻에 다름 아니었다.

원고를 정리하는 동안 인종을 초월하여 친구가 되어주고 이 책의 주인공이 되어 준 그들의 얼굴이 스쳐 갔다. 힘들 때 나를 견디게 했던 친절과 미소를 기억하며 하나둘 이름을 호명해 본다. 사무엘, 라이오닐, 모하메드, 라메크, 링, 스미레, 겐이치, 리아, 몽, 밀, 스텔라, 실비아, 다니엘, 람, 토비, 제니, 발손, 레이첼, 드루가, 리아, 안딸레나, 오마르, 톰슨, 그레이스, 라주, 아르주, 왕추, 펨바, 지반, 디네스, 던바드, 엄브리트, 파상……. 보는 여행과 생각하는 여행이 있다면 사람탐험을 즐기는 나는 후자다.

이 책은, 길게는 20년, 짧게는 지난 계절의 여행기록을 묶었다. 아시아, 유럽, 아프리카, 중동, 남미대륙을 걷기배낭여행에서부터 버스, 기차, 비행기, 캠퍼밴, 크루즈 여행에 이르기까지 갖가지 교통수단을 이용, 다양한 부족탐험 한.마디로 색(color)에 관한 보고서다. 히말라야, 킬리만자로, 안데스 트래킹, 오지 소수민족 마을, 수상시장, 재래시장 둘러보기, 시베리아횡단, 사막체험 등을 통해 순수한 인간애를 담으려 했으며 사진은 풍경보다 인물을 우선순위에 두었다.

늘 새로운 순간을 살고자 했기에 더는 잃을 것이 없다는 안도감과 자유, 여행은 오직 나 자신과 눈 앞에 펼쳐진 대상과의 관계로 이루어지며 어떤 경우라도 어제와 다른 나를 발견하는 것에 있다. 생각해 보면 감동이나 놀라움도 오직 그 자리에 있는 자의 몫, 보여주는 것이 아니라 실천하는 것, 목표 없음이 목표요 화두 없음이 화두였던 여정들, 오랜 여행으로 얻은 것이 있다면 '가장 안전한 삶이야말로 가장 위험한 삶'이라는 것, 이상적인 여행이란 자신의 컨디션을 최상으로 끌어올린 후 방랑이든 방황이든 모든 것은 안에서부터 시작하는 것이 옳다.

신이 내 편이라면 여행은 오래 갈망하던 걸 순간에 얻기도 한다. 처처에서 행복을 만끽하면 좋겠지만 그게 아니어도 여행은 잃을 게 없다. 떠나는 것이 여행이라면 돌아오는 것도 여행이다. 새삼 깨닫는다. 신과 인간의 연결고리야말로 자연과 길이란 걸, 이제 정주할 때도 되었지만 여전히 남아도는 그만큼의 갈증, 다시 짐을 챙긴다. 지금은 오래 흠모해온 내 영혼을 반납할 곳을 찾아가는 중이다. 이번에야말로 아주 멀고도 가까운 나에게로 기어이 가 닿았으면 하는 바람으로.

2017년 여름

차
례

1부 | 사하라 사막에서 히말라야까지

2부 | 트럭여행과 크루즈와 캠퍼밴

3부 | 삶과 죽음, 나로부터의 결별

4부 | 섬, 천년의 기다림

1부 |
사하라 사막에서
히말라야까지

보우!

발가벗은 게 부끄러웠는지 물놀이를 하던 아이가 호숫가에서 나와 주섬주섬 옷을 입고선 엄지를 세워 '보우!'(치체와어로 안녕!을 뜻하는 말라위 인사법)로 인사를 한다. 새끼호랑이를 연상하게 하는 아이 표정에는 장난기가 배어있었지만 처음 보는 사람이라도 마치 '당신이 행복해야 나도 행복하죠'라는 듯 미소를 띠며 손을 들어 '보우!' 한다. '잠보'나 '하쿠나 마타타'처럼 보우는 마음이 상쾌해지는 마법 같은 단어다. 오늘은, 여행지에서 그랬던 것처럼 마주치는 모든 이들과 '안녕!' '좋은 아침!'이라고 인사하고픈 날이다. 그러면 모두가 안녕해지고 좋아질 것만 같다.

페로 제도 & 아란 아일랜드

기차는 지구 저편 역사를 출발했네. 대양과 산맥 앞에서 여러 번 정차 중이네, 굳이 시공간을 가로 지르는 항로를 찾지 않은 이유는 묻지 말게, 보스포르스 해협을 지나 시베리아를 거쳐 몽골과 중국까지 지정체가 거듭될수록 나는 더 깊고 넓게 차오를 것이니, 기다린다는 것은 하나의 마음이 종착을 향해 굴절하지 않고 지향하는 것이네.

많은 이들이 마지막 낙원이라 불리는 지상에서 가장 아름다운 섬이 있다지, 페로 제도, 성간(星間) 여행 끝에 도착한 슈퍼지구가 그렇지 않을까. 그 섬에선 느리게 아주 느리게 숨 쉬고 걸을 수 있을 거야. 산소가 부족해서 그런 게 아니니까 사랑도 겨울밤 아궁이에서 타오르던 잉걸불처럼 마냥 게으르나 뜨거운 포옹으로 아침을 맞을 거 같아, 그런 섬이 있다니까 어디 눈을 감고 더듬어 봐, 북해, 스코틀랜드와 아이슬란드 중간 어디쯤에 그런 섬나라가 있다지.
누구나 소유할 수 있는 섬은 아니니까 거기 바람의 집을 짓고 기다리겠다는 전갈이 오면 나는 지체 없이 짐을 꾸릴 거야, 그렇게 달콤해서 애절한 마음을 달리 호명할 수가 없네.

아일랜드에서 다시 얼마쯤 배를 타야 닿을 수 있는 곳, 섬 끝에 있지만 엄마의 치맛자락 뒤에 얼굴을 감춘 아이처럼 숨어있는 아란 아일랜드. 이렇게 아름다운 이름을 가진 곳이라면 정말 눈부시겠지. 좁은 골목이 없어 사람과 사람이 어깨를 부딪칠 일 없는 곳, 비가 잦은 봄에는 형형색색의 야생화가 섬의 겨드랑이까지 점령하겠지. 그러니 비가 갠 후 하늘은 또 얼마나 빛나겠어. 바닷새들의 천국, 사철 꽃향기를 실어 나르는 바람, 그러니 바람의 제국이란 말이 딱 어울리는 섬일 거야. 그러니 낙원이겠지. 바다 색깔은 만 가지 블루일 거고 그 바다에서 고기를 잡는 어부들은 또 얼마나 푸르겠어. 어디에 살아도 우린 섬이니까, 이 아침 나는 도시 한복판에 있고 무엇을 해도 그대가 좋았다는 아란 아일랜드가 떠올라 미칠 것 같은데, 언젠가는 나도 그 바위 절벽 위에 서 있겠지. 고독하겠지. 가슴이 쓰라릴 거야. 혼자니까. 섬이니까. 아니 섬이어서 혼자여서가 아니라 아름다운 곳일수록 인간은 더 멀리 더 높이 날아오를수록 갈매기처럼 외롭고 고독해지는 존재니까.

친구로부터 메시지가 왔다. 우연의 일치라기엔 지금 나의 생각과 너무 딱 맞아떨어지는 글이다.

"휴일 아침 일찍 일어나 햇빛이 도착한 지 두어 시간, 햇빛을 미안하게 받아들인다. 그리고 이육사가 감옥에서 썼을지도 모를 시가 떠오른다. '내 골방의 커튼을 걷고 정성된 마음으로 황혼을 맞아들이노니 바다의 흰 갈매기들 같이도 인간은 얼마나 외로운 것이냐.'"

민박집주인 안뜰레나

페루 푸노 선착장에서 배로 한나절은 족히 가야 하는 아만따니 섬으로 가는 날이다. 여행사 직원은 걱정은 붙들어 매고 저 배를 타고 섬에 닿으면 민박집 주인 안뜰레나가 마중을 나와 있을 거라 했다. 처음엔 조금 불안했는데 여행자들과 이런저런 이야기를 하다 보니 불안은 사라져 맑은 하늘과 호숫물 색깔에 흠뻑 취할 수 있었다. 섬에 도착하자 수년 전 헤어진 친구처럼 그녀가 나를 알아보고는 손을 내밀어 배에서 내리는 것을 도왔다. 그 투박하고 따스한 손의 감촉이라니, 그녀는 친절하고 사려가 깊었다. 맑은 눈빛과 조용한 음성은 진실을 담고 있었으며 걸음걸이에는 신뢰가 느껴졌다. 곱게 차려입은 전통의상에는 붉은 꽃자수가 놓여있었고 말끔하게 다림질이 되어 있었다.

머물 방을 안내받고 들어가자 티티카카 호수 쪽으로 나 있는 손수건만 한 창이 구원처럼 나를 반겼다. 나는 그 작은 창에 얼굴을 박고 한참을 서 있었다. 창밖에는 옛날 고향집에서 키우던 붉은 제라늄이 한창이었다. 그녀가 차려주는 음식은 거칠고 소박했지만 맛이 특별했다. 그녀의 젊은 남편은 마을의 촌장이란다. 부부는 닮는다더니 촌장도 그녀처럼 수줍음이 많았다. 수도도 전기도 없는 그 섬에서 대를 이어 살아가는 잉카의 후예들, 침대 시트와 이불을 확인해주며 밤엔 혼자 화장실 가지 말라며 플라스틱 바가지 같은 걸 침대 밑에다 놓아주었지만 나는 한밤에

티티카카 호수의 별과 은하수를 놓칠 수가 없어 밖으로 나가 일을 보곤 했다.

다음 날 아침 그녀는 마을 한 바퀴 돌고 오겠다는 나를 따라나섰다. 해발 4천 미터에 가까운 고도 때문에 조금만 걸어도 숨이 찼다. 척박한 땅이지만 양지바른 돌 틈엔 이름 모를 꽃들이 피고 키 큰 나무에는 새떼들이 시끄러웠다. 말 수가 적은 그녀가 내게 할 수 있는 일이란 그냥 길을 잘못 들었을 때 손을 끌어 그 길이 아니라 이 길이라고 일러주는 게 고작이었지만 말 많고 수다스러운 여자에 비하면 한결 믿음직스러웠다. 한참을 올라 마을 가장 높은 곳에서 호수를 내려다보는데 그녀가 수줍은 미소와 함께 연둣빛 이파리 하나를 내밀었다. 차로 우려먹는데 배가 아프거나 고산증과 피로회복에 좋다는 허브잎이었다. 그녀와 나는 약속이나 한 듯 허브잎을 잘근잘근 씹으며 바다처럼 푸른 티티카카 호수를 내려다보았다. 페파민드 향과 박하 향이 적당히 섞여 있어서 그것을 그녀의 향기로 각인하는 데는 모자람이 없었다. 무엇보다 그녀와 나란히 앉아 티티카카 호수를 바라보는 그 순간의 여백이 나는 좋았다.

세 번의 일몰과 일출을 보고 섬을 떠나던 날 아침 그녀가 선착장으로 배웅을 나왔다. 여전히 수줍어하며 작은 봉투 하나를 배낭에 찔러줘 열어 보니 허브잎이었다. 이 허브를 머리맡에 두면 기분이 좋아질 거라며 잠잘 자고 아프지 말고 여행 잘하고 가족이 기다리는 집으로 무사히 돌아가라고, 내가 언니처럼 좋았다고, 아니 친구처럼 엄마처럼 좋았다고 배시시 미소 짓던 맑은 그녀의 눈에 눈물이 글썽거렸다. 나는 내 영혼이 전해지도록 그녀를 깊이 안아주고 도닥여 주었다. 내 여행에는 수많은 민박집이 있다. 그중에서 가장 말 수가 적고 가장 신뢰감이 갔던 여자 안뜰레나. 너무나 멀어 다시 가긴 힘들겠지만 모든 것은 때가 있는데 그때 왜 나는 그렇게 사랑스러운 안뜰레나에게 사랑해 널 좋아해, 라는 말을 아꼈을까. 후회가 밀려오는 아침이다.

티티카카 아만따니 섬에서 안딸레나와 깊은 포옹으로 헤어진 지 7년이 지났다. 그런데 안딸레나에 대한 글을 쓰면서 7년 전 그의 체온이 그대로 감각되어지고 느껴지는 경험은 예상치 못한 일이다. 때로 사랑이나 우정은 시공을 초월하기도 한다지만 이 현실감 없는 영혼의 울림이라니, 그날은 비가 내렸고 추웠지만 짧은 치마에 여전히 맨발로 나를 배웅 나온 안딸레나는 다른 민박집 여자들처럼 검은 스카프를 두르고 선착장에 서 있었다. 그녀는 배에 오른 다른 여행자에겐 아무 관심도 없었고 오직 나만을 주시했는데 그녀의 눈은 빛났고 작별의 아쉬움으로 흔들렸다. 호수를 닮아 호수 같은 눈빛과 그녀의 체온을 이 긴 시간을 뛰어넘어 몸과 마음이 고스란히 감각하는 이걸 뭐라 설명할 길이 없어 지금 나는 답답하다.

영화 리빙 하바나

너는 아투로, 나는 마리아넬라, 밤이다, 날이 밝기 전에 우리 말레콘을 넘는 푸른 파도와 끈적거리는 재즈와 붉은 혁명이 숨 쉬는 하바나로 가자, 가서 기꺼이 자유의 새가 되자, 마지막 버스를 놓친 연인처럼 밤거리를 배회하다 누울 자리 하나만 있으면 그만, 몸이 누더기가 되도록 밤새 깊은 사랑을 나누고 시가를 물고 커피향에 취해 눈을 뜨는 아침이면 좋겠구나. 너는 아투로 나는 마리아넬라, 어서 가자 하바나로, 우리 여행의 종착지는 쿠바여야 해, 잘 자렴, 하고 인사를 했는데 어느새 아침이다. 재즈가 듣고 싶은,

마부 링

"만상은 흐름 속에 한 풍경으로 나타났다 사라진다고 했다. 그러니 저 오래된 파고다 또한 울컥하고 말 찰나의 명멸일 뿐인가. 우리의 인연도 그러한가."

그들의 불심은 어디서 오는 걸까. 11~13세기 동안 버마족 바간 왕조의 수도였던 고대도시 바간은 현재 약 2,200개 이상의 파고다(불탑)가 보존되어 단일도시로는 세계 최대의 파고다를 보유한 곳이다. 둘러보면 곳곳에 세월을 견디지 못하고 무너져 내린 탑이 많지만 지금도 여전히 누군가 탑을 쌓는다는 사실은 그리 놀랄 일이 아니다.

마부 링이 나와 인연을 맺는 건 올드 바간의 호텔 앞 구멍가게였다. 나는 차가운 음료를 사기 위해 그곳에 갔고 그때 캔 하나를 내밀며 그 특유의 눈웃음으로 말을 걸어온 링아저씨.

"마담, 말을 태워드릴게요. 저기 저 말인데 좀 늙긴 했어도 아주 말을 잘 듣는답니다."

나는 그의 어눌한 영어와 애원조의 눈빛에 넘어가 하루 얼마냐 물었을 뿐인데 그는 세상을 얻는 듯 행복감을 감추지 못했다.

다음 날 링은 약속 시간을 30분쯤 남겨두고 숙소 앞을 서성거렸다. 먼

산을 보다가 늙은 말을 쓰다듬으며 혼자 싱글벙글하면서 말이다. 덕분에 나는 30분 먼저 투어를 시작했고 오후엔 약속보다 30분을 더 뛰고도 집에는 천천히 가면 된다고 말을 더 타고 싶으면 타라고 했다. 내가 가족사나 말에 대해 물으면 그는 언제나 담배로 찌든 누런 치아를 드러내고는 론지(미얀마 남자들이 입는 치마)입은 하체를 살짝 비틀며 "마담, 죄송, 죄송합니다. 내가 학교에 안 가서 영어를 잘 못한답니다" 하며 금세 하인의 모드로 돌아갔고, 그럴 때마다 링이 더 좋아져서 나도 영어를 잘 못하니까 아무 문제 없다고 눈빛으로 그를 다독여 주었다. 링의 말은 몹시 늙어서 힘이 없어 뛰라면 걷고 걸으라면 섰다. 그럴 때마다 머리를 긁적이며 얼굴이 홍당무가 되곤 하던 마부 링, 나는 늙은 말의 속도가 맘에 든다는 걸 그에게 이해시키느라 온갖 퍼포먼스를 동원해야만 했다.

우리는 그날 이후 3일 내내 함께했는데 오직 나만을 위한 말과 마부가 언제나 문밖에서 대기 중이라 바간에서의 느린 여행은 누구도 부럽지 않았다.

둘째 날은 날씨가 좋은 음력 보름이었다. 밤이 깊어지자 뷰가 최상이라는 파고다에서 오직 나만을 위한 바간의 백미인 만월을 보여주겠다며 마차로 30분쯤 달려갔다. 어두운 계단에서 손을 끌어주며 낡은 파고다 위로 안내했을 때 세상에 그토록 신비스럽고 고혹적인 아름다움이 지상에 있다는 게 믿기지 않아 신음에 가까운 감탄을 연발하며 링의 배려에 감읍했다. 나는 링이 여행자를 위해 얼마나 열심히 자신의 말과 시간을 바쳐 바간을 보여 주려는지를 알게 된 후 그가 더 좋아졌다.

더러는 많은 걸 받고도 정이 안 가는 사람이 있는가 하면 가진 걸 모두 주고도 하나도 아깝지 않은 이도 있다. 늙은 말의 속도를 몹시 미안해하며 최선을 다해 나를 도와준 링은 무엇이든 주고 싶은 사람이었다. 다시 올드 바간에 간다면 멋진 모자(난장에서 챙이 넓은 모자를 수십 번 만지작거리는 걸 봤으므로)를 선물로 안고 포도나무 아래에서 연을 맺은 전생의 애인 같은 마부 링을 찾아가리라. 그의 손발이 되어주던 늙은 말이 아직도 살아있을지는 알 수 없지만 링의 순박한 미소는 여전하겠지. 다시 보는 바간은 또 얼마나 신비로울 것인가.

톰슨의 프로포즈

붉디붉은 황톳길 위로 태양이 양동이로 내리퍼붓는 오후, 한 번도 닦지 않은 듯한 새까만 주전자를 걸어놓고 불을 지핀다. 그렇게 끓인 차를 낡은 스텐컵으로 홀짝홀짝 마시며 나는 차밭가에 앉아있었다. 찻잎을 따는 동안 어떤 사내는 노래를 부르고 어떤 사내는 휘파람을 불었다. 그렇고 그런 일상에서 동양 여자의 출현은 찻잎을 따는 남자들에게 여간 즐거운 일이 아닌 모양이다.

처음부터 한 남자가 내게 시선을 고정하고 있다는 걸 나는 눈치채지 못했다. 어디서나 노래를 부르고 어디서나 춤을 추어 찢어진 가난을 이기는 아프리카인들의 낙천성, 아프리카 남자들은 왜 그리 웃음이 많은지, 저만치 있던 현장감독 톰슨이 한 손을 뒤로 감춘 채 내 앞에 나타났다. 누군가 박수를 치자 모두 실실 웃기만 했다. 무슨 영문인지 몰라 의아해할 때 남자가 불쑥 꽃을 내밀었다.
"사랑합니다. 마담!"

나는 귀를 의심했다. 신이 꽃을 만들지 않았다면 지상의 연인들은 무엇으로 사랑을 고백했을까. 가장 빠르게 여자의 마음을 움직일 수 있는 무기로 꽃 말고 무엇이 있는지 몰랐던 나는 호호호 웃었다. 얼굴이 빨개진 걸 들키지 않으려고 잠시 하늘을 보기도 했다. 꽃밖에 줄 수 없어 미안해하는 그가 싫지 않았다. 그러나 곧 평정심을 찾았고 대수롭지 않은 듯 어깨를 으쓱하며 되물었다.

"그래서요?"

그가 다시 말했다.

"마담, 내 사랑을 받아주세요!"

"그럼 당신은 나를 위해 무엇을 줄 수 있죠?"

"이렇게 꽃을 따줄 수 있고 차를 맘껏 마시게 해 줄게요."

어쩌면 좋은가, 이런 프로포즈가 처음은 아닌데 조크가 조크로 들리지 않으니, 감독이라서 그럴까. 옷도 말끔하고 모자에 빛나는 'BMW'마크에 잠시 마음이 흔들렸다면 웃으려나. 그나저나 얼떨결에 그가 주는 꽃을 받고 말았으니, 이제 나는 이전의 나로 되돌아갈 수 없는 것인가.

산책길에 꺾었다는 들장미를 친구가 두고 간 오후, 아프리카 사진첩에서 톰슨을 발견하고 혼자 웃는다. 여행을 생각하면 나는 어디서나 실없이 자꾸만 웃게 된다.

바이칼이야기

몽골의 수도 울란바타르에서 러시아행 기차를 타면 이국적 향기 물씬 풍기는 이름 다크항·수크바타르·나우츠키·울란우데를 지나 바이칼 호수의 인접 도시 이르크추크까지는 2박 3일이 걸린다.

러시아국경을 통과하는 일은 지난한 인내를 요구했다. 국경이 가까워지면 철컥 소리와 동시에 밖으로 통하는 기차의 모든 출입문은 봉쇄되고, 출입문이 잠기면 화장실 문도 자동으로 잠겼다. 차가운 표정의 국경수비대는 한 명도 빠짐없이 배낭을 헤집고 여권을 확인했다. 나는 생의 혹독한 검열을 피해 그곳까지 갔지만 그들의 검열에서 자유로워지지 못했다.

옆자리에 앉은 러시아 할머니는 물건이 없어질지도 모르니 내게 끝까지 배낭을 떠나지 말라는 충고를 아끼지 않았다. 여행자를 보호한다 했지만 가난한 공산주의 잔재는 어쩔 수 없는 것인지 국경을 통과하기까지는 몇 번이나 진저리를 쳐야만 했다.

큰 역에 정차하면 매점으로 달려가 라면이나 빵 등을 비상식량으로 구입했지만 철창에 갇힌 느낌 때문인지 무얼 먹어도 허기는 해결되지 않았다. 낭만적인 기차여행을 꿈꿨지만 현실은 그렇지 못했다. 가도 가도 자작나무 숲, 가도 가도 벌판, 변화 없는 창밖 풍경도 지루함을 더했다. 세 번의 아침을 통과하고서야 나는 방 하나를 얻었다. 잠시 빌린 방이지만 내겐 그 누구의 여름별장이 부럽지 않았다. 이유는 마음에 드는 창 때문이었고 창 가득 넘실거리는 푸른 바이칼 때문이었다.

치기 어린 20대 나는 주인공 여자가 바이칼까지 가서 그 차가운 물에 빠져 죽는 소설을 쓴 적이 있다. 그러나 50대에 찾아간 바이칼은 상상을 초월할 만큼 차가운 물 때문만은 아니었다. 모든 것이 살고 싶은, 살아봐야겠단 욕구를 부추겼다.

사춘기 무렵 작은 책상 하나 갖는 게 꿈이었다면, 성년이 되어선 마당 있는 햇살 가득한 내 집 하나가 희망이었고, 고단한 여행이 지속될 때면 몸 하나 누일 햇빛이 드는 창이 딸린 방 하나가 꿈이었다. 이 방은 창뿐 아니라 내가 좋아하는 크기의 탁자와 의자까지, 작지만 필요한 것들이 구비되어 있었다. 나는 밤마다 침대에 누워 별 바라기를 할 수 있는 이 방을 얻은 후 피곤에 찌들고 상처뿐인 영혼을 위무 받을 수 있으리라는 희망으로 부풀었다.

바이칼 호수는 외로움이 곧 존재감이었고 그것은 삶이 대책 없이 아득하거나 눈물겹도록 서럽다는 걸 일깨워 주는 일이기도 했다. 나는 왜 혼자며 후지르 언덕을 지키는 저 나무는 왜 또 혼자인가. 그 많은 샤먼들은 모두 어디로 갔으며 누가 저 늙은 영목(靈木)에 알록달록한 소원들을 묶었을까.
계절은 여름이었으나 어떤 전이도 용납하지 않으려는 듯 냉혹했던 물의 온도. 세상에서 가장 차가운 물로 기억될 바이칼에 무엇이 나로 하여금

몸을 던지게 했을까. 물에 들어가는 순간 백년간 쌓인 졸음과 피로가 나를 깨우고 살갗은 수만 개의 바늘이 동시에 찌르는 듯 아팠으나 그 순간 의식이 제로 상태가 되었다는 건 무얼 의미하는 걸까.

물로 다이빙하는 순간 경악했고 무엇을 생각할 겨를도 없이 헤엄쳐 나오는 동안 나는 비명을 질렀는데 누구는 그렇게 물이 차가웠냐고 물었던가.

멀고 먼 그리고 세계에서 두 번째로 큰 호수, 이런 수식어는 중요하지 않았다. 알혼섬, 후지르 마을의 목조주택과 러시아 정교회가 있는 언덕을 걸으며 마주쳤던 불타는 일출과 일몰, 날마다 찾아오는 양떼구름과 푸른 은하수, 저 멀리 호랑이와 곰이 산다는 타이가 숲, 저녁마다 둥둥둥 북소리로 시작되는 샤먼들의 제의, 설명 불가한 한가로움, 그리운 것들은 모두 멀미를 동반한다는 걸 그곳에서 알았다.

게스트하우스 창가에서 어떤 생각을 하고 몇 장의 엽서를 썼는지 묻지 마시라. 나는 비로소 바이칼에 갔고 바이칼과 동침하고 있다는 믿기지 않은 사실만으로도 충분히 황홀했으므로,

가장 아름답고 눈부신 순간을 '화양연화(花樣年華)'라 했던가. 러시아 땅으로 접어들어서도 바이칼로 이어지는 길은 자작나무 숲 사이로 가도 가도 황망한 벌판이 이어지고, 철로를 따라 서 있는 붉은 양철지붕, 나무 울타리, 소박한 우편함들, 길들, 그 끝에서 점으로 사라지는 평야와 사람들. 집에서 만든 치즈와 텃밭에서 기른 딸기를 간이역에 나와 팔고 있는 여자들. 철길에서 동전을 달라고 아우성치는 아이들······.

컴퓨터 프로그래머였고 뮤지션인 키르프는 이르쿠츠크에서 바이칼 알혼 섬으로 가는 버스 안에서 만났다. 마음 온도 급상승, 봄 느낌을 가진 꾸러기 청년의 친절은 나를 달뜨게 만들었다. 나는 키르프가 어떤 마술을 부렸는지 알지 못한다. 술과 친구를 좋아하지만 음악을 더 좋아한다는 키다리 청년, 그의 기타연주는 한 편의 서정시 같았고 목소리 역시 달콤하기 그지없었다. 사진을 찍을 때 바이칼의 사나운 바람에 헝클어진 머리칼을 가지런히 다듬어주며 나를 바라보던 그윽한 눈빛, 말할 때나 침묵할 때도 그는 미소를 잃지 않았다.

가끔은 아이처럼 장난을 좋아하던 그가 인디언 썸머처럼 나를 찾아올 때가 있다. 잠시 같은 목적지를 향해 달려가지만 곧 헤어질 여행자, 그러나 함께했던 자작나무 숲에서 짧았지만 달콤했던 교감들, 순간에 지나가 버린 꿈, 가끔은 꿈을 꾸듯 그 순간을 생각한다. 그것이 내 인생의 화양연화(花樣年華)는 아니었을까 하고,

사무엘

흔들리는 발톱을 밴드로 감고 킬리만자로를 하산 후 나는 모든 일정을 접은 채 사나흘 쉬기로 했다. 그날도 옷을 입은 채 침대로 들었지만 아프리카의 아침은 여전히 몸을 움츠러들게 했다.

히말라야의 새벽, 따뜻한 짜이 한 잔 침대로 가져다주는 이가 눈물겹도록 고맙듯 누군가 숙소 마당에 모닥불이라도 피워주면 얼마나 고마울까. 그때 문밖 가시꽃 울타리에서 인기척이 들렸다. 내다보니 게스트하우스 지배인 사무엘이다.

우리는 스와힐리어로 아침 인사를 했다. 그날부터 내 방 탁자엔 그가 꺾어다 놓은 이름 모를 열대의 꽃이 투박한 플라스틱병에 꽂히기 시작했다. 다음날도 꽃은 자리를 지켰고 다다음 날도 다르지 않았다. 다른 점이 있다면 매일 새 꽃으로 바꿔놓는다는 거. 다른 방엔 아예 꽃병이 없다는 거.

어느 아침 내 방에 꽃을 갈아주고 돌아가는 그에게 마사이족이냐 물으니 키쿠유족이란 답이 돌아왔고 왜 내 방에만 매일 새 꽃을 꽂느냐니 답을 망설인다. 내게 줄 수 있는 것이 꽃뿐이 아니라 주고 싶은 것이 꽃밖에 없었을 거라 생각하고 싶었다면 착각인가.

저음의 그는 예의 바르고 침착하고 한 번도 실망스러운 모습을 보이지 않는 차분한 청년이었다. 그와 나는 낙타가 쉬고 있는 들판을 보며 두어 번 차를 마셨고, 한 번은 전구를 사러 40분쯤 걸리는 읍에 따라갔다가 이발하는 시간을 기다려 준 것이 전부였다.

이별, 이거 손 흔들며 눈물 훔치는 거 말고 따스한 눈빛이나 포옹으로 멋지게 할 수는 없을까. 나는 늘 시(詩)의 첫 줄을 고민하듯 세련된 작별의 순간을 꿈꿔왔다. 고백하자면 매번 대본 없는 연극처럼 떨리는 그 순간을 기다렸던 것인데 드디어 떠나는 날이 온 것이다.

사무엘은 내가 언제 떠나는지 알고 있었지만 정작 시간이 되자 어디론가 사라지고 없다. 나는 두 번째 차를 고의적으로 놓치고 절망적으로 그를 기다렸다. 한참 후 더는 미룰 수 없어 떠나는 버스에 배낭을 실었고 버스는 곧 출발했다. 백 미터쯤 갔을까. 운전기사가 다급한 목소리로 백미러를 가리킨다. 백미러를 보는 순간 나는 내 눈을 의심했고 대책 없이 뛰는 심장을 누를 길이 없었다. 어쩌란 말인가. 반쯤 부서진 백미러에는 어디 숨었다 나타났는지 빨간 꽃을 든 사무엘이 꿈결처럼 아득히 멀어지고 있었다.

여행증후군

올해는 반드시 쿠바로 날아가 하바나 말레콘에서 불같은 연애를 하리라던 후배는 정말로 여행이 가고 싶어지면 짬을 내어 공항에 간단다. 리무진 버스로 인천공항에 내리면 여권을 꺼내 들고 가고 싶은 노선에 줄을 서보고 뉴욕발 비행기 시간을 알아보고 게이트 번호까지 확인한다고. 로밍 카운트를 지나 환전소를 기웃거리기도 하고 당분간 한식은 못 먹을 거니까 식당가서 느긋하게 국밥도 한 그릇 시켜먹고 비싼 차도 마시고, 우체국에 들러 인천공항 소인을 찍고 배달될 엽서도 두어 장 써서 부치고, 그리고 여유가 있으면 조금 빨리 도착한 여행자처럼 시계를 보며 서성대다 보면 눈에 들어오는 건 작별을 앞둔 연인들, 그곳의 연인들이 마치 자신을 배웅하기 위해 있는 것처럼 위로받기도 한다고, 한 여자가 눈물을 찔끔거리면 얼른 손수건을 꺼내기도 하고, 남자가 포옹을 풀고 손을 흔들면 자신도 손을 흔들게 된다고, '가서 전화할게' 하고 말하면 속으로 '응 기다릴게'로 답하기도 한다고, 언제 올 거냐고 물으면 진심을 담아 지난번처럼 오래 걸리지는 않을 거라 답한다고,

리무진 버스표를 만지작거리며 그렇게 하루 공항에 나가 여행의 향기를 몸에 바르고 돌아오면 며칠은 동남아라도 다녀온 기분이 든다고, 그래서 누가 물으면 의미심장한 미소를 흘리며 '어디 좀 다녀왔거든!'이라고 답하게 된다고.

뚜벅뚜벅 걸어가고 싶다

바람이 분다. 아름다운 낙타를 타고 우편배달부도 월부장사도 오지 않을 사막으로 뚜벅뚜벅 걸어가고 싶다.

내가 비렁뱅이거나 추레한 늙은이라 해도 너는 웃었을 것이고, 내가 네 나라말로 '사랑해'라고 고백하지 않아도 너는 행복해했을 것이며, 내가 이유 없이 '버럭' 한다 해도 너는 내가 최고라며 엄지를 세워 제발 그만 하라 외칠 때까지 미소를 날렸을 것이다. 그러니 어찌 미워하랴. 찰나일지라도 나는 그 맹목의 사랑이 좋은 걸.

나는 간신히 울지 않았다

몽골의 유목민들은 집을 지을 때 땅을 파지 않고 대지에 살짝 얹는 건축 공법을 쓴다. 대지에 상처를 남기지 않겠다는 것이 우선이고 다음은 언제든 가볍게 떠날 수 있기 위해서다. 그런 의미에서 우주를 닮은 돔형의 게르는 못을 박지 않고 기둥과 지붕을 허공에 걸어 서로를 의지하고 지탱한다.

그들의 주식은 양고기다. 양을 잡을 때는 밤중 혹은 비나 눈이 오는 날은 피한다. 궂은 날에 친구를 보낼 수 없다는 것이 이유다. 봄에 양을 잡는 것도 금한다. 겨우내 잘 먹이지 못한 친구를 먹이로 삼는 것은 도리가 아니란다. 양을 잡을 땐 눈을 가리고 가장 빠르고 정확하게 숨통을 끊고 한 방울의 피도 흘리지 않는다. 대지에 피를 흘리는 일을 금기시하는 건 날짐승들을 부른다는 이유도 있지만 내 친구의 피를 한 방울이라도 헛되지 않게 하려는 뜻이 더 크다고. 그들은 아무리 배가 고파도 고통스럽게 죽은 가축은 먹지 않는다. 집에서 직접 기른 가축은 가족이나 친구 그 이상으로 생각하기 때문이다.

긴 겨울이 지나면 정원을 따로 가꾸지 않는 그들은 게르문을 활짝 열고 온 가족이 야생화가 흐드러지고 양 떼가 한가로이 풀을 뜯는 초원에 둘러서서 마두금을 켜며 길고 가는 고음으로 대지의 신께 바치는 노래를 부른다. 그때 그곳을 지나는 여행자가 있다면 아직 가보지 못한 천상이 이런 곳은 아닐까 상상하게 될 테니 그는 행운아다.

언제나 떠날 수 있고 언제나 돌아올 수 있는 유목, 유목민. 그들은 모으고 소유하는 것에 의미를 두지 않으며 어디에도 머물지 않고 설령 뜻하지 않은 재해로 모든 것을 잃는다 해도 그것이 삶이라는 걸 순순히 받아들인다. 진정한 노마드란 육체를 자유롭게 함으로써 영혼이 자유로워지는 것을 의미하는 게 아닐까.

해가 기울어 차를 멈춘 곳은 외딴 초원에 한 채뿐인 게르였다. 하룻밤 재워줄 수 있느냐 물어보고 오겠다던 기사는 조금 후 밝은 얼굴로 손을 흔들었다. 식구라곤 할아버지와 할머니, 아들 내외가 도시로 떠나며 맡긴 여섯 살 어린 손녀가 전부였다.

그날 저녁, 노인은 연신 보드카를 권했다.

"보드카 없이 무슨 재미로 살아? 알코올은 인생을 즐겁게 하지. 초원의 막막함도, 추위도, 외로움도 보드카만 있으면 만사형통이야, 암 그렇지 그렇고말고!"

술 때문인지, 모처럼 찾아온 손님 때문인지 노인은 신명이 나 있었고 할머니 또한 불평은커녕 얼굴 가득 미소가 번졌다.

저녁이 되어 치즈를 만들고 분주히 양젖을 짜던 가족들은 난롯가에 둘러앉아 소박한 음식을 나누며 이야기꽃을 피웠다. 영문 모르는 나는 그들이 웃을 때마다 조금은 싱거웠지만 그냥 따라 웃었다. 배낭에서 러시아 회화책이 나오자 노인은 한때 철도원으로 일했던 구소련에서의 경험을 들려줬다. 노인의 러시아어는 유창했다.

"그땐 좋았지, 난 젊었고 돈도 잘 벌었으니까, 하지만 지금도 좋아, 이 초원에 아내와 손녀와 충분하진 않지만 가축들과 건강하게 살고 있으니 축복이지, 아쉬운 것이 있다면 사람이 그리울 뿐."
노인은 이야기를 시작할 때마다 잔을 들어 건배 제의를 했다.
늦은 밤 지평선 위로 달이 떠오르자 내 안에서 잠자던 바람이 회오리치기 시작했다. 태어나서 처음 달을 본 사람처럼 그 둥글고 말간 얼굴 앞에서 연신 탄성을 질렀다. 누구도 내 탄성에 동조하지 않았지만 나는 홀로 감동스러웠다.

얼마를 걸었을까. 한참 후 게르로 돌아오자 노인은 같은 자리에서 나를 기다렸다. 마치 아버지가 집 나간 딸을 기다리듯, 가져간 침낭을 펴고 노인 곁에 누우니 하늘이 그대로 안긴다. 손님을 위한 배려인지 게르의 둥근 뚜껑과 출입문은 밤새 열려 있었다.

떠날 준비로 분주한 다음 날 아침, 아이는 품에서 떨어지지 않으려 하고 노인도 쉬이 포옹을 풀지 못한 채 오래 내 뺨을 부볐다. 한 일주일쯤 면도하지 않은 노인의 빳빳한 수염이 살갗을 파고들었지만 따갑기는커녕 더욱 세게 그의 포옹을 받아들였다. 노인이 다시 오겠다는 약속으로 손가락을 걸자며 새끼손가락을 내밀었다. 나는 한 치 망설임도 없이 노인에게 손가락을 맡겼다. 그리고 돌아서서 다시는 게르 쪽으로 고개를 돌리지 않았다. 나는 간신히 울지 않았다. 아마 노인도 그랬을 것이다.

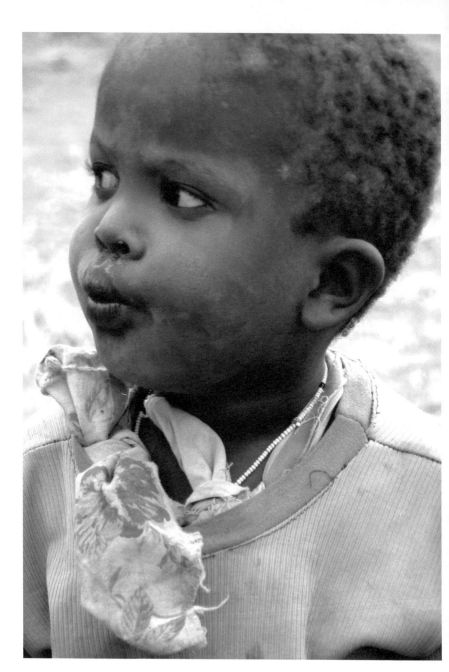

붉은 꽃잎으로 남은 마사이 아이

구슬목걸이에 나풀거리는 꽃무늬 블라우스를 보면 계집아이가 분명한데, 마을 남자들이 막대기를 들고 경중경중 하늘로 뛰어오르며 신명나게 마사이 춤을 추고 돌아간 후였다.

안개처럼 허공을 가득 채운 사바나의 흙먼지 속에서 꿈인 듯 생시인 듯 어디선가 휘파람 소리가 들렸다. 소리의 진원을 찾아가니 예닐곱 살쯤 된 계집아이다. 그 노래, 마사이 동요였는지 연가였는지 모르지만 들릴 듯 말 듯 내 귀를 파고들던 가늘고 여린 휘파람 소리.

다음 날, 도무지 낯선 여행자들의 호기심 따윈 상관없어 보이는 아이가 슬며시 내 곁으로 다가왔다. 뒤로 감춘 오른손에 신경이 쓰였다. '보나 마나 뭘 달라는 것이겠지.' 나는 특별히 이 아이에게 마음을 쓰지 못한 채 사람들 속으로 묻혀 갔고 그런 나를 놓치지 않겠다는 듯 아이가 종종걸음으로 쫓아오자 뭔가를 눈치챘는지 다른 아이들도 우르르 달려들었다. 대기해 있던 차에 오르는 순간 다급해진 아이가 내 바지 주머니에 뭔가 슬쩍 하는 느낌이 들었다.

"무슨 짓이야!"

주머니가 비어있다는 걸 안 나는 아이를 쏘아보았고 아이는 슬그머니 고개를 돌려 나를 피했다.

그날 밤 숙소로 돌아와 바지를 벗는데 흰 침대 시트 위로 뭔가 나풀거리며 떨어졌다. 붉디붉은 부겐빌레아 꽃잎이었다. 왈칵 목구멍에서 뭔가 치밀었다. 울 자격조차 없는 내가 말이다. 전날은 첫차를 타고 목적지에 닿았다면 그날은 한 대뿐인 막차를 놓치지 못한 게 아쉬웠다.

민박집 미미하우스

탄자니아에서 만난 영국 친구는 남아공에 가면 들르라며 요하네스버그 공항 가까운 민박집을 소개해 주었다. 심플하고 깨끗해서 혼자 지내기에 딱이라는 말이 마음을 움직였다. 나는 긴 아프리카 여행을 끝내고 집으로 돌아갈 시간을 사흘 남겨두고 있었다. 무거운 배낭을 지고 택시기사에게 주소를 보여주었더니 아는 집이냐 묻기에 그렇다는 짧은 대답만 하고 차에 올랐다. 택시비를 좀 바가지 쓰더라도 그때 난 조용한 성 같은 집 흰 시트 위를 뒹굴면서 남은 시간을 보내면 소원이 없을 것 같은 피로감에 젖어 있었다.

흑인 할머니는 가벼운 허그와 나직한 목소리로 반겨주었고 마당을 가로 질러 내가 묵을 이 층으로 안내했다. 미미가 이름이냐 물었더니 남편이 자신을 부르는 애칭이란다.

좁은 계단 입구에 섰을 때 나는 잠시 호흡을 멈춰야 했다. 화이트 톤에 복도 가득 들어차 있던 햇살과 커튼 아래 포근한 아프리카풍의 그림들, 도드라지지 않는 조명과 장식품들, 마음에 거슬리는 게 하나도 없었다. 안내를 마치고 밖으로 나간 할머니가 금세 되돌아와 문을 노크했다. 환한 미소와 함께 장미꽃을 화병에 꽂아주려고 왔단다. 그때 내게 담배를 피우느냐고 묻기에 아니랬더니 다행이란 눈치다. 방은 물론 장미정원에서도 금연인데 단 한 곳 후원에서만 가능하다고. 그 말에 할머니가 얼마나 집을 애지중지 가꾸는지 알 것 같았다.

방에는 더블 침대 하나와 탁자와 간이 소파가 전부였지만 모자람이 없었다. 특히 커튼과 탁자보에 할머니가 정성스럽게 수를 놓아 장식한 소품들은 신혼방 같은 분위기를 풍겼다. 2층 발코니에서 찻잔을 들고 장미가 가득한 정원을 바라볼 수 있다는 건 작지만 그곳이 성이라는 걸 의심치 않게 했다.

16시간의 비행이 남아있었지만 2박 3일간 미미하우스에서 긴 아프리카 여행을 정리하며 휴식을 만끽했다. 나는 그 방이 나를 위한 공간이라는 걸 믿어 의심치 않았고 벽에 걸린 액자 속에는 아프리카 정령들이 말을 거는 것 같았다. 오래된 것이 새것들로 채워진 듯한 조각품과 집기들, 설명 불가한 디테일과 구석구석에 스며있는 따스함들, 나는 미미의 집이 나만을 위한 수도원처럼 느껴졌다.

미미하우스를 떠나던 날 오후, 밖에서 사람 소리가 들려 장미정원이 있는 아래층 대문 쪽을 내다보았다. 멋진 백인 할아버지가 등을 구부려 키가 작고 깡마른 할머니를 끌어안고 길게 입을 맞추고 있었다. 영화의 한 장면 같았다. 나는 흑과 백이 그렇게 아름다운 조화를 이룰 수 있다는 걸 눈앞에 두고도 믿기지 않았다. 고향에 갔다가 일주일 만에 돌아오는 거라는데 백 년 만에 만나는 연인처럼 노부부의 키스는 지극하고 애틋했다.

할아버지는 집에 오자마자 가위를 들고 장미정원을 서성거렸고 나는 첫

날처럼 방 정리를 했다. 그 집에 들 때는 할머니의 허그로 가벼운 환영만을 받았으나 떠날 땐 손을 잡고 선 두 분의 배웅을 받을 수 있어 포근했다. 생각해 보니 그 아름다운 집은 그런 사랑이 있어 가능하지 않았나 싶다.

케냐에서 구입한 마사이 목조각은 어디에 둘까 즐거운 고민을 하며 집으로 향하는 긴 비행시간 내내 나는 집안 구석구석과 가족의 얼굴이 떠올랐다. 여행은 돌아가야 할 분명한 이유인 가족이 절대라는 걸 알게 하고 매사에 감사하게 한다. 여기에 더 무엇을 바라겠는가.

신발을 선물하다

내 생각이 모두 옳은 게 아니란 걸 알고는 있었지만, 바라나시 역에서 기차를 기다릴 때다. 비가 내려 추위에 오들오들 떨고 있는 나이 든 사두에게 가지고 있던 담요를 주려 하자 '너는 나를 생각해서 주는 거지만 아무것도 가지지 않는 내게 이 담요는 얼마나 짐이 되는지 생각해 봤니?' 라고 말했을 때 아차 했고 얼마나 부끄러웠는지.

일곱 식구의 가장인 그는 시장에서 짐을 날라다 주고 생계를 잇는 포터였다. 나는 반창고가 붙어있는 그의 발을 유심히 들여다보았다. 무표정한 얼굴에 손은 대체로 말끔했지만 발은 예외였다. 발이 왜 그리 험하냐고 물으니 신발을 신어본 지가 언제였는지 기억이 없단다.

나는 상처투성이인 그의 발에 신발을 신겨주고 싶어 안달했다. 그래야만 내가 편해질 수 있을 것 같았다. 하지만 단순히 신발을 제공한다는 건 발을 보호하는 게 아니라 발을 구속하는 일이 될지도 모른다는 생각은 우연히 든 게 아니었다. 나는 이틀 동안 신발을 사줄 것인가 말 것인가를 고민했다. 그러다 운동화를 건넸을 때 무표정을 풀고 돌아온 무언의 미소는 나를 감동시키기에 충분했다.

그런데 문제는 다음이다. 며칠 후 짐을 지고 가는 그를 시장에서 다시 만났을 때 그는 예전처럼 맨발이었다. 의아함도 잠시, 등 뒤에서 '아버지!' 하고 부르던 소년이 문제의 운동화를 신고 있는 게 아닌가. 눈치 없이 하필이면 그때 나타난 아들을 원망이라도 하듯 보였지만 기실 아버지란 그런 존재라는 걸 변명이라도 하듯 나를 쳐다보던 복잡 오묘했던 남자의 표정을 어찌 잊을 수 있겠는가.

부겐빌레아는 피고

치과를 나서는데 온몸으로 달려드는 햇살이 싱그러워 어디든 떠나고 싶었다. 보이지 않는 어느 영혼이 내 마음의 과속을 눈치챘던 걸까. 달릴 만하면 붉은 신호등이 속도를 제지했다.

"잊지 못할 그리움 그댈 찾아 길을 나서면, 와인빛에 그날의 바다 나처럼 울고 있네. 석양은 물드는데 그댄 어디쯤 있나, 늦은 아침이 오면 그대 내일은 오시려나. 꿈꾸는 카사비앙카 바다와 맞닿은 그곳에, 붉은빛에 부겐빌레아 그대를 기다리네."

어디로 갈까. 라디오 볼륨을 높이는데 FM에서 흘러나오는 노래 '꿈꾸는 카사비앙카', '카사'는 '집' 비앙카는 '하얀'이란 뜻으로 지중해 푸른 바다와 대비를 이루는 하얀 건축물을 일러 '카사비앙카' 혹은 '카사블랑카'라 했던가.

아무 준비도 없이 나는 '적우'의 허스키한 목소리와 로맨틱한 가사에 빠져들었다. 자동차 속도는 이미 마음의 속도를 앞질렀고 가슴이 뛰는 것으로도 모자라 감동이 밀려왔다. 어디 바닷가라도 달려가고 싶었지만 귀가를 서두른 건 이 곡을 제대로 음미해보고 싶어서였다.

"석양은 물드는데 그댄 어디쯤 있나, 늦은 아침이 오면 그대 내일은 오시려나. 꿈꾸는 카사비앙카 바다와 맞닿은 그곳에, 붉은빛에 부겐빌레아 그대를 기다리네."

온갖 새소리와 풀냄새를 만끽하던 어느 봄, 바다가 보이는 나지막한 언덕에 앉아 흐르는 시간을 함께 느끼며 흥얼대던 노래, 지금은 떠나고 없는 옛이야기들, 노래가 추억을 건드렸다. 와인빛 바다, 눈물의 언덕, 그리고 노랫말 속에 등장하는 꽃 부겐빌레아는 아프리카는 물론 인도양, 대서양, 남태평양, 지중해, 에게 해의 섬과 히말라야까지 수많은 길 위에서 지겹도록 만난 꽃이다.

부겐빌레아 꽃은 크레타 섬의 카잔차키스 무덤을 생각나게 했고, 대서양의 아름다운 도시 하산 2세 모스크가 있는 카사블랑카를 추억하게 했는가 하면, 마을을 온통 붉게 물들이던 남태평양의 어느 섬, 아프리카에선 붉은 마사이를 상징하며 사바나에서도 살아남는 강한 생명력으로 사랑과 젊음을 대표하는 꽃이다. 부겐빌레아, 부르면 부를수록 입술을 맴도는 종이 느낌이 나는 꽃이름(꽃받침이 화사하고 붉은 것이지만 꽃잎을 겹쳐 놓은 것이 종이꽃 느낌이 남)과 꽃터널 속에서 새로운 아침을 맞던 시간들이 밀물처럼 밀려온다.

탄자니아 잔지바르 섬, 이른 아침 마당에서 인기척이 들려 무슨 일인가 싶어 살금살금 소리 나는 곳으로 목을 빼자 한 남자가 가시덤불을 헤치며 담상 가득 피어나는 붉은 부겐빌레아를 신바람 나게 꺾고 있었다.

"그 많은 꽃을 어디에 쓰려고?"

"아 이거요, 오늘 제 여자 친구 생일이거든요, 선물에 꽃이 빠질 순 없죠."

그렇게 행복한 모습으로 꽃을 꺾는 남자라니.

처음 부겐빌레아를 본 곳은 하와이였다. 어찌 보면 조화 같고 어찌 보면 시들어 말라버린 꽃 같은, 사실 색깔과 모양이 조금 천박해 보인다는 이유로 처음엔 딱히 이름을 알고 싶지도 않았다. 여행으로 강산이 두 번쯤 바뀐 지금에야 비로소 이 꽃이 세상 어디에서도 피는 강인한 꽃이라는 걸 알았으니, 물론 아열대기후의 조건만 갖춘다면 말이다. 예뻐서 예쁜 꽃이 아니라 강인해서 아름다운 꽃,

열대를 여행하면서 친구에게 이 꽃잎을 엽서에 붙여 보낸 적 있었다. 그는 아무 설명조차 없는 마른 꽃잎으로부터 열대의 향기를 느꼈다고 했다. 그러니까 누가 보아도 이 꽃은 열대의 꽃인 것이다.

적우의 노래를 처음 듣던 날은 종일 '꿈꾸는 카사비앙카'만을 들었다. 귀가 아프거나 지겹기는커녕 슬프고 감미롭고 애잔해서 몸서리를 쳤다. 여러 나라 가수가 그들의 언어로 다양하게 불렀지만 역시 우리말 노래가 가장 마음에 와 닿는다. 당분간 펜으로 시를 쓰지 않겠다 했는데 나는 그날 이후 다시 책상에 앉았다. '열여덟에 집을 나가 아직도 타관을 떠도는 내 조카 딸년 같은 꽃 부겐빌레아' 이 한 줄로 마친 시.

차라리 절망이라고 말하지
아프리카 마사이마라에도 피고
히말라야 길목에도 피는 꽃
통속적이긴 해도 차마 가증스럽다고는 못 하겠네
신의 실수로 조화가 되려다 생화가 된 꽃

아니라면 용서하시게

노예 문서에 찍은 붉은 도장
스무 번쯤 읽은 그렇고 그런 삼류소설의 줄거리
아니 자신도 어쩔 수 없는 화냥기
너무 오래 울었나봐
뭇 사내 앞에서 얼굴은 웃고 있지만
밤마다 베갯잇을 적시던 무용수가 생각나

그대 입술은 여전히 붉지만 달콤하지는 않다네
신의 실수가 있었더라도
부디 아무 곳에나 씨를 뿌리지는 말게

붉은 레이스 치마를 끌며
길바닥에 엎드린 그대 때문에
오늘은 내가 우네
눈물이 없어 슬픈 꽃
열여덟에 집을 나가 아직도 타관을 떠도는
내 조카 딸년 같은 꽃 부겐빌레아

사하라 사막으로

그해 7월, 함께 가자는 사람이 있었으나 그럴 수 없었다. 이쯤에서 '꿈에 그리던'이라는 상투적 언사를 슬쩍 끼운다. 그렇다. 드디어 나는 오마르가 끄는 낙타를 타고 꿈에 그리던 사하라 사막 한가운데로 걸어 들어갔다. 오마르는 타인의 영혼을 감지하는 탁월한 능력을 가진 베두인 청년이었고, 그 여정에 보조로 동행한 무함마드가 베르베르족이라는 걸 알았을 때 인샬라! 나는 이 환상의 조합을 신께 감사했다.

모래사막에서 노숙을 해본 사람은 안다. 지상에 이보다 황홀한 침실은 없다. 어느 크리스털 조명이 사막의 은하수처럼 아름다우며 어느 온풍기가 이토록 알맞은 온도의 유지해 주겠는가. 낮 동안 태양이 군불을 지펴 온몸을 어루만져주는 부드럽고 따뜻한 바닥, 모래 위에 고단했던 하루를 가지런히 펴고 적막이라는 이불을 덮고 실컷 한번 자보는 것이 소원이었던 나는, 사람에게서 받은 상처를 위무 받고, 어디선가 사막여우가 울고 모래들이 떠도는 영혼을 찾아 자리를 바꾸는 소리에 귀가 열리고, 멀리 베두인과 베르베르인이 낙타를 타고 나를 향해 걸어오고 있다는 예감에 심취해보는 것. 겨울 사하라는 그런 갈증을 채워주고도 남았다. 그리고 신(神)께서도 가끔은 장미꽃도 없고 새도 다녀가지 않는 그만의 빈 정원을 갖고 싶어 한다는 것을 황금빛 사하라를 보고 알았다.

침묵은 자신에게 하는 말이라 했고 '매혹'의 다른 말은 '혹독'이라 했다.

바람이 바람에게 모래가 모래에게 웅얼거리는 말도 그럴까. 지독한 매혹으로부터 자유로울 수 없는 사막은 그 자체로 완전하다. 격리여도 좋고 유리여도 좋다. 방치라도 상관없다. 누구에게나 꿈의 품목에 하나쯤 있는 사막을 간절히 소망하던 지난날들이 주마등처럼 스쳐 갔다. 팽팽한 끈을 풀면 달빛은 모든 사물을 은빛으로 바꾸고 모래는 강물처럼 소리를 내며 흘러갔다.

우우 모래가 울면 악령이 몰려온다는데 난 그 소리가 왜 그토록 황홀한지. 배낭에 올려둔 스카프를 바람이 잠시 썼다 벗는다. 다가갈수록 멀어지는 신기루, 저 산은 어디서부터 온 것일까. 신을 기억하고 나를 잊을 수 있는 유일한 곳, 사막에서 살아남으려면 식물처럼 가만히 자리를 지키는 것이라 했지만 난 그럴 수 없었다.

사막은 모래에 머리를 박고 울고 싶은 사람만 가는 곳은 아니다. 오로지 한 가지 물질 위에 자신을 놓아보고 걸어보고 누워 뒹굴고 싶단 생각, 사막은 그런 열망을 가진 자들이 천천히 걸어가 습기를 말리는 곳이다. 똘똘 뭉쳐서 하나가 되는 것이 아니라 모두 흩어져 하나가 되는 것, 그러나 무색(無色) 무취(無臭) 무음(無音)만으로 사막일 수는 없다. 매번 살아서 이곳에 서 있다는 걸 확인할 수만 있다면 지독한 불안도 즐길 수 있을 것만 같았다. 사막은 어떤 혁명을 도모하고 성공했다 해도 결국 무화되거나 사사롭다는 걸 아는 사람만이 갈 수 있는 곳이다. 사막은 그런 곳이다.

다시 사막으로 들어간다면 몸과 마음이 내가 여행 중이라는 걸, 사막에 있다는 걸, 알아차릴 때까지 걸리는 시간까지 계산해야 하리라. 아파도 내가 아프고 황홀해도 내가 황홀한 사막에서,

탱고, 치명적인 유혹

영화 '여인의 향기'에서 알파치노는 엉키는 것 자체를 탱고라 정의했다. 그것은 지루한 인생과는 다르다고, 그래서 탱고는 위대하다고. '탱고는 온몸으로 쓰는 시며 지구상에 남아있는 춤의 종착지라고.' 이 정의는 맞는 말이기도 하지만 틀린 말이기도 하다.

플라멩코를 제외하고 스페인을 말할 수 없듯, 탱고('탱고'는 영어식 발음이고, 현지에선 보통 '땅고'로 발음한다)를 제외하고 아르헨티나를 이해하기는 어렵다. 보통 우리가 알고 있는 탱고는 춤만을 일컫지만 원래는 음악(노래)과 춤이 혼합된 장르다. 탱고의 분위기가 그러하듯 탱고 음악은 서양의 블루스 음악과 비슷하나 전체적인 흐름은 구슬프고 애절하다. 그에 비해 춤 동작은 거친 듯 기교가 넘치고 섹시하며 속도감 있고 열정적인 것이 특징이다.

탱고 음악 하면 많은 애호가들이 아스트로 피아졸라를 떠올리지만 이 분야에 별 관심이 없더라도 '라쿰파르시타' 같은 귀에 익은 곡을 들으면 이 곡이 탱고 음악이었구나 하며 고개를 끄덕이게 된다.

라틴아메리카에서 출발한 탱고는 음악(노래나 기악)에 맞춰 남녀가 온몸으로 감정을 전달하는 춤으로 아르헨티나에서 탱고는 예나 지금이나 조금도 열기가 식지 않는 가장 대중적인 문화다. 탱고 음악만 들려주는 채널이 있는가 하면, 케이블 TV에도 탱고 전문채널이 있을 만큼 탱고는 그들 삶 속에 깊이 박혀있다. 여행자가 부에노스아이레스에서 탱고를 체험하지 않았다면 그건 아무것도 하지 않은 것과 같다는 말은 거기서 출발한 듯, 지금도 산테르모 지역 문세라크 가나 보카지구에 가면 클럽마다 다투어 공연이 이어지고 있다.

처음 탱고는 수많은 이민자들이 향수를 달래던 항구의 술집에서 춤으로 시작, 후에 그에 맞는 음악이 나왔다. 이 춤은 1916년까지는 여자 파트너가 부족해 순번을 기다리던 남자끼리 추었다고 한다. 탱고 시작이 그러하듯, 새로운 삶을 위해 부에노스아이레스로 모여든 가난한 이민자들이 외로움을 달래기 위해 창녀촌을 찾았고, 그들과 욕정을 나누면서 채울 수 없는 욕망과 사랑을 담기 시작했다. '탱고=성적 욕망'이라는 등식은 사창가나 선술집에서 출발했으며 노랫말 속에 자주 등장하는 성적 은유들이 이를 뒷받침한다.

3천 년 역사를 가진 탱고에서 없어서 안 되는 건 '반도네온'이라 불리는 아코디언이다. 아코디언으로 반주 되는 탱고 음악은 애잔한 몸짓과 더불어 끓어오르는 슬픔과 환희를 극대화시킨다. 기타나 만도린 같은 악기가 보조로 등장하지만 역시 탱고 음악의 진수는 아코디언이다.

보통 남자는 기름범벅을 한 검은 머리를 올백으로 넘기고 의상은 우리의 중절모 같은 모자에다 상의는 더블버튼의 재킷에 흰 손수건이나 가벼운 깃털을 꽂아 멋을 부린다. 여자는 짙은 화장을 하고 어깨선과 등을

대담하게 노출하여 볼륨 있는 가슴과 힙 선을 드러냄으로써 관능적인 느낌을 강조한다. 드레스는 몸에 붙는 것을 입는데 두 다리의 자유로운 동작을 위해 옆을 깊게 터 움직일 때마다 보일 듯 말듯 드러나는 허벅지가 육감적인 분위기를 더한다. 남녀 모두 검은색 정장을 주로 입지만 여자들은 검은색 못지않게 붉은색 드레스를 즐겨 입는데 이 또한 원색대비로 탱고만의 느낌을 살리는 데 일조를 한다.

무엇보다 완벽한 몸에서 흘러나오는 동작은 관객의 마음을 사로잡기에 충분하다. 탱고는 모든 것이 함축된 춤이다. 사랑, 애증, 그리움, 분노, 욕망, 광기, 불꽃, 환락, 열정까지도. 익숙한 박자와 리듬이 반복되는 동안 관객들은 박수를 치고 발을 구르며 흥에 동참한다. 그때 춤에 몰입한 남녀의 끈적거리는 눈빛과 번들거리는 땀과 가파른 호흡이 객석에 그대로 전달되는 것도 탱고클럽에서만이 느낄 수 있는 매력이다.

여러 날을 지냈지만 여전히 부에노스아이레스가 어떤 곳인지 감이 오지 않는다면 탱고를 배워보는 건 어떨까. 단 돌아오는 비행기를 놓쳐도 상관없다면,

걱정 따윈 내일 하면 돼

아프리카인들은 일생에 책을 한 권도 읽지 않는 사람이 많단다. 하기야 학교가 없고 글자를 모르는데 어떻게 책을 읽을 것인가. 그러므로 문명인들의 잣대로 그들에게 행복하냐고 묻는 건 조금 어이없는 질문에 속한다. 그들 누구도 문맹이라는 행불행에 집착하지 않기 때문이다. 그래도 미운 사람이 있느냐 묻자 자신들을 지배했던 백인이라는 답보다 자기 집 마당에 망고를 허락 없이 따먹는 이의 이름을 앞세운다.

남편은 돈 벌어 오겠다며 도시로 떠나고 아이들은 맨바닥을 뒹굴며 배고프고 아프기까지 한데 온통 헤어에만 신경을 쓰는 철딱서니 없는 젊은 엄마는 뭐가 그리 좋은지 뜨거운 카사바밭에서 동네 아줌마들과 수다 삼매경이다. 잠시 그 아이들을 돌봐주다 은근 부아가 나서 무슨 엄마가 그러냐 걱정도 안 되냐 한마디 했더니 깔깔거리며 표정 하나 바꾸지 않고 대꾸한다.
"걱정 따윈 내일 하면 돼."

세마의식

터키를 상징하는 춤 세마댄스는 이슬람의 한 종파며 신비주의 종교인 '수피교'의 사상을 담고 있어 일명 '수피댄스'로 불리며 곤야지방에서 시작되었다. 이 춤은 신과 합일을 이루려는 일종의 종교적 수행(명상)으로 일반적인 춤이라기보다 의식에 가깝다. '세마'를 행하는 사람을 '세마젠'이라 하고 세마젠을 이끄는 사람을 '쉐이호'라 부른다. 모두 남자들로 구성되었으며 보통 '세마젠'들은 '텐누레'라는 흰옷과 치마를 입으며 '텐누레' 위에 걸치는 검정망토를 '후르카'라 한다. 세마복에서 가장 중요한 것은 '시케'라는 긴 원통 모양의 갈색 모자로 이는 무덤의 비석을 상징하며 '텐누레'는 상복(수의)을 의미한다고.

이는 모든 사람들에게 바다 같은 관용을 베풀라는 메블라나교 창시자 '메블라나 젤라레딘 루미'의 가르침에 따라 '세마젠'의 세마의식은 보통 일곱 단계로 나눈다. '세마젠'들이 춤을 추는 준비 동작을 보면 오른손은 하늘을 향하고 왼손은 땅을 가리킨다. 그 의미는 하늘을 향한 손은 알라를 영접하는 것이고 반대 손은 알라의 가르침인 사랑, 관용, 땅의 평화를 뜻한다고.

세마댄스는 어둠 속에서 조용한 악기와 허밍 같은 노래가 반주로 곁들여지며 춤은 세마젠들의 치맛자락과 신발 끄는 소리로 시작된다. 보통

4~5명의 무용수가 등장하며 한 방향으로 아주 느리게 돌기 시작하여 조금씩 빨라지는데 같은 동작이 10~15분간 지속된다. 이는 더 깊은 고통으로 들어가기 위한 무아의 세계, 즉 죽음의 세계로 들어가는 과정이며 그 속에서 진정한 망아의 세계를 경험하게 된다고.

눈여겨보면 세마젠들의 무표정은 관객의 마음을 압도하고도 남는다. 춤의 모든 과정은 조용하고 엄숙한 분위기에서 진행되며 무희는 그렇게 돌다가도 음악이 끝나면 한 치의 흔들림도 없이 처음 자세로 멈춰 서는데 그것이야말로 이 춤의 핵심이 아닌가 싶다. 세마댄스는 내가 본 세상에서 가장 정적이고 영혼적인 춤이다.
나는 그 춤을 환(幻)으로 명명한다.

바람둥이 마제르 압둘 라임

ISTANBUL LALELI CAMII

"여긴 무슨 일로?"

"여행자에게 무슨 일이라니?"

"난 카이로 출신이야. 이스탄불은 비즈니스로 왔고 2주 후 카이로로 돌아갈 거야. 그때까지 네가 여행 중이라면 모든 걸 책임질 테니 나와 이집트로 날아가는 거 어때, 멋지지 않아?"

이 남자, 만난 지 10분도 안 된 여자한데 책임을 지겠다니 너무 파격적이 않는가. 외로움에 절어있던 여자가 잘생긴 남자의 유혹에 마음이 움직이지 않았다면 거짓이겠지. 움직였다. 분명 마음이 움직이긴 했다. 영어를 유창하게 하는 것도 그랬고, 자칭 바람둥이라던 당당함이 오히려 편하고 좋았다.

마제르와 난 금세 친구가 되었다. 그는 이야기할 때마다 다른 사람에게 친근함을 과시라도 하듯 귀엽게 치근대며 이집트 남자의 기질을 유감없이 발휘했다.

"마제르! 너 조금 전에 모스크에서 기도하고 나왔잖아, 이래도 되는 거니?"

"괜찮아, 어때? 누구라도 느낌이 좋으면 사랑할 수 있다는 거 알아도 알 거야. 만약 그것이 죄가 된다면 반성의 의미로 몸을 씻으면 돼, 너의 까

만 눈 까만 머리 이거 본래 색이니? 넌 터키를 며칠이나 여행했어? 언제 돌아갈 거야⋯⋯?"

"마제르, 넌 내가 몇 살쯤 보여?"

"27살."

"거짓말도 좀 그럴듯하게 해야지. 힘들게 먹은 나이를 어떻게 그렇게 깎아?"

마제르는 멍하게 나를 바라볼 뿐 말이 없었다. 그만 봐도 이 남자 얼마나 순진한 바람둥이인지 알 듯했다. 우리는 무슬림 남자들이 기도를 마치고 돌아간 모스크 기둥에 등을 대고 앉아 지치지도 않고 수다를 떨었다. 무거운 소재가 아니어서 좋았고, 스스로 바람둥이라 했지만 몸을 사려야 할 만큼 치근대지 않는 것도 좋았다.

마제르가 함께 사진을 찍자고 제의했다.

"괜찮지?"

"그럼, 괜찮고말고."

한 10년 사귄 연인처럼 마제르는 내 어깨를 부드럽게 감싸며 살짝 머리를 기댔다. 벌레가 팔에 앉자 번개처럼 쫓아주고 헝클어진 머리칼을 다듬어 주면서,

"고마워, 마제르!"

사진을 찍고 액정에 나타난 모습을 보자 나는 웃음을 참지 못했다.

"킴, 왜?"

"네가 너무 핸섬해서, 아냐 그냥 네가 맘에 들어서."

"으흠 그렇지? 나도 네가 좋아!"

나이에 어울리지 않게 느끼한 용모를 지닌 철없는 마제르가 다시 채근

하기 시작했다.

"킴, 말했잖아. 함께 이집트에 가자고, 나 말이야 돈도 좀 벌었거든. 카이로가 얼마나 아름다운 줄 아니? 밤마다 피라미드에 색색의 조명을 밝히지, 낙타가 한가로이 사막을 가로지르고 달빛 아래 피라미드는 완전 환상이야. 원한다면 너를 부모님이 계시는 고향으로 데려갈 수도 있어. 눈웃음 짓는 당나귀들이 풀을 뜯는 시골 어때? 네게 온갖 색깔의 들꽃을 꺾어주고 당나귀를 태워준다면 그건 너무 낭만적이지 않아? 강에도 함께 가는 거야. 난 헤엄도 잘 치고 맨손으로 고기를 잡을 수도 있어, 그러니 나와 이집트로 가자구."

마제르가 턱밑에서 속도감 있게 달콤한 유혹의 품목들을 쏟아낼 때 내 눈빛이 조금은 이성을 잃었을지는 모르지만 그의 말을 믿고 싶었던 건 아무래도 너무 잘생기고 착한 바람둥이 같아서였을 듯.

"정말 낭만적이네, 좋은 제안이야. 하지만 마제르, 생각할 시간을 줘. 그 답은 내일 말해주면 안될까?"

내일은 마제르가 저 끈적끈적한 눈빛으로 보다 적극적인 유혹의 손길을 뻗을 것에 전부를 걸어도 좋았다.

"내일도 기도하러 이곳 자미(모스크)에 올 텐데 그때 봤으면 좋겠어, 물론 넌 내 맘에 드는 답을 가지고 나타나겠지만."

다음 날, 마제르가 예배를 위해 자미에서 얼굴과 손을 씻을 시간, 나는 비행기 안에서 긴 여행을 무사히 마친 걸 자축이라도 하듯 키득대며 기내식을 맛있게 먹겠지. '미안해, 마제르! 네가 나를 꼬드기느라 안달할 때 나는 고향에 있는 내 남자를 생각했거든.'

일상, 편린들

'천신만고 끝에 범인을 잡았지만 공소시효가 끝났다면?' 통탄하기엔 너무 늦은, 생의 절기가 모두 끝날 즈음에야 비로소 아주 조금 우주적 이치를 가늠하게 되는, 깨달음이란 그런 것일지도. '그의 눈빛이 말했다. 과거도 미래도 아니라고. 아무리 힘들어도 우리는 현재를 산다고. 아니 지금 바로 이 순간을 살아야 한다고.'

"그리 알고 잘 지내"라는 말은 젖은 얼굴을 대하는 느낌이다. 또 하루가 푸른 연기로 그늘을 만들고 낯선 어둠이 미동으로 호흡하는 시간, 너는 좀 더 큰 사람이라서 하늘의 어둠과 환함을 들려줄 것만 같다. 비가 내린다. 안도감과 불안이 동시에 춤을 춘다. 비가 온다는 말, 그 말은 사실이고 깊은 함의로 읽힌다. 불면 앞에 무릎 꿇는 일은 절대 없을 것이라 답해주었으면 하다가 도리어 나를 책망한다. 비는 밤부터 아침으로 이어졌고 바다를 건너는 파도소리를 냈다. 그리고 다시 아침이다.

밤이었고 홍대 앞이었다. "지루한 천국과 재밌는 지옥이 어딘 줄 아니?"라고 묻는다. "유럽, 그리고 한국!" 하더니, 성큼성큼 멀어진다. 지루한 천국은 유럽이고 재밌는 지옥은 한국이란 말이었다. '재밌는 지옥'이라, 나도 익히 알고 있는 사실이다. 백인 청년의 말을 빌려 '재밌는 불면의 지옥'이면 좋겠다는 생각을 한다.

정신적 지평에 변화가 생긴 걸까, 낡은 세계관은 사라지고 완벽한 상태를 향해 진보한다는 생각이 자리를 잡는다. 그러나 서두를 이렇게 시작하는 휴일, 다시 비는 내리고 나는 스마트폰을 만지작거린다. 그러다 1863년 알렉산더 그레이엄 벨은 전화를 발명했다는 지식에 이르러 손에 든 그것을 놓아준다.

"사진을 정리하다가 무한으로 이어지는 지평과 초원, 부푼 기대를 안고 떠났던 몽골에서도 곤혹스러웠던 사실은 보통의 세계, 시민사회가 안고 있는 소유의 궁핍에 대한 공포의 심리였다." 이렇게 쓴 메모를 읽는다. 소유는 자발적 감옥이라고 정의한다. 고마운 일이다. 늙는 일에 집중하지 않아도 우리는 병들고 늙고 죽는다. 매이지 않을 때 다 가질 수 있다는 말에는 함정이 있다. 아무리 숨기고 감춰도 가지를 떠난 물봉숭아 꽃잎이 네가 발 담그고 있을 시냇가에 당도할 즈음이면 하찮은 풀잎에게조차 근원적 슬픔은 들키고 말 것이 아닌가. 영혼도 마음도 몸을 이기거나 앞지를 수 없는 건 씨앗이 열매가 되는 일만큼 당연한 진리니까.

"녹음이 짙어지면 검다는 걸 배운다. 감각을 건너 의식의 바다를 놀게 해준 너, 고맙다는 말은 참 많이 모자란다. 널 연모하는 이유는 네 안에서만 나의 모든 것이 존재하는 동시에 네 곁에서 내가 다른 사람으로 살게 해주기 때문이다"라고 쓸 때, 닿을 수 없는 별을 향해 손을 내밀었던 천문학자의 메시지가 떠올랐다. 초자연에 의지하지 않고도 살아 있음을 알게 하는 너, 내 마음의 정석과 본류를 아는 이가 너 말고 세상 또 어

디에 있겠는가 싶다.

한 사람이 떠나 세상 하나가 통째로 사라졌는데 여전히 아무렇지도 않은 듯 바람이 분다. 저 골짜기를 지키는 한 채의 폐가, 한때는 뜰 가득 미친 듯 꽃이 피었을 텐데 이제 꽃의 흔적은 사라지고 낡고 병든 빈집이 혼자 저녁을 맞는다. 어둠 속에선 모든 풍경이 거대한 추상화다. 오늘도 가슴이 뻥 뚫린 그 집 앞을 지나왔다. 아직은 안간힘으로 버티고 서있지만 곧 주저앉을 것이다. 그 많은 꽃들은 누가 데려갔을까. 주인 없는 집은 아침이 와도 깨어나지 않는다.

어린왕자 K와 목수 이씨로부터 받은 두 개의 메시지다.
"저녁에 시간 되면 저랑 채팅해요. 그러면 그 시간이 될 때까지 무척 행복할 것 같아요. 채팅 방에서 당신이 문자 칠 때 꿈틀거리잖아요. 그럼 행복해져요. 외롭지 않으니까."
"깎은 나무구조에 다른 나무가 꼭 맞게 비집고 들어가서 다시는 빠지지 않을 것처럼 확고하게 자리를 잡을 때 기분이 너무 좋아요. 절집이나 궁궐, 문살이나 반닫이 같은 옛 가구를 보면 저걸 만들 때 목수에게 얼마나 많은 순간의 희열이 있었을까를 생각해봅니다."

장바구니에 담아놓은 12권의 책을 사흘 고민 끝에 6권을 주문했다. 4권이 먼저 오고 나머지 2권은 언제 올지 모른다. 먼저 도착한 4권보다 오지 않는 2권에 집착하는 심리는 뭘까. 새로운 풍경을 꿈꾼다. 반드시 가지 않더라도 언젠가 가보고 싶거나 가보게 될 요르단의 고대유적 페트라 같은 곳, 언제쯤 견딜 수 없게 그곳에 가보고 싶을지 상상하는 것도 나쁘지 않다.

하루 중 가장 머리가 가장 명징한 때는 모닝커피를 마시는 시간이다. 혼자 세상 모두를 소유한 듯 깊고 투명한 밤도 그 못지않다. 삶이 매번 소설의 첫 줄처럼 인상적일 수 없다는 걸 안 것은 스무 살 즈음이다. 그렇다고 점심상을 물리고 빵빵하게 부푼 배를 바닥에 대고 늘어지게 한숨 자고 난 뒤의 불쾌한 기분과 별개일 수도 있다고 말할 수 있겠는가.

나는 고난을 피하지 않는다. 무기는 정직이다. 견딜 수 없이 서러울 땐 혼자 운다. 맛있는 걸 먹거나 누굴 흉보거나 무시하는 것도 혼자 한다. 기분이 꿀꿀할 땐 화장실 청소를 한다. 그림책이나 동식물이 그려진 예쁜 접시를 사는 것도 도움이 된다. 훌쩍 떠나서 환경을 바꿔보는 것도 좋고 죽은 듯 잠을 자는 것도 좋다. 나는 인내형이고 노력형이다. 열등감이 강하고 모멸에 약하다. 나는 일대일에 강하고 중간색을 존중하는 경향이 있다. 성공이 나를 조롱하는 동안 실패는 언제나 곁에서 나를 보필해 왔다. 성공과 실패는 동전의 양면과 같고 존립의 이유다. 아니 그것이 곧 나다. 하나의 풍경 속에도 얼마나 많은 결이 숨어있는지. 내가 너를 이야기했다면 그건 나를 이야기한 것이고, 내가 너를 외면했다면 그 또한 나를 외면했다는 말일 거다.

병이 들면 병원을 찾듯 나는 살기 위해 여행을 간다. 아직도 배낭을 지고 길을 나서는 내가 고마울 때도 있지만 내 다리를 내가 묶지 못해 괴로울 때도 있다. 여행이 끝날 즈음이면 사나흘 우울한 감정들이 가랑비처럼 나를 경유한다. 돌아오기 전날 밤은 한없이 달떠서 하늘을 날 듯한 기분에 사로잡히기도 하고 꿈에선 까닭 없이 슬퍼 훌쩍이기도 한다.

처음 존 레논과 오노 요코의 알몸 사진을 봤을 때의 괴이한 충격을 아직도 나는 기억하고 있다. 30대엔 오노 요코를 닮았단 말을 여러 번 들었다. 뉴질랜드 라이오닐도 오노 요코의 이미지를 설파했고 나를 괴롭히던 스토커는 오노 요코를 들먹이며 자신이 존 레논이 되어주겠다고 말했다. 그녀가 일본인이기 때문만은 아니다. 그녀는 나를 모르고 나는 그녀를 좋아하지 않는다. 그녀를 좋아하지 않아서 얼굴이 긴 존 레논도 별로다.

"한국에서 태어나 한국 사람으로 산다는 건 로또에 당첨된 거나 마찬가지예요."
한 달 내내 설산을 같이 걷던 가이드가 어느 날 다울라기리 산 아래에서 내게 던진 말이다. 15년이 지났지만 여전히 이 말은 유효하다. 두 발로 걸으며 만난 수많은 지구촌 사람들이 이를 증명해 주었다.

빚을 갚다

길에서 구운 옥수수를 파는 노인에게 사원가는 길을 묻자 열 손가락을
쥐락펴락하며 곁에서 기다리란다. 노인의 수신호를 어떻게 해석해야
할지 고민하고 있을 때 기다렸다는 듯 내가 원하는 사원에 데려다주겠
다는 사이클 릭샤왈랴가 짠하고 나타났다. 노인의 근심 어린 눈빛을 뒤
로한 채 나는 젊은 릭샤꾼의 유혹에 넘어가 폭염 속에서 단 20분이면 갈
수 있는 거리를 2시간이나 빼앗겼고 그만큼 돈도 썼다.

나중에 알았지만 노인은 그 자리에서 조금만 기다리면 버스가 온다 했
던 것이고 손가락을 쥐락펴락한 건 10분쯤 기다리라는 신호였던 것인데
나는 뭔가에 홀려 노인의 사인을 읽지 못했던 것,

다음 날, 노인에게 어젠 왜 나를 붙잡지 않았느냐 묻자 릭샤왈랴에게 당
한 모든 것을 알고 있다는 듯 웃는다. 그리고 한마디,

"억울해하지 마, 잘했어, 네가 어제 그 릭샤를 타주어서 그 집 식구들이
밥을 굶지 않았을 테니."

가만히 생각해 보니 며칠 전에도 다르질링 어느 민가에서 나는 식사를
대접받지 않았던가. 그러니까 나는 릭셔왈라에게 돈과 시간을 빼앗긴
게 아니라 조금이지만 진 빚을 갚은 것이리라.

니르바나 게스트하우스

간신히 올라왔는데 다시 내려가란다. 니르바나는 저 아래 있다고. 우리가 꿈꾸는 천국도 이 높은 곳이 아니라 저 아래 어디쯤이라고.

비와 구름 속을 불과 며칠 걸었을 뿐인데 어느새 그분의 영역이다. 풍경이 바뀌는 시간의 단위는 초와 각이다. 헛된 욕망과 세상의 속도에 발맞추려 안달하던 불안은 거짓말처럼 사라지고 없다.

대체 이 근거 없는 안도감은 어디서 발원한 걸까. 욕심과 고통을 배달해줄 우체부 따윈 절대로 오지 않을 골짜기에 밀항자처럼 스며들었으니 한동안 예서 평화로우련다. 치욕 없는 멸망을 꿈꾸련다. 고독이라면 더욱 배척하지 않으련다. 산으로 떠난 사람들이 왜 돌아오지 않는지, 셰르파들의 말로 저 구름을 무어라 이름하는지 묻지 않으련다. 포터들의 가쁜 호흡과 당나귀들의 고단한 삶도 눈감으련다.

산비탈에 눈물겹게 살아내는 핏빛 칸나와 오렌지빛 금잔화를 보고 뒤란에 채송화를 심던 어머니의 뒷모습은 떠올리지 않으련다. 한때는 누구의 여식이었고 아내였고 새끼에게 젖을 물린 어미였다는 것도, 6시 기상 알람과 2시에 출발하는 기차는 잊으련다. 느슨하련다. 놓으련다. 시체를 기다리는 독수리의 부리를 탐하지 않고 불규칙하게 뛰는 심장도 나무라지 않으련다. 무너져도 당당하련다. 가슴에 쟁여둘 수는 있어도 입술에 담아선 안 되는 이름은 까마귀에게 주련다. 천년을 달려 당신에

게 닿을 수 있는 시간이 겨우 하루쯤 남았다 해도 나는 이곳을 떠나지 않으련다.

당신이 부재할 땐 궁전을 가지고도 난민이었다. 내가 오르고 싶은 유일한 산이 당신이었단 고백도 저 푸른 빙하에 묻으련다. 감출수록 도드라지는 얼굴과 멀어질수록 가까워지는 이름도 덮어두련다. 매번 저 산의 진언을 받아 적을 수는 없더라도 내 상처는 내가 보듬으련다. 더는 비루하고 궁구했던 생을 꾸짖지 않으련다. 죽음처럼 고요해지련다.

세속의 유혹은 잊으련다. 죽음 근처인 이곳이 지상의 마지막 거처가 된다 해도 전망 좋은 방은 그대로 가지련다. 아무것도 하지 않아도 되고 어떤 일도 거부할 수 있는 이 빛나는 지상의 휴가를 아낌없이 탕진하련다. 욕망은 야크에게나 주고 불운한 과거는 돌아보지 않으련다. 누구도 기다리지 않으련다.

울지 않으련다. 깨어있으련다. 설인을 꿈꾸며 가뭇없이 늙으련다. 고도에 취하련다. 소멸을 겁내지 않으련다. 세상으로 나가는 길 끊겼단 기별에도 부르던 노래는 멈추지 않으련다. 수컷은 잊으련다. 백치처럼 웃으련다. 나 떠나도 여전히 눈은 내릴 테고 룽다는 펄럭이겠지. 내가 꿈꾸던 머나먼 땅, 세세토록 영혼의 비무장지대로 남을 정토, 비행기 추락으로 실종될 확률보다는 눈사태나 벌에 맞아 죽을 확률이 훨씬 높은 히말라야 골짜기 생쥐 낮짝만한 창가에 나팔꽃이 보초를 서는 이곳은 니르바나 게스트하우스.

여행, 멈출 수 없는 도박

금 밖으로 나간 자들의 변이란 대체로 무책임하다는 걸 모르는 바 아니지만 밤늦도록 국적불명의 나랏말들이 귀를 괴롭히는 건 견디기 어렵다. 살을 저미는 추위, 긴긴 불면, 지난밤은 참을 수 없는 것들로 가득했다. 뜬금없이 그동안 내가 놓친 남자의 수와 잃어버린 우산의 수가 동일할지도 모른단 생각, 이 밤에도 높은 산정까지 누군가는 나를 향해 오고 있을 거란 생각, 눈을 감으면 온갖 상념들이 밀려오고 밖엔 소리도 없이 눈이 내린다. 하기야 여긴 히말라야가 아닌가. 달달달 이가 떨리고 몸도 사시나무처럼 떨렸지만 눈물로 베개를 적시면 외로움도 추위도 더 가혹해질 것만 같아 입을 막고 버틴다. 실로 긴 밤이었다.

그리고 아침이다. 황홀한 애무다. 한 뼘 창으로 들어온 햇살이 얼굴을 더듬는다. 영혼을 위무해주는 구세주 같다. 추운 곳에서 맞는 햇살은 그런 것이다. 침대에서 몸을 일으키려니 휘청한다. 수천 년 만에 당도한 빛일 테니 왜 아니겠는가. 휴~ 살 것 같다. 햇살 한 줌에 절로 탄성이 터진다.

산이 높아 먼저 당도한 햇살은 칼칼하지만 신선하고 달콤하기까지 하다. 어떤 음식에 넣어도 어울릴 것 같은 향료 같다. 삶의 희락이란 이런 것일까. 간절할 때 잠시 손안에 머물다 가는 한 줌 햇살 같은 것.

똑똑! '람 찬드라 기리'다. "추웠지요?"라는 인사와 김이 모락모락 나는 세숫대야를 들고 방으로 들어선다. 언제 내가 이렇게 충직한 하인을 부렸던가 싶다. 처음 람 찬드라 기리를 만나 인사할 때 그의 선한 눈빛도 좋았으나 이름이 귀에 쏙 박혀서 이거 인연이구나 싶었다. 거두절미 따뜻한 세숫물 한 대야에 감동이 물결치는 아침이다.

걷는다. 생각이 앞서다 멈출 땐 이것이 과연 옳은 일인가 나에게 질문하는 시간이다. 영혼의 조난을 걱정하지 않기로 한다. 그러노라면 금세 마음이 따뜻하고 비워지니까. 어느 땐 매일 새로워지고 싶다는 열망으로 가득 찰 때가 있었지만 이젠 과거형으로 말하지 말아야지. 최선을 다한다는 것, 무엇에 올인한다는 것, 수만 마디 말보다 얼마나 더 빨리 원론에 가닿을 수 있는지 매번 온몸으로 확인하게 되는 이 과정과 상황들이 고맙기만 하다.

오후가 되면 몸은 혼자 천마지기 밭을 갈아엎은 것처럼 나른하지만 정신만은 투명하기 그지없다. 어제를 잊어야 오늘을 살 수 있다는 걸 글로 기록하지 않아도 좋았고, 밤하늘을 쳐다보고 있으면 주먹만한 별에 맞아 죽을지도 모른다는 상상도 나쁘지 않았다. 그러나 추위만은 어쩔 수 없어 새벽까지 다시는 이 높은 곳에 오지 않으리라 다짐하다 날이 밝으면 그 다짐은 까마귀가 물어갔는지 흔적조차 없다. 위로나 쾌감은 고통을 정면으로 경유한 사람만이 누릴 수 있는 특권이다. 잠시라도 이 도저한 생의 권태를 내려놓을 수만 있다면 여행은 그 자체로 치유다.

내게 사랑과 여행이란 스스로 손을 자르고도 멈출 수 없는 도박과도 같다. 언제 두 발을 자를지 알 수 없으나 오를 산이 있고 아직은 두 다리 또한 건재하니 나는 걸을 수밖에.

히말라야, 사람으로 산다는 것

사자보다 치타보다 무서운 것이 고소증이다. 안나푸르나 350km 라운딩에서 가장 높은 트룽라 고개를 눈앞에 두고서였다. 몸의 부품을 연결해준 나사들이 스르르 풀려 아스라한 계곡 아래로 굴러떨어지는 걸 속수무책으로 바라보아야만 했다. 해체된다는 것은 그런 것이리라. 나사가 풀린 몸은 여기저기서 버석거리고 보란 듯 도도하게 나를 지나쳐 정상을 향해 가는 트래커들의 뒤통수에다 할 수만 있다면 따발총이라도 갈기고 싶었다. 나는 스러져가는데 어떻게 저토록 초연히 온갖 세상 이야기도 모자라 소리 내어 웃기까지 한단 말인가. 그럴 때 쓸모없는 열등감은 왜 발동하는 것인지.

내 입술은 작은 분노로 푸르다 못해 검게 변했고, 천길 벼랑으로 떨어져 흩어진 내 몸의 나사들은 돌아올 가능성이 없어 보였다. 눈앞에 천 명 아니 만 명의 사내가 있다 해도 감은 눈을 뜰 수는 없었으리라.

함께 출발한 일행들은 언제부턴가 시야에서 사라지고 없다. 지금껏 한 번도 선두를 지킨 적 없는 내가 여기서 뒷자리를 탓한다면 이웃집 개도 웃을 일 아닌가. 기도 깃발 앞에서 내가 본 환영은 온통 잿빛이다. 나보다 훨씬 뜨겁게 살다 간 이들이 생각났지만 이대로는 어떤 전설도 쓸 수 없을 것 같았다. 곧 정상을 통과할 것이고 머지않아 집으로 돌아가리란 사흘 전에 부친 엽서가 경솔한 안부였다는 걸 뒤늦게 깨닫는다.

머릿속이 공황상태가 되었다. 5,100m에서 나는 두 다리를 접었고 거기서 얼마 못 가 깨끗이 정신을 반납했다. 사람들의 목소리가 다시 귓가에 들릴 즈음 그것이 꿈이 아니란 걸 알았고 나를 업어 줄 셰르파들의 거친 목소리가 아련히 귀를 파고들었다. 그것은 절해고도에서 막장에 닿은 한 인간의 몸을 운구할 방법에 대한 의논 같은 것이었다. 고통스러울 때 울 수 있고 몸부림칠 수 있는 것도 축복이라면 축복이겠지. 고개를 저으며 몸을 일으키려 했으나 소용없는 일이었다.

키 작은 셰르파족 사내 두 명이 번갈아 등을 내밀었다. 천근의 나를 업고 만근의 걸음을 놓는 그들의 숨소리는 천둥보다 크고 가팔랐다. '대체 지금 내가 무슨 짓을 하고 있는 거지? 이건 동종의 인간으로서 할 짓이 못돼,' 거절하고 싶었으나 소리는 입술을 뚫지 못했다. 셰르파의 좁은 등에 얼굴을 묻고 가는 동안 피할 수 없는 어둠처럼 달려들던 아득한 고독감. 그 순간 과거나 미래는 존재하지 않았다. 높은 산과 저 아래 저잣거리의 경계 또한 무의미했다. 삶이 기쁨만은 아니듯 죽음 또한 슬픔만은 아니겠지. 얼마 후 내 생애 가장 높은 고도로 기록될 그러나 누구에겐 언덕에 불과한 5,416m 트롱라 정상에 섰다.

살아도 산 것이 아닌 내가 정상에 선다는 건 무슨 의미가 있는 걸까. 오래전 나를 떠나있던 또 다른 내가 히말라야 자락에서 해후하는 듯했다. 내가 없으면 설산도 없겠지. 온몸이 사시나무처럼 떨렸고 아직 울 때가 아닌데 주책없이 눈물이 터졌다. 그곳에선 서러움도 사치라는 걸 모르지 않는 내가 뺨을 도려낼 듯한 차가운 바람에도 얼굴은 눈물범벅이 되었다. 조금 전까지 아무도 없었는데 거대하고 경이로운 설산이 파노라마로 보이기 시작했다. 허락하신 것이다. 그분이, 나는 얼굴을 꼬집으며 꿈이 아닌 그 순간에 감사했다. 잠시 전설을 생각했으나 분명 전설은 아니었다. 다시 칼날 같은 바람이 이마를 긋고 지나갔다. 고통은 그리움을 추월하지는 못했다. 영혼의 경계를 넘나드는 몸, 아픈 만큼 환해지는 생각, 고통스럽지 않았다면 조금은 억울했을지도 모른다.

셰르파 등에서 내려 두 발로 땅을 딛고 서자 멀리 달아난 몸의 나사들이 하나둘 제 자리로 돌아와 가파르게 심장을 펌프질했다. 낮은 곳에 몸을 두면서 찾게 된 금쪽같은 평화다. 엉금엉금 기다가 비로소 첫걸음마를 시작한 아기처럼 서서히 힘이 붙어가는 다리가 대견하다.

이제 보니 내 안엔 다리를 묶어놓은 수많은 말들이 있었구나. 얼마나 걷고 싶었으며 얼마나 달리고 싶었으랴. 정신을 차리니 겹겹의 산들이 눈앞에서 어른거렸다. 실패이기도 했고 성공이기도 했다. 조금 전까지 혼자라는 고립감으로 몸서리를 쳤지만 그 순간만큼은 오롯이 혼자인 것이 미치도록 좋았다. 그러다 갑자기 쓸쓸해져서 나는 나를 쓰다듬으며 연민해야만 했다. 이생에서 다시는 경험하고 싶지 않은 절대 고독이었다. 두통은 여전히 나를 괴롭혔지만 내 의지로 두 다리를 뻗고 울 수 있고 고통과 환희를 고스란히 품을 수 있는 그 순간만큼은 더없는 위로였다. 3주를 걸었고 셰르파의 등을 빌리긴 했어도 안나푸르나 올라운드 코스에서 가장 높은 트롱라를 통과했으므로 더는 두려울 것이 없었다. 이제 1주일만 걸으면 사소한 것들로 넘쳐나는 사람 사는 마을로 갈 수 있을 테고 나는 사람이 될 것이다. 히말라야가 다 무슨 소용이며 높은 곳이 무슨 소용이랴. 진부장터에서 정선댁이 말아주는 따끈한 돼지고기국밥이 먹고 싶다. 저잣거리에서 사람이 사람으로 사는 것보다 몸서리치게 황홀한 일이 또 있을까.

겐이치상

나야풀을 시작점으로 겐이치상과 나는 앞서거니 뒤서거니 걸었다. 목적지가 같은 히말라야의 백미라는 푼힐이어서 내가 쉬는 곳이면 그도 쉬었고 그가 쉬는 곳이면 나도 따라 쉬었다. 다음날 오후, 마을 어귀에서 아이들에 둘러싸여 사탕을 나눠주고 있을 때 뒤따라오던 겐이치상이 아이들에게 사탕을 주는 건 바람직하지 않다며 교장 선생님 훈계조로 충고를 해 얼결에 나는 바람직하지 못한 학생이 되고 말았다.

겐이치상은 두 아이를 골라 볼펜을 나누어 주며 여행자들이 모두 사탕을 준다면 이 아이들의 썩은 치아는 누가 책임질 거냐며 다소 불편한 언사를 썼다. 아이들이 꿈꾸는 외부세계가 사탕처럼 달콤하다고 생각하는 건 아닐까를 고민하지 않았던 것은 아니다. 그의 말에 사탕을 나누던 내 손은 주춤했지만 아이들의 시선을 외면할 수가 없어 남은 사탕봉지를 그 자리에서 비웠다.

"겐이치상! 생각해 보니 당신 말도 맞아요. 그런데 내 생각은 조금 달라요. 이 아이들이 치아가 썩을 만큼 사탕을 먹을 수 있는 환경이었으면 좋겠는데 보시다시피 현실은 그렇지 못하잖아요."

그 말끝에 잠시 침묵이 흘렀고 걸으면서 나는 내 행동이 경솔했는지를 생각했다.

윗마을 타다파니에 도착한 오후, 로지 처마 밑에 아이들이 빙 둘러서 있기에 무슨 일인가 하여 들여다보니 그 안에 겐이치상이 있는 게 아닌가. 그것도 큼지막한 사탕봉지를 들고서 말이다. 나와 눈이 마주친 겐이치상이 머쓱한 표정으로 변명할 말을 찾는 듯했다.

"킴의 말이 맞았어요. 나도 이 아이들이 치아가 썩는 걸 걱정할 만큼만 사탕을 먹을 수 있었으면 좋겠어요."

내 방법이 옳은 건지 반성 중이었다는 고백은 차마 못했지만 뭔가 통했는지 그 순간 은근 까칠한 겐이치상과 시니컬한 나는 하이파이브를 날렸고 동지애를 느꼈다.

살다 보면 수만 가지 이론도 단 한 번의 실천으로 무너지는 일은 다반사다. 경험하지 않는 사람이 경험한 사람을 이길 수는 없다는 건 만고의 진리고 이치다. 세상엔 옳고 그름이란 절대의 잣대는 없다. 그때그때 상황과 문화를 이해하고 받아들이는 자세와 인간애는 이론과 상관없이 중요하다. 달콤한 사탕보다 힘이 센 건 역시 온기 있는 마음이고 진심이란 거 말해 무엇하겠는가. 내가 아는 여행은 서로가 서로를 알게 하는 가장 큰 스승이다.

폭우, 힐레의 밤

포카라(Pokhara)를 출발, 페디(Pedi)를 거쳐 나야풀(Nayafull)까지 가는 동안 비는 계속 내렸다. 불어난 계곡의 물과 도처에 크고 작은 폭포를 보면 계절은 우기(네팔의 우기는 4~9월까지)의 한복판을 지나고 있는 게 분명하다. 중간 로지에서 점심을 먹고 다시 걸을 때까지 도처에서 산사태를 목격했다. 왼편으로 아스라한 벼랑이 따라붙고 오른 편으론 금방이라도 덮칠 것 같은 거친 산세가 눈을 부라린다. 짐을 운반하는 당나귀들도 휘청거리긴 마찬가지다. 이런 구간을 지날 때 조용히 되도록 빨리 지나야 한다는 가이드의 당부는 트래커들을 긴장시킨다.

오후 4시, 목적지 힐레(Hille)에 도착할 때까지 비는 오락가락했다. 전기가 없어 아쉬웠으나 전망 좋은 발코니가 마음에 들어 2층에 짐을 풀었다. 계곡을 사이에 두고 건너편으로 깎아지른 다랑이 밭가에 아슬아슬하게 붙어있는 낡은 가옥들은 위태로움 속에서도 평화롭다.
내가 찾아낸 중간 방이야말로 꿈꾸기 좋은 자리라는 걸 믿어 의심치 않았다. 불안의 진원지는 늘 마음자리, 아궁이에 피어오르는 불을 보며 불안을 내려놓자고 다짐했다. 히말라야에서 고독은 사치다. 그럴지라도 맑은 하늘과 빛이 그리운 건 어쩔 수 없다. 그러나 생각해 보면 이곳이 아니면 나 어디서 지금과 같은 깊은 어둠과 절망의 빗소리를 만날 수 있을 것인가.

밤이 깊어지자 비는 폭우로 변했다. 그렇게 비를 좋아하는 나지만 이제 빗소리로부터 도망칠 수 있는 방법은 없어 보인다. 마음을 가라앉히고 비의 결을 느끼며 가슴이 두근거려야 하는데 아니다. 로지 양철지붕으로 떨어지는 빗소리는 천둥보다 커서 수만 개의 북과 징과 꽹과리를 동시에 난타하는 것 같다. 귀를 막고 이불을 뒤집어 써보지만 생애 마지막이 될 지도 모를 밤이라 생각하니 잠이 올 리 없다. 발코니를 서성거린다. 물소리가 모든 걸 평정한다. '비'라는 단어에 붙여온 낭만적인 수사는 모두 버리기로 한다. 아련하여라. 건너편 산 위에서 불빛 하나가 흔들리다 사라진다. 초저녁 로지주인과 가이드와 포터가 번갈아 방문을 두드리더니 더는 나타나지 않는다. 이생에 귀한 연을 맺은 그들은 무사할까.

밤새 1초도 쉬지 않고 녹슨 지붕을 부숴버릴 듯 내리는 내 생애 가장 흉폭한 기억으로 남을 비, 온몸에 털이 서고 감각이 극도로 예민해져 머리가 터질 지경이었다. 밤이 깊을수록 계곡물은 성난 짐승소리를 내며 흘렀고 로지 앞 골목길도 이미 강이 되어 굽이친다. 세상의 물이 다 그곳으로 흘러가는 것만 같았다. 이러다 이 작은 로지마저 장마철 중심을 잃고 쓰러져 떠내려가는 냉장고 신세가 되지 않을까. 나는 거친 풍랑으로 표류하다 무인도에 갇힌 짐승처럼 떨고 있었다. 대체 이 비에 마을은 무사할까. 내일 아침 떠오르는 해를 보고 더 높은 마을로 나는 갈 수 있을까. 낮에 산이 통째로 잘려나가는 광경을 목격하지 않았어도 유서 따윈 생각하지 않았겠지. 절박했지만 무지막지한 비로 나를 깨닫게 하는 그분의 뜻을 몰라 기도는 생각나지 않았다.

거짓말처럼 아침이 임했다. 태초처럼, 멀리서 그분이 닭 우는 소리로 세상을 깨우시고 룽다가 펄럭이는 히말라야 절벽을 걷는 당나귀 방울 소리로 하루를 여니 다시 신세계가 열린 것이다.

인생이 한바탕 쇼 같다. 지난밤 나는 어떤 바다를 헤엄쳐 예까지 왔던가. 내가 이곳에 온 건 불운한 운명 탓은 아니겠지. 나는 배낭을 지고 신발 끈을 조인다. 가자, 설산이 기다리는 더 높은 곳으로 절뚝거리더라도 나는 가야 한다.

리아와 두르가

카트만두, 포카라, 페디, 나야풀, 비레탄티, 그리고 힐레, 무서운 폭우로 혼비백산한 지난밤에는 이리 눈부신 아침은 없는 것이었다. 디팍 게스트하우스에서 머물던 여행자들은 이른 아침 모두가 꿈꾸는 약속의 땅 푼힐을 향해 떠나고 나는 힐레에서 하루 더 머물면서 여행자들이 가지 않는 하늘 아래 첫 동네 사벳에 가보기로 했다.

디팍게스트하우스 주인 던바드 구룽은 집안 심부름을 거드는 꼬맹이 엄브리트와 가라 했지만 나는 혼자 가겠다 했다. 게스트하우스 손님 받는 일과 농사로 분주한 순다리(아름다운 처녀) 리아(23)와 두르가(21)는 손님이 떠나자 삽을 들고 질척거리는 밭으로 나가 콧노래를 부르며 땅을 파기 시작했다. 당근, 양배추, 파를 심을 거란다. 비에 범벅이 된 소똥을 온몸에 뒤집어쓰고도 처녀들은 연신 웃는다. 이 푸른 청춘은 도무지 꾀부릴 생각도 걱정근심도 없어 보이니 세상이 다 꽃이고 빛인 걸까.

산사테로 허물어진 길을 뚫고 올라 사벳에서 한나절을 보내고 티케퉁가를 거쳐 울레리 오르막 입구에서 돌아내려와 게스트하우스에 들어서니 리아가 귀를 빌리잖다.

"쉿! 디디, 오늘 밤 댄싱파티가 열릴 거예요. 이건 순전히 디디를 위한 거예요."

종일 쉬지도 않고 일하는 걸 봤는데 피곤한 기색도 없이 파티에 부풀어

있다니, 그 밤, 주인 던바드 구룽이 네팔 남자들이 쓰는 망그라(등에 사선으로 매는 보자기로 물건을 담기도 하고 외출할 때 주로 전통복장의 장식으로도 씀)를 하고 우리의 트로트 같은 전통음악에 맞춰 춤을 추는데 어찌나 춤에 몰입하는지 넋이 나갈 정도다. 그러니까 그는 아마추어가 아니었던 거다.

새침한 리아와 달리 두르가는 던바드 구룽과 조금도 흐트러짐 없이 호흡을 맞춰 두 사람의 손과 발 눈빛과 몸짓이 하나란 생각을 하게 했다. 그들의 춤은 지금껏 내가 본 춤 중에 가장 멋진 히말라야 춤이 아니었나 싶다. 낮엔 열심히 일하고 밤이면 그 열정으로 춤을 추고. 밖엔 여전히 비가 내리고, 벽마다 거인그림자가 사람의 동작을 따라 하는 게스트하우스 다이닝 룸, 여기저기서 깔깔깔 그렇게 산속의 밤은 깊어만 갔다.

간밤의 황홀한 유희는 사라지고 늘 그랬듯 우린 헤어져야만 했다. 그들은 내게 마음을 주었지만 나는 아무것도 주지 못해 이별 앞에서 다음 약속도 아껴야만 했다. 리아와 두르가, 다 큰 처녀가 다투어 내 품에 안기기도 하고 말할 때마다 팔을 잡거나 살짝 손을 잡아 사랑스럽기 그지없던 처녀들, 다음 날은 담푸스 일정이 기다렸다. 우기라 기대만큼은 아니어도 사우스 안나푸르나, 히운출리, 마차푸차레, 안나푸르나 2봉, 안나푸르나 4봉, 람중, 마나슬루가 차례로 얼굴을 보였다. 실제 담푸스마을은 우리나라 PD가 찍은 다큐도 여러 편 있고 네팔에선 영화도 꽤 된다는데, 이 마을 공회당으로 내려가 어제 나를 위해 춤을 춘 디곽게스트하우스 가족들과 신나게 노래 부르며 설산에 바치는 춤을 추면 어떨까 하는 상상은 여행 내내 나를 미소 짓게 했다. 시간이 흘러도 힐레를 추억한다는 것은 꽃다운 리아와 드루가를 기억한다는 것이겠지. 때 묻지 않는 히말라야 처녀들, 늘 그리울 것이다.

다와 왕추 셰르파

텐징 노르가이(Tenzing Norgay. 1914~1986. 네팔 출신. 셰르파족 등반가), "나는 네팔의 자궁에서 태어나서 인도의 무릎에서 자랐다"고 말했다. "산에서는 국경도 나라도 없다, 그래서 산에 오른다"고.

힐러리경은 진심을 담아 "나는 나를 영웅으로 생각한 적이 없다. 그러나 텐징 노르가이는 진정한 영웅이다"라고 헌사했다. "이 세상 가장 미천한 곳에서 태어나 가장 높은 곳에 오른 이는 텐징 노르가이뿐이다"라고도 했다. 이들 말에는 치장이 없다.

세상의 지붕이 어딘지, 죽음이 얼마나 가까운 곳에 있는지 몸으로 아는 사람, 영광스럽게도 나의 페이스북 친구이기도 한 그의 이름은 다와 왕추 셰르파(Dawa Ongju Sherpa. 41). 나의 가이드로부터 내가 네팔에 왔다는 소식을 듣고 만나고 싶다는 연락이 왔을 때, 한시라도 빨리 카트만두를 벗어나 설산 언저리로 들고 싶었던 나는 급히 미팅을 허락했고, 약속장소로 한국식당에 자리를 잡은 건 나를 위한 왕추의 배려였다.

나는 아주 강인한 남자를 상상했는데 내 앞의 왕추는 방금 카트만두에 도착한 시골 소년 같았고 표정이 상기되어 수줍어 보였다. 그는 내 질문에 천천히 신중한 답변으로 일관했고 반대로 내게 질문을 던질 땐 정중한 미소를 잃지 않았다. 나는 누구나 묻는 그런 질문 따윈 않으리라 생각했지만 물을 수밖에 없었다. 지구에 존재하는 인간 중 극소수만 오를 수 있는 히말라야 최고봉에 오른 느낌이 어떤지를. 잠시 침묵이 흘렀고 역시 내 질문이 진부했구나 싶을 때 그가 입을 열었다.

"정상에 서는 순간 세상 모든 것이 내 발아래 있다는 성취감이나 희열은 아주 잠시죠. 보통 정상에 먼저 도착한 사람은 나 같은 셰르파들이지만 두 팔을 들어 깃발을 꽂아야 하는 사람은 내가 아니라는 것을 자각하는 순간 뒤로 물러설 수밖에 없어요."

왕추는 모두가 부러워하는 세상의 가장 높은 곳을 오르는 사람이지만 그 순간만큼은 한없이 겸손했다.

예쁜 아내와 세 아이를 둔 가장이지만 자신의 아이가 셰르파로 살아가는 건 원치 않는단 말을 나는 충분히 이해했다. 대화 사이사이 그가 나를 '디디'(네팔에서 내 이름은 '디디'다. 이는 '누나'라는 뜻인데 내가 아는 많은 네팔 친구들에게 디디는 고유명사가 됐다)라 호칭했을 때 온몸에 흐르던 온기, 나는 왕추가 지상에서 가장 높은 고도를 오르는 전설적인 인물로서 존경을 금할 수 없지만 산으로 인해 진정한 행복이 무언지를 아는 사람이었으면 했다. 그리고 언젠가 산이 거부하고 몸이 허락지 않아서가 아니라 오를 수 있을 때 오르기를 멈추는 건 어떠냐 묻자 그는 조금 더 크게 수긍해주었다.

TV를 통해 8천 미터 정상에서 카메라가 스치고 지나가는 경이로운 히말라야산맥의 파노라마를 보노라면 나도 모르게 감탄사를 연발하곤 했다. 땅보다는 하늘이 가까운 그래서 신의 주소를 가진 곳을 어떻게 인간이 오를 수 있다는 것인지, 어떻게 그런 일이 가능한지 하고. 보통 사람에겐 꿈같은 일이지만 먹고 살기 위해 산을 오르는 그들이 동쪽에서 온 사람이란 뜻을 가진 셰르파이고 왕추는 내가 아는 그중 한 명이다. 한국의 유명 산악인들은 대부분 그와 등반을 했고 짧지만 한국을 방문한 적이 있으며 그래서 김치를 좋아하고 삼겹살을 좋아한다는 왕추.

운명이 출생 전부터 정해진 거라면 피할 방법이 없다는 걸 모를 리 없다. 그가 앞장서 길을 튼 산행에서 안타깝게도 많은 사람들이 돌아오지 못했다는 걸 이야기할 땐 자책 때문인지 가볍게 입술이 떨렸다. 그는 호기심과 욕망 가득한 탐험가에 앞장서 길을 개척하는 사람이지만, 그가 아무리 화려한 경력을 가졌다 해도 그는 누군가의 배경에 지나지 않았다. 언제 누가 에베레스트 정상 등정에 성공했다는 기사는 대서특필하지만 수십 번 정상에 올랐어도 변변한 기록물은커녕 사진 한 장 제대로 남기지 못하는 왕추 셰르파는 그래서 대역 같은 삶을 살지만 드러나지 않아서 자신만의 정상에 깃발을 꽂을 수 있는 존재가 아닌가 싶다.

어느 날, '함께 오르던 동료를 따돌리고 시야에서 감쪽같이 사라졌다' 이 한 줄 기사에 그의 삶이 종료될 수 있다는 걸 8천 미터(히말라야 14좌 중 'K2' '시샤팡마'를 제외한) 정상을 37번이나 오른 대기록을 보유한 살아있는 전설의 왕추는 알고 있을 터다. 어떤 상황에서도 여행을 멈출 수 없는 나처럼 그 또한 경제적인 이유만으로 산의 유혹을 뿌리치지 못한 건 아닐 테니.

매스컴의 1면을 장식하는 사람만이 영웅이 되는 건 아니다. 진정한 영웅은 수없이 정점에 서고서도 자신을 낮출 줄 아는 사람이 아닐까. 힐러리경을 최초 에베레스트 정상으로 이끈 텐진 노르가이의 피를 이어받은 왕추, 살면서 나는 몇 번이나 영웅을 만났던가. 수없이 히말라야 고봉을 오른 그가 내 앞에서 조용히 웃고 있다는 사실이 신기할 뿐이었다.

누군가의 이야기를 들어준다는 건 그의 편이 되겠다는 무언의 약속이 아닌가. 반대로 상대가 내 말을 들어준다는 것 또한 그가 내 편이 되겠다는 암묵적 약속이 아니겠는가. 그는 내가 여러 나라를 여행하고 쓰고 싶은 글을 써 내 이름을 가진 책을 가질 수 있는 자유로운 영혼을 부러워했고, 나는 약간의 여유만 있으면 누구나 떠날 수 있는 여행이 아니라 아무리 많은 것을 소유했을지라도 신의 허락 없이는 불가능한 그의 도전을 부러워했다.

식사가 끝나고 카운터에서 한국식으로 약간의 실랑이가 오갔다. 적잖은 식사비는 당연히 내가 계산할 생각이었지만 왕추는 자신이 계산하는 게 맞다고 우겨 내 손을 부끄럽게 했다.

밤은 깊어져 언제 다시 전기가 끊어질지 모르는 타멜 식당 앞에서 손을 모아 나마스떼로 내게 축복의 말을 건네던 왕추가 오토바이에 시동을 걸었다. 나도 합장으로 허리를 굽혀 영웅에 대한 예를 갖추었다. 잠시 후 그가 성자 같은 미소를 남긴 채 어둠 속으로 사라졌다. 서로의 바람대로 언젠가 우린 히말라야 자락에서 다시 만나게 될 것이다.

Ongju Sherpa, I remember you as a true hero. - Didi

혼을 흔드는 소리 께냐

리마에 스페인의 영광이 있다면, 3,500m 고원에 위치한 잉카제국의 옛 수도 쿠스코에는 사라진 잉카의 혼이 있다. 쿠스코에 도착한 여행자는 시내 어디서든 산등성이에 'VIVA el PERU!(페루만세!)'라는 글귀를 만나게 된다. 굽이굽이 산을 넘어 쿠스코에 첫발을 디딜 때나 쿠스코를 떠날 때 누구나 한 번쯤 음미하게 되는 글귀, 이 한 줄의 글귀는 세월에 묻힌 안데스 산맥을 따라 긴 영화를 누리지는 못했지만 한때 번성했던 잉카제국을 보는 듯하다.

페루에 가면 반드시 거치는 도시 쿠스코, 유럽풍의 건물과 잉카건축물들이 광장과 좁은 골목을 따라 줄지어 서 있는 곳을 벗어나 6,000m 고산으로 둘러싸인 잉카제국의 중추를 이룬 성스런 계곡(우루밤바 계곡)을 순례하던 길이었다.

해마다 태양의 축제(Inti Raymi)가 열린다는 삭사이와망(Sacsayhuamang)을 둘러본 후 한참을 달려 차는 산 중턱에 위치한 피사크 유적지에 섰다. 사람들을 따라가면 차례대로 제단, 태양의 신전, 무덤, 마을광장, 집터, 계단식 논 등을 둘러볼 수 있는 코스였다.

거대한 봉우리마다 솜사탕처럼 부푼 구름이 얼마나 빨리 움직이는지, 나는 대형스크린 앞에 압도되어 갔다. 출발점에서 몇 발자국 걸었을 뿐인데 아련히 떠다니는 피리 소리, 꿈결 같아 귀를 의심했지만 꿈은 아니었다. 사방으로 높은 안데스봉우리들이 병풍처럼 펼쳐져 있는 아스라한 언덕 아래 붉은 망토를 걸친 한 남자가 어른거렸다. 분명 피리 소리가 들리고 사람도 보이는데 도무지 현실 같지 않은 현실, 바람 때문인지, 약한 청력 때문인지, 피리 소리는 애간장을 녹이듯 이어지다 끊어졌다. 나는 소리에 홀려 걸음을 멈추었다. 남자에게 다가가기엔 너무 멀었고 카메라를 줌으로 당겨보았지만 표정을 읽기에도 역부족이었다. 그렇다고 피리 소리가 확연한 것도 아니었다. 피리 소리는 바람을 따라 내 마음을 끌어당겼다 놓기를 반복했다. 생소한 곡이었으나 낯설지 않았던 건 천상의 소리 바로 께냐(케냐)였기 때문이겠지. 이번 여행에서 꼭 체험해 보리라 마음먹었던 것이 카페나 도심의 거리가 아닌 깊은 안데스에서 바로 저 피리 소리를 듣는 것이 아니었던가.

안데스 사람들이 좋아하고 가장 대중적인 전통 악기, 께냐 소리를 드디어 이 산정 유적지에서 듣게 되다니, 나는 걸음을 멈추고 잉카의 후예가 들려주는 연주를 경청했다. 께냐 소리는 하늘을 찌르는 봉우리와 그 봉우리를 넘나드는 바람과 천상의 하모니를 이루며 깊은 계곡을 휘저었다. 청아하면서도 몽환적인 소리, 부푸러기처럼, 뭉게구름처럼 가볍고 구슬픈 소리는 날개를 단 듯 가볍게 골짜기를 저공비행했다. 그때 아스라한 바위 절벽을 차고 오르는 한 마리 콘도르(독수리), 어떤 경우라도 이보다 극적일 수는 없었다.

그때 다시 곡이 바뀌어 내 마음을 두드리는 귀에 익은 노래 '바람 속의 먼지(Dust In The Wind)', 모든 사물은 지속적인 관심과 의미를 부여할 때 자신의 것으로 재탄생되듯 께냐도 그랬다. 사랑하는 사람이 죽으면 그의 넓적다리뼈를 고이 다듬어 만들었다는 잉카인들에게 전해 내려오는 슬픈 전설을 몰랐어도 그렇게 절절했을까. 영혼을 울린다는 것, 혼을 부르고 위무한다는 것이 어떤 의미인지 알 듯했다. 나는 멀미가 날 만큼 아스라한 벼랑 위에 있다는 것도 잊은 채 전율이 온몸을 스멀거리며 덮쳐와 금세 현기증이 났다.

팬플루트와 께냐로 연주되는 안데스 음악과 친해진 건 우연이었다. 그 우연으로 남미여행을 계획하면서 더욱 관심을 갖게 되었고, 남미를 유랑하는 동안 안데스 산정에서, 오래된 잉카의 도시 광장에서, 골목에서, 마을을 들고나는 오솔길에서, 카페에서 수많은 연주를 들었지만 그때마다 새로웠다. 초원에서 목동이 부는 서툰 소리도 좋았고, 평생 노동으로 손가락에 지문이 지워져 버린 노인의 담백한 연주도 좋았으나, 피사크 유적지에서 만난 께냐 소리는 달랐다. 내가 상상했던 배경과 소리가 완벽한 조화를 이루었기 때문이다.

겨울이라 그랬을까, 그날 마지막으로 유적지 오얀따이땀보를 둘러보고 광장으로 내려오니 5시인데 사위가 어둑해지고 바람이 차갑다. 그곳에서 마추픽추의 관문 아구아스 깔리엔떼(Aguas Caliente, 뜨거운 물)마을로 가는 기차는 저녁 8시 30분 표를 예약했지만 고맙게도 기차는 2시간이나 연착해 주었다. 저녁식사를 핑계로 큰 레스토랑을 택한 건 순전히 안데스 음악의 유혹 때문, 식당 플로어에는 깃털 장식이 화려한 의상을 입은 원주민 청년들이 연주를 이어갔는데, 귀에 익은 곡 'El condor pasa', 'Fire of Land', 'Dust In The Wind', 'White Buffalo', 'Inca Dance', 'Song of Ocarina'가 많은 악기(께냐, 팬플루트, 삼뽀냐, 차랑고, 봄보, 착차스, 오카리나)가 가미

되어 달콤한 화음을 전달했다.

성악이든 기악이든 순수한 소리를 원한다면 무반주가 제격인데 역시 낮에 유적지에서 듣던 께냐 소리를 떠올리자니 저녁의 카페 음악은 화음은 웅장하나 마치 조미료를 친 서양요리처럼 느껴졌다. 안데스 설산이나 도심의 카페나 그들의 음악이 영혼을 울리는 구슬픈 소리라는 건 누구도 부인하지 않지만, 그 밤 아쉬움은 있었지만 언제 올지 모르는 마추픽추행 기차를 기다리며 마테차를 놓고 음악에 빠져들었던 건 그 순간이 아니면 맛볼 수 없었다. 다음날도 그 다음 날도 나를 따라다닌 께냐 소리에 힘을 얻어 파블로 네루다가 그토록 격렬히 노래한 마추픽추 산정, 한때 번성했던 잉카대제국의 영화가 고스란히 남아있는 안데스 산정을 보다 힘차게 오를 수 있었다.

마추픽추를 돌아 쿠스코 난장에서 께냐를 샀다
안데스음악을 좋아하는 그를 위한 선물이었다

여행에서 돌아와
살아서 함께 부르는 노래가 많을수록
죽은 후에도 잊히지 않는다는 걸 아는 듯
사랑하는 사람의 정강이뼈로 만들었다는
잉카의 전설을 익히 아는 그가 밤마다 께냐를 불었다

곁에 있으면 그리움이 될 수 없다는 말은 거짓말
눈에서 멀어지면 마음에서 멀어진다는 말도 새빨간 거짓말

저릿저릿 흘러가는 강물도 말라
웃어도 저리 애끓는 가락이 되었구나

바람 속 먼지처럼 영원한 것은 아무것도 없다는
구멍마다 흘러나와 어깨를 도닥여주는 노랫말
괜찮아 다 괜찮아 영혼을 위무하는 피리 소리

한생을 달려간다 해도 다시 못 볼 그 한사람
사랑하는 사람이 죽어야 탄생하는 악기

오늘, 살아서 불어주는 그대의 께냐.

부에노스아이레스의 연인들

해 질 무렵 부에노스아이레스 시청 앞 공원, 목도리를 두르고 스웨터를 껴입어도 온몸을 파고드는 추위를 피할 수 없는 날이었다. 횡단보도에서 신호를 기다리는데 곁에 있던 여자가 건너편을 향해 열심히 손짓을 했다. 무슨 말인지 알 수는 없었지만 그러고 보니 건너편에 있던 한 남자도 열심히 수화를 했다. 잠시 후 신호등이 초록으로 바뀌자 두 사람은 서로를 향해 걷기 시작했고, 중간에서 짧은 입맞춤을 나눈 후 남자는 여자의 손을 잡고 오던 곳으로 되돌아갔다.

건너편에 도착할 때쯤에야 알았다. 여자는 다리가 불편했고 남자는 농아였다는 걸, 행인들이 모두 흩어진 후에도 둘은 그 자리에 남아 깊은 포옹으로 뜨겁게 타올랐다. 사랑은 어떤 불편도 장애가 될 수 없고, 신호등이 바뀌는 짧은 순간조차도 참을 수 없으며, 길을 건넌 후에도 멈출 수 없는 것일까. 곁에 없으면 한순간도 못 견디는 사랑이 있고 평생 떨어져 있어도 죽음처럼 깊어지는 사랑이 있다면 새파란 청춘의 저들은 전자일 것이다. 부에노스아이레스에는 때와 장소 불문 탱고만이 아니라 사랑도 엉기는 것이다.

파파

나는 '파파'라 불렀다. 모든 사람에게 날카롭게만 보이던 눈빛이 내게 닿을 땐 따사로움으로 바뀌었다. 길가에 쭈그리고 앉아 짜이를 마시는 나를 연민 가득한 눈빛으로 바라보던 분, 그의 표정은 '너는 왜 무엇을 찾으러 인도에 왔느냐?'라고 묻는 게 아니었고 만행을 거두고 '어서 돌아가라' 타이르는 것도 아니었다. 설법이나 박시시(돈)을 바라는 것도 아니고 대화를 원하는 것도 아니었다. 그는 영어를 모르고 나는 힌디어를 모르는 것이 소통불가를 의미하지는 않았다. 나는 선부른 감상을 자제하려 애썼지만 그는 특별히 행동을 줄이거나 말을 아끼려 하지는 않았다. 나란히 하우라 철교 교각기둥에 등을 대고 앉아 까마귀 떼가 시체를 뜯는 갠지스 강물을 바라보다 인사도 없이 헤어졌고 다시 그곳에 가면 처음처럼 그분이 거기 있었다. 단 한 번 미소를 지어주신 그날은 그가 인도에는 수많은 구루(스승)가 있지만 영혼을 나눌 수 있는 구루는 흔치 않다. 캘커타에서 만난 그분은 며칠이지만 내게 구루가 되어주셨다는 걸 멀어져가는 그의 뒷모습을 보고 알았다. 인도의 봄이 참으로 느리게 점령하는 어느 아침, 하우라 다리 위에서 발가락이 드러난 낡은 신발을 신고 히말라야 산속으로 떠나는 파파와 다른 도시로 옮겨갈 내가 또 보자며 작별인사를 하고 돌아섰다. 지키지 못할 약속을 하고 나는 또 얼마나 후회했던가. 옴 샨티, 구루, 잘 계시려나요.

네 발등에 내려앉은 빛까지도 사랑해

내 책 어느 페이지는 이렇게 시작된다,

"아픔(pain)이 몸을 상징하는 껍데기라면 고통(suffering)은 영혼을 상징하는 알맹이다."

산티아고를 걷는 동안 나는 내 영혼이 신성으로 가득하기를 소망했지만 고작 탈이 난 발과의 싸움에 패해 중간지점에서 자동차를 타고 말았다. 그 일을 계기로 굴욕감도 맛보았지만 아픔과 고통을 순하게 받아들이는 법을 알았다고나 할까.

생장피드포르, 팜플로냐, 레온, 라라소냐, 빌라 프랑카. 그리고 많은 순례자들로 붐비는 도미노 데 산티아고 종착점인 성인 야고보가 잠들어 있는 콤포스텔라 대성당, 브레드피트를 닮은 남자가 휠체어를 밀며 나타났다. 연인과 산책을 나온 것이리라. 성당 주변에는 나지막이 그레고리안 성가가 울려 퍼지고 새들은 종탑마다 집을 짓고 좁은 골목과 금빛 십자가들이 고풍스럽기 그지없는 곳, 저녁마다 거리의 악사들이 비틀즈를 연주하던 골목들, 뾰족탑에 걸린 별빛들, 몽실몽실 금잔화 핀 화단을 굴러다니던 아이들의 웃음, 모두가 제 모양에 충실하던 그 지극한 순간 순간들.

휠체어에 앉은 금발의 여자는 작고 귀여웠으며 분홍스카프를 목에 두르고 있었다. 둘은 무어라 소곤대다가 곧잘 소리 내어 웃었다. 그러다가 남자가 그녀의 벗겨진 신발을 신겨주려는 듯 몸을 낮추고 얼굴을 숙이는가 싶더니 여자의 발에 입을 맞추는 게 아닌가.

'네 발등에 내려앉은 빛까지도 사랑해.'

남자의 눈빛은 그렇게 속삭였고 환한 미소로 답하던 여자가 남자의 목을 끌어안으며 입을 맞추었다. 딥키스였다. 어쩌면 그 순간이 남자의 첫 고백은 아니었을까.

주변 사람들의 시선이 일제히 그들을 향했다. 더러는 미소를 더러는 응원의 박수라도 칠 기세다. 오로지 두 발로 걸어서 그곳까지 온 순례자들로 가득한 성당 앞마당이 그들로 인해 행복이 구름처럼 피어오르는 듯했다. 아픔과 고통을 통과하지 않는 행복이 있을까. 사랑이 매일 아침 눈을 뜨고 마시는 첫 모금의 커피 같을 순 없어도 키를 낮추고 무릎을 꿇어 그를 바라보거나 보살피는 일이 즐겁지 않다면 그건 사랑이 아니겠지. 매 순간 허리를 꺾고 바닥에 엎드린다 해도 변함없이 행복하다면 그게 사랑이겠지.

체 게바라의 후예들

산텔모 광장. 이곳은 춤추고 싶은 사람, 노래하고 싶은 사람, 인형극 하는 사람들, 안데스에서 온 각종 악기 연주자들, 알록달록한 소란을 만끽하고 싶은 사람들, 그야말로 세계의 여행자들이 모이는 장소다. 거리를 가득 메운 악사들과 탱고선생을 자처한 턱시도 차림으로 머리에 기름을 번지르하게 바른 한 남자들은 왜 그리 넘쳐나는지, 영화에서 보던 히피족은 현실 속에서도 어쩜 그리 멋져 보이는지, 갖고 싶은 골동품과 미술품, 도자기들, 인형들은 왜 그리 넘쳐나는지,

연인들은 벽에 기대어 백허그나 키스를 나누고, 가족들은 거리카페에서 따뜻한 홍차를 마시고, 친구라면 서로의 코드 깃을 세워주거나 스카프를 매만져 주기 좋은 날씨마저 매혹적인 부에노스아이레스.

골목마다 넘쳐나는 무명 가수들 속에서 유독 이들 곁에 오래 머무른 건 멋진 사운드 때문이었는데 누구나 따라 부르기 쉬운 지금도 후렴이 입가를 맴도는 노래, "Che Guevara, Che Guevara, Che Guevara……."

쿠바 혁명으로 세계적인 명성을 얻는 아르헨티나 사람들에게 에바 페론만큼 자랑스러운 아르헨티나 출신의 혁명가 체 게바라, 이들은 비록 거리에서 노래를 하고 있지만 체 게바라 후예답게 음악에 대한 자부심만은 그 어떤 실천가 못지않은 혁명가들이다. 그리고 골목마다 여전히 어제 일처럼 울려 퍼지던 노래, "Don't cry for me Argentina."

그녀도 젓가락질이 서툰지

남녀가 머리를 맞대고 쌀국수를 먹고 있다. 아무리 열심히 퍼올려도 국수 가락을 흘리며 쩔쩔매는 여자를 남자는 흐뭇하게 바라보았다. 한참을 기다리던 남자가 여자의 입가에 묻은 국물을 닦아주며 익숙한 젓가락질로 그녀에게 국수를 먹여주기 시작했다. 경험 많은 아버지가 어린 딸에게 하듯 무엇이 그리 좋은지 연신 킬킬거리면서 말이다.

내 생각을 강요하는 것이 아니라 그의 말에 귀 기울여주는 것이 애정이 듯, 내가 원하는 것을 요구하는 것이 아니라 상대의 부족한 부분을 채워주는 것이 사랑 아닐까. 무엇이든 나무라기에 앞서 잘하는 사람이 이끌어주는 것, 묵묵히 행동으로 자신의 마음을 전하는 그런 거 말이다. 그래 사랑은 태산을 옮겨주겠다는 부질없는 공약보다 지금 당장 맛있는 국수를 입에 떠 넣어주는 것일지도 모른다.

혹 당신 애인도 젓가락질이 서툰가. 서툰 젓가락질을 불평만 하지 말고 차근차근 잘못된 손가락을 짚어주거나 몇 번쯤 먹여주는 건 어떤가. 사소한 실천으로 사랑이 깊어지는 것은 물론 그것이 고맙고 미안해서라도 곧 그의 젓가락질은 익숙해질 테니까. 상대가 손가락이 불편하거나 포크에 익숙한 파란 눈을 가진 서양인이라면 더욱더.

웃게 하고 싶다

말라위 수도 릴롱웨 터미널 덜컹거리는 버스를 타고 붉은 먼지 가득한 신작로를 얼마나 달려 카시아마을에 당도했는지, 불편한 잠자리와 부실한 먹을거리와 통하지 않는 언어를 한방에 날려준 건 역시 아이들, 많이 웃고 많이 떠들던 날이다. 지극하지는 않았지만 발랄함 그 자체로 좋았다. 나는 천국을 믿지 않는다. 그러나 아이들이 있는 곳이면 천국이려니 한다.

사진 부탁을 받았을 때 벽의 얼룩과 먼지 묻은 옷과 거친 맨발보다 눈에 먼저 들어온 건 꽃 없는 화분 곁으로 바람처럼 달려가 폼을 잡던 소년의 미소다. 보다 멋진 포즈를 주문하자 이 녀석 점점 왼쪽으로 기울어진다. 녀석에게 가장 멋진 포즈는 삐딱해지는 건가 보다.

나도 가끔은 카메라 앞에 삐딱하게 서서 지친 당신을 웃게 하고 싶다.

여행을 생각하면

어떻게 하면 여행 상태를 유지할 수 있을까. 떠나있는 것이 아니라 떠나지 않고도 떠났을 때의 마음 상태를 지속할 수 있을까. 따뜻한 홍차를 앞에 둔 지금의 내 고민은 이것이 시작이다. 나를 넘지 못하는데 무엇을 초월할 것인가. 문고리를 잡자 덜컥 마음이 걸린다. 딱 한 번 마주쳤을 뿐인데 그의 잔상이 이리도 오래 행패를 부린다. 낭패다. 상처를 뿌리에 기록하는 존재들, 싹둑 잘려나간 가로수에서 결연한 냉소를 목도한다. 가차 없고 단호하다. 서늘하고 따뜻하다. 사물이 침묵으로 촉촉해진다. 슬픔이 꽃이면 기쁨도 꽃이고 절망도 꽃이다. 시간은 사라지면서 저문다. 숨을 곳이 없다는 건 난처하고 막막한 일이다. 희망은 아무리 오래 걸어도 닿을 수 없는 계절과 같다. 쭉정이에 연연했던 일. 비겁했던 일, 떨어지는 빗방울로 대지 위에 반성문을 쓴다.

세차후 기름 만탱크하고 배낭을 꾸리며 돌아오는 데 며칠이 걸릴까 생각해보는 이 아침의 기분도 대책 없이 좋다. 좋다는 말보다 성내지 않기를 바라던, 눈에 보이는 것보다 이면을 갈망하던, 간절히 원할 때, 그것을 이뤄 주기 위해 온 우주가 움직인다는 걸 나는 믿는다. 욕망이 살아난다. '징후'란 말 참 아픈 말이다. 피고 싶어 피는 꽃만 있겠는가. 채찍 때문에, 피고 싶지 않아도 피어야 하는 꽃도 있으리라. 그러니 어쩌란 말인가, 금세 질 꽃들이 자꾸만 피는 이 사태를.

두려움은 마취가 되는 거겠지

히말라야에서 가시에 찔린 손가락을 흔들며 고함치던 아이에게 밴드 하나를 붙여줬을 뿐인데 울음을 뚝 그친다. 호~ 하고 상처에 입김을 불어넣을 때나 이마에 손을 얹거나 아픈 배를 쓸어줄 때 좁은 어깨를 토닥거려줄 때 눈을 감고 하나둘을 세는 동안 두려움은 마취가 되는 거겠지. 그러니까 상처는 약이 아니라 관심과 사랑이었던 거야.

사금파리에 손을 베던 날, 놀란 언니가 옥양목 천을 북 찢어서 손가락을 싸맬 때 흰 천위로 번지던 선홍빛 피를 기억해. 그리고 얼마 후, 흰 요에 초경(初經)이 그린 붉은색 추상화를 겁에 질려 물끄러미 관찰하던 긴장감과 두려움까지도, 그때 서늘하게 손등을 적시던 눈물의 온도를 지금껏 간직하고 있는 나. 기억하고 싶은 것만을 기억하는 추억에도 부분마취라는 게 있는 걸까.

비로소 수선화처럼

가진 것이 없어서 불행한 것이 아니라 없는 것이 많아서 자유로운 영혼인 내가 지독한 몸살로 길에서 몸져눕던 날이 있었다. 누구나 가보고 싶어 하는 터키 지중해 연안의 낭만적인 도시 안탈야 뒷골목이었다. 집 생각이 간절했고 가족이 그리웠다. 몸이 아프단 이유로 마음까지 비굴해지는 게 싫었다. 갑자기 닥친 고적감이 두려워 몸서리를 쳤다. 나를 뛰어넘지 않고 세상을 이길 방법이 있을까. 대체 그런 방법이 있기나 할까. 저녁이 되면 개 짖는 소리에도 몸은 오싹해지고 눅눅한 게스트하우스의 침대가 무덤처럼 느껴졌다.

나는 세상으로부터 빠르게 격리되었고 그럴 때마다 아프지 마라, 제발 아프지 마라, 문지기 없는 성채 같은 몸에게 주문을 걸었다. 간섭 없는 삶을 바라 유목을 선택했으나 다시 누군가의 간섭을 그리워하다니, 몇 발자국만 걸어나가면 있을 문밖의 현란도 소용없다. 올바른 정신으로 끝을 정의한다면 그곳일 거라 생각했다. 꽃밭을 꿈꾸며 거기까지 왔으나 나는 무덤에 있었다.

닷새 만에 머리를 들고 밖으로 나갔다. 소란이 그토록 정다운 것인지, 새로운 바람이 세상의 끝과 다른 모습으로 세상을 보여준들 무엇이 달라질까마는 나는 나를 극복했다는 사실만으로도 실없이 좋았다. 어제까지는 비루했으나 오늘은 달콤했다. 유적순례를 할 내일은 가보지 않아도 낙원이었다. 흙과 풀과 길의 무수한 경계를 지우고 앞으로 나아가는 일은 신선 그 자체였다. 사소한 것들이 한없이 사랑스러웠다. 그렇게 다시 이틀 밤을 보냈을 뿐인데 사람 소리 새소리가 들렸고 비로소 들판의 수선화처럼 웃고 싶어졌다.

무병 중이라는 그녀

수많은 그녀가 있지만 유독 그녀가 생각날 땐 네팔이 그리울 때다. 그녀는 말을 아꼈고 표정은 극도의 긴장감으로 굳어있었다. 나는 그녀가 나와 눈을 맞추고 입을 열어 자신에 대해 말해주기를 바랐지만 한나절이 지나도록 요지부동이었다. 처음 만난 여자에게서 투명한 영혼을 느끼고 보았다는 걸 어떻게 설명해야 할지 알 수 없지만 나는 분명 그녀의 영혼을 읽었다. 그렇다면 그녀도 내 영혼을 읽었을까.

기다리다 못해 자리를 일어서며 그녀를 향해 두 손을 모으고 허리를 굽혀 나마스떼!(나의 신이 당신의 신께 인사를 드립니다라는 뜻이 담겨있는 네팔 인삿말)로 굿바이 인사를 할 바로 그때, 그녀가 아주 조금 입술을 열어 미소를 짓는 둥 마는 둥 했는데 내가 그녀에게서 볼 수 있었던 건 그게 전부였다. 그래서 더 마음이 끌렸던 건 아닐까.

나중에 들은 말로는 그녀가 무병을 앓고 있다고 했다.

보는 것보다 만지는 것이 행복이라던

많은 여자들이 나를 에워싸고 있었지만 유독 그녀만 귓속말로 머리를 만지고 싶다기에 그러라고 했다. 그녀가 내 머리칼을 더듬는 감촉은 보통 사람과 조금 달랐는데 뭐랄까 결이 느껴지고 혼을 어루만지는 듯했달까. 그런데 느닷없이 그녀가 빗을 꺼내 조심스럽게 내 머리를 빗기 시작하는 게 아닌가. 그게 재밌는지 킥킥 웃을 땐 뭔가에 당첨이라도 된 듯 주변 여자들의 부러움을 사기도 했다. 한참 후 빗질이 멎어 뒤를 돌아보는 순간 황급히 나를 피하던 그녀. 후에 알았지만 한쪽 시력을 잃은 지는 오래되었고 나머지 한쪽도 빠르게 나빠지고 있지만 아직은 별문제가 없단다. 내 머리는 왜 만져졌느냐 물으니 "세상은 보는 것보다 만지고 느끼는 게 더 행복하잖아요"란다. 나는 왠지 모르게 그녀가 빨리 걷지는 못해도 높이 날아오를 수는 있을 것 같은 생각이 들었다. 대상이 명료하지 않을 때 감각은 발달할 수밖에 없지만 절반의 시력으로 산다는 건 삶의 균형을 잃기보다 밝은 영을 소유하는 일에 가깝지 않을까. 그녀의 말이 끝나기 무섭게 우리는 마주 보고 고개를 끄덕였다. 그러고 보니 나도 보는 것보단 만지고 더듬어 느끼는 게 더 좋긴 했다. 그녀가 내 머리칼을 만지는 동안 어릴 때 친구와 하던 소꿉놀이처럼 잠시라도 나를 느끼고 행복했는지 묻지는 않았지만 아마 그랬을 것이다.

부표

수목한계선, 한껏 몸을 낮춘 나무들이 바람에게 길을 내주는 고원에서, 강한 것은, 다시 말해 생존 가능한 모든 대상은 차가운 것들이란 생각을 했다. 경험이란 늘 타인의 인식을 조금 벗겨내고 나의 감각으로 세상을 인식한다는 뜻이기도 하니까.

그때 잠깐이지만 시(詩)를 알면 모든 것을 아는 것이란 다소 오만한 언사를 떠올리며 대견해 했던 치기를 기억하는 일은 부끄럽다.

부표라, 순간 뉴질랜드 피오르드랜드 밀포드 사운드와 지상에서 가장 높다는 페루 티티카카 호수가 떠오른다. 다른 이름, 같은 뜻이라고 기억한다. 영문 모를 기다림 때문이었을까, 터널 끝 속살로 드러난 밀포드 사운드는 눈부셨다. 항구에서 바다로 이어지는 해수면에서 보았다, 부표. 아름다움도 지나치면 아픔이란 걸 배웠다. 티티카카, 날선 바람도 갈대 위에 터를 잡은 원주민의 삶을 표현할 수 없는 듯했다. 그날 습하고 냉한 수로에도 보였다. 부표. 애달픈 고통도 감내할 수 없을 땐 어떤 웃음도 절망을 딛고 일어서지는 못했다. 그러고 보니 자연스럽다는 말은 인위와 아주 닮았다. 자연을 경계하는 인간의 표식이란 어제와 지금이 다르지 않다. 그럴지라도 새삼 연습을 탓할 일은 아니고, 이미 내면화된 삶의 전면인 듯. 그렇게 부표 사이를 배들은 드나든다. 바람의 길목에도 부표는 기호라는 걸 깨닫는다.

사과나무가 있는 국경

한두 번 경험한 것도 아닌데 국경을 눈앞에 두면 늘 가슴이 뛴다. 미지로 향하는 관문이어서만은 아니리라. 철책이 있거나 무장경찰과 군인들이 보초를 서거나 외형상 지극히 평화로워 보이는 곳일지라도 예외는 없었다. 그곳이 어디든 대한민국 국민이라는 증명서 여권과 준비된 서류를 작성한 후 스탬프를 받고 입국허가 명령이 떨어질 때까지의 그 야릇한 긴장감이란,

금을 긋고 철조망을 치는 땅의 경계가 인간의 것이라면 하늘의 경계는 신의 것이겠지. 날짐승들은 자유롭게 국경을 넘나들고 물고기도 유유히 대양을 떼로 이동하는데 오로지 인간만이 검열이 필요하다는 것은 인간이 가장 불완전하고 모순적이라는 걸 대변하는 게 아닐까. 그러니까 수비대가 있는 국경을 넘는다는 건 자신보다 높은 벽을 넘는다는 걸 상징하는 것이리라.

도망자가 아닌 오로지 여행자의 신분으로 떠난 영화의 한 장면처럼 간간이 바람소리만 들리고 죽을 것 같은 고요가 엄습하는 국경의 밤, 뇌에 가득 찬 안개를 걷어내고 혹한을 견디기 위해 야심한 밤에 따뜻한 커피잔을 양손으로 감싸 쥐고 국경을 서성거리며 거친 흙바닥에 달이 기울기 전 네가 국경에 도착했으면 좋겠다는, 아니 기다리겠다는 낙서를 쓰기도 했던 지난날들.

장총을 든 경비병 말고, 뭔가 꼬투리를 잡으려는 그 탁한 눈빛도 말고, 카메라를 꺼내도 안 되고, 함부로 말을 걸어서도 안 되며, 내 나라를 방문해 줘서 고맙다는 인사까지는 아니어도 나는 사과나무에 사과가 빨갛게 익어가는 국경을 넘어보고 싶은 간절한 소망이 있다. 내게 사과나무는 아가, 구름, 바람, 연두, 고양이, 숲처럼 발음하는 것만으로도 기분이 좋아지는 단어다. 특히 해외여행이 처음인 여행자에게 자신의 나라를 알리고 사과는 얼마든 따먹어도 좋다는 그 어떤 조약보다 마음이 끌리는 평화협정, 하늘과 땅을 공유하고 그들과 열매를 나눌 수만 있다면 훈자마을을 천상으로 만드는 살구나무 같은 것도 좋겠지만 상상해 보라. 사과 꽃이 필 때 입국하여 사과를 딸 때쯤 출국하는 일정은 얼마나 낭만적인가. 그 나무의 사과향기 잘 간직해 두었다가 훗날 기억의 창고에서 야금야금 사과를 꺼내먹어도 좋으리. 자연의 간섭을 피해 살 수 없는 우리에게 사과 꽃 피는 내년 이맘 때 다시 오리라는 약속은 얼마나 희망적인가. 내일도 오늘처럼 그대를 기다리겠노라고, 비행기표는 편도로 끊으라고, 속수무책 그리운 사람에게 메시지를 보내는 건 또 얼마나 가슴 뛰는 일인가 말이다.

언젠간 인도와 파키스탄 국경 근처 분홍 살구꽃 흐드러진 나무 아래에서 나는 새 산문집 '가만가만 꽃이 오는 소리를 듣는다'로 시작하는 프롤로그와 지상에서 가장 아름다운 내 나랏말로 글을 쓰고 싶다. 그러노라면 눈이 별처럼 맑은 아이들이 몰려와 이상하게 생긴 활자를 힐끗거리며 까르르까르르 살구꽃처럼 웃겠지. 자작나무 벌판으로 이어지는 몽골과 러시아 국경은 또 어떤가. 백인 아이들이 몰려와 사탕을 달래도 좋으리라.

긴장을 날려버리기엔 파파야나 망고향기가 있는 국경도 멋지지 않을까. 그러나 유감스럽게도 아직 나는 그런 국경을 본 적이 없다. 하여 마음 속 국경에 사과나무를 심기로 했으니 훗날 나무가 자라 붉은 사과가 주렁주렁 열리면 누구든 와서 따 드시라. 그리고 전해주시라. 지상 어딘가 사과나무가 있는 매우 멋진 국경이 있노라고. 그곳에 가면 당신은 그리운 이에게 사과나무가 있어 등지고 싶은 세상을 다시 사랑하게 되었노라는 편지를 쓰게 될 거라고.

고서

오래된 석관(石棺)을 보고 있노라면 소장하고 싶은 묵직한 고서(古書)가 생각난다. 말레이시아 페낭 공원묘지, 이곳은 그런 고서들로 가득하다. 늙은 나무들과 이끼와 두꺼운 석관 위에 떨어진 꽃의 꽃말이 '순결'일지도 모를 저 예쁜 열대의 꽃숭어리들, 석관을 열면 먼지 속에서 왕실의 내력을 담은 활자 뭉그러진 책 몇 권은 나올 듯하다. 새벽의 싱그러움 때문인지 고목 아래 드리운 짙은 그림자조차도 경건과 엄숙을 강요하지는 않는다. 그날도 무덤에서 아무도 만나지 못한 나는 묵은 시간의 외롭고 쓸쓸한 등만 스치듯 보았을 뿐.

무덤 순례

낯선 마을에 도착하면 빠트리지 않는 것이 자의든 타의든 모든 걸 내려
놓은 자만이 갈 수 있는 무덤순례이다. 우리 식으로는 공동묘지인데 그
들에겐 가족이 꽃을 들고 와 고인과의 과거를 회상하며 산책하기 좋은
공원이어서 그런 건 아닐까.

아름다운 해변 마을 저비스 베이를 찾아간 건 캠프사이트 때문이었다.
해수욕장이 있는 마을을 가운데 두고 왼편으로는 멋진 골프 그린이 바
다를 향해 길게 펼쳐져 있고 오른편 언덕에는 크고 작은 무덤들이 공원
을 이루고 있었다. 가랑비가 내리는 오후 나는 뭔가에 홀리듯 무덤을 향
해 걸어갔다. 그곳은 마을이 작고 아담해서 그런지 무덤 또한 옹기종기
화사하고 예뻤다. 무덤의 십자가들은 무슨 서약처럼 바다를 바라보고
있었지만 뒤편으로 작은 강과 우람한 숲이 버티고 있었으므로 평지보다
안온한 느낌이 들었다.

대부분의 무덤에 십자가 걸려있고 사진과 사자의 이력 소개가 있어 언
제 몇 살에 생을 마감했는지 알 수 있을뿐더러 어른의 무덤엔 담배나 수
첩 같은 애장품들이, 아이의 무덤엔 장난감이, 처녀의 무덤엔 꽃이 가득
하여 무덤 수인을 상상하는 일은 어렵지 않았다.

그곳을 걷다가 유난히 많은 꽃으로 장식한 무덤 앞에 멈췄을 때 나를 소
스라치게 한 사건(?), 그것은 자세히 살펴봐야 알 수 있는 십자가 밑에

숨어있는 CC 카메라였던 것. 그 많은 꽃으로 무덤을 장식한 10대 후반의 사진 속 긴 머리 소녀는 그들 부모에게 보통자식이 아니었음을 단번에 알 수 있었다. 곁에 있을 때 지켜주지 못한 것이 한이 되었을까. 그건 단지 부모가 먼저 간 자식에게 쏟을 수 있는 무한정의 사랑만은 아닌 듯했다. 하기야 어떤 모습을 보인다 해도 자식 잃은 부모의 마음을 대변해줄 언사는 없을 테지만,

생각이 많아지기도 하고 아주 단순해지기도 하는 낯선 무덤가의 산책들, 부슬부슬 비까지 내리는데 묘비명을 읽으며 무덤을 서성거리는 동안 어디선가 긴 머리 소녀의 부모가 이방인의 행동을 관찰하고 있다고 생각하니 그건 아름다운 공원을 한가롭게 거니는 안온한 오후 산책이 아니라 모골이 송연해지는 일이기도 했다.

그래, 세상에는 눈물이나 질퍽한 감정 따위로는 위로가 되지 않는 죽음 저 너머까지 지켜주고 싶은 절대 사랑도 있는 것이다. 한나절을 그곳에서 보내고 마을로 돌아오는데 흰 포말을 일으키며 밀려드는 바다는 어찌 그리 아름다운지.

물처럼 흘러갔다 다시 돌아오라는 말

터키의 오래된 마을 '사프란볼루'. 조붓한 골목에서 친지들과 작별인사를 나누는 모습이 눈에 들어왔다. 헤어지기 아쉬운지 길고 긴 축복의 말과 따뜻한 포옹을 끝내고 차가 출발하자 양동이에 담아둔 물을 차를 향해 힘껏 퍼붓는다. 이유를 물으니 '물처럼 흘러갔다 다시 돌아오라는 의미'란다. 참 따뜻한 인사다. 시(詩)다.

실비아

이름은 실비아인데 얼굴은 실비아가 아니다. 피부는 검은데 속은 희다. 손을 놓는다는 건 다 잃어도 상관없다는 뜻이 아니다. 냄비를 엎으면 며칠 먹을 빵을 업는 것이지만 실비아는 며칠 분의 빵을 두려워하지 않는다. 머리에 얹은 냄비 하나에서 손을 자유케 하므로 세상의 모든 것을 움켜쥘 수 있다는 걸 아는 실비아.

시야를 가리는 붉은 먼지를 손으로 휘저으며 사부작사부작 걷고 있는데 풀숲에서 인기척이 들렸다. 큰 냄비를 머리에 인 소녀가 날 듯한 걸음으로 다가온다. 소녀도 혼자고 나도 혼자다. 나는 놀라지 않았으나 방금 전까지 나풀거리듯 두 팔을 팔랑팔랑 흔들며 걷던 소녀가 나와 눈이 마주친 순간 반사적으로 냄비에 손이 가는 걸 보고 놀랐구나 싶었다. 소녀의 이름은 실비아, 영어 이름 말고 그의 나라 이름(치체와어)을 가르쳐 달라 했지만 고개를 저었다. 왜냐고 묻지 않았다. 소녀는 태어날 때부터 실비아였을 것이다.

몇 마디 오갔을 뿐인데 실비아가 다시 손을 아래로 내렸다. 수평이 흔들릴 때마다 줄 위의 광대처럼 조금씩 고개를 갸웃하기만 하면 금세 원상태로 돌아갔다. 나는 소녀의 머리에 붙어있는 것이 빈 그릇이라 생각했지만 나중에 보니 그 속엔 팔아야 할 콩이 가득했다.

의심은 보는 것에서부터 시작된다고 했던가. 아는 것에서부터 시작된다고 했던가. 냄비 안에 가득 담긴 콩을 내 눈으로 보기 전까진 뭐 그럴 수 있지 했으나 보고 난 후 내 마음 상태는 달랐다.

"실비아, 어떻게 그럴 수 있지?"

"그냥 하면 돼요."

"어떻게?"

"그냥요."

'그냥'이라는 말 속에는 '의심하면 안돼요', '머리로 배우지 말고 몸으로 이해해야 해요', '당신도 해봐요, 나처럼 이렇게 말이에요'가 들어 있었고 그제야 나는 알아차렸다. 물동이든 콩냄비든 믿고 맡기면 그분이 모두 알아서 붙잡아 주신다는 걸.

레이첼, 우울한 재회

레이첼, 어느 해 7월 아프리카 트럭여행 중 말라위 호숫가 칸데비치 마을에서 만난 말라위 통가족 여자다. 그녀를 특별히 눈여겨본 건 고갱의 연인 테후라와 한때 세계에서 가장 아름답다는 나오미 캠벨을 닮은 것 외 설명 불가한 원시적 아름다움 때문이었다. 18살인 그녀는 결혼했고 출생 20일 된 아들을 둔 풋풋한 여자였다. 남편의 사랑은 뜨겁다 했고 아들을 출산한 지 얼마 되지 않아서인지 자신감과 행복감에 부풀어있었다.

그녀는 카메라 앞에 서는 것을 좋아했다. 어떤 날은 자신이 가진 최고의 옷으로 갈아입고 망고나무 아래에서 포즈를 취했고, 또 어떤 날은 호숫가에서 반라로 천진하게 웃었다.

나는 그녀가 남편 번다에 대한 사랑이 남다르다는 걸 느꼈고 번다 또한 레이첼이 멋진 여자라는 걸 말끝마다 자랑스러워했다.

"내가 이 마을에서 가장 아름다운 레이첼을 아내로 둔 건 행운이죠. 보세요, 저 아름다운 미소, 윤기 나는 머릿결, 무엇보다 제게 아들을 안겨준 여자예요. 나무랄 데가 없다구요. 그래서 밤마다 레이첼을 사랑해 주죠."

나는 어쩌자고 감추지 않는 사랑, 아름답고 육감적인 젊은 그들 부부의 사랑을 부러워했을까.

헤어지던 날, 우린 뜨겁게 포옹했고 다시 만나자며 새끼손가락을 걸었다. 그 약속이 얼마나 부질없는 것인지 몰라서 그랬던 건 아니었다.

내가 그 먼 곳까지 레이첼을 만나러 간 여정의 어려움을 설명하는 일은 불가에 가깝지만 우여곡절 끝에 나는 다시 말라위로 날아갔다. 레이첼과 그의 가족사진을 여러 장 인화해 배낭 깊은 곳에 넣고서. 그녀는 여전히 고향을 지키고 있을까. 4년 전 자신의 모습을 보고 깔깔댈 그녀를 생각하는 것만으로도 나는 구름 위를 걷는 듯 즐거웠다.

집을 떠난 지 2주쯤 지난 어느 오후 레이첼과 마주 섰다. 우린 서로를 기억하고 알아보는데 아무 장애도 없었다. 헤어질 때보다 더 깊은 포옹으로 재회의 기쁨을 나누었고 22살이 된 그녀 곁에는 새로 태어난 아가가 있었다. 세 번째 딸 사라 번다였다.

그런데, 다시 만난 그녀는 더 이상 고갱의 연인 테후라를 상상하던 도도함과 냉소적이기까지 했던 아름다운 레이첼이 아니었다. 4년이 지났을 뿐인데 그녀는 삶에 찌들어 생기를 잃은 평범한 아줌마에 지나지 않았다. 나는 그녀의 불행을 직감했고 가슴이 몹시 아팠다. 그건 남편의 외도와 가난이 원인이었는데 할 수만 있다면 4년 전 레이첼로 돌려놓고 싶었다. 그것은 내가 레이첼 같은 딸을 둔 엄마거나 여자라는 이유만은 아닌 건 분명했다.

그렇게 그리워하고 기다렸건만 레이첼은 초췌해 있었고 번다의 표정에는 교만과 오만이 줄줄 흘렀다. 나는 직감적으로 그들에게 문제가 있다는 걸 알았고 레이첼이 모든 사실을 털어놓을 때까지 인내하며 기다렸다. 남편에게 여자가 생겼고 이제 번다는 더 이상 레이첼을 사랑하지 않

는다는 것. 그렇게 불타는 사랑을 과시하던 번다였는데 그간 무슨 일이 있었는지, 나는 번다를 만나야 했다.

"번다, 너는 내 앞에서 너무나 당당히 레이첼을 사랑한다고 했잖아, 잊었니?"

"네, 그땐 그랬죠. 그런데 지금은 아니에요. 나는 글로리아를 사랑해요. 레이첼은 사랑하지 않는다구요."

번다는 손가락을 까딱거리는 것으로도 모자라 내 눈을 똑바로 쳐다보며 "사실을 사실대로 말하는데 뭐가 문젠가요?" 그러는 게 아닌가. 어이가 없었다. 나는 냉정을 찾으려고 거듭 심호흡을 했다.

"번다, 그건 잘못된 일이야, 네가 그렇게 아름답다고 자랑하던 레이첼을 아이 셋과 가난과 살게 하는 건 너무 가혹한 일이야. 레이첼에게 남편이 필요하듯 아이들에겐 아빠가 필요하다구. 알잖아."

레이첼이 우리의 대화를 듣고 있었음에도 번다는 더욱 목소리를 높였다.

"내가 글로리아를 사랑하는 것도 사실이고 레이첼을 사랑하지 않는다는 것도 사실이에요. 나는 사랑하는 사람을 택한 것뿐인데 대체 무엇이 문제죠?"

애초 나는 내 맘 구석 어딘가에 위선이나 거짓말로 일관한 번다의 연극을 기대한 건 아니었을까. 사랑은 있고 책임은 없는 이 철딱서니 없는 남자를 보며 나는 레이첼의 친정어머니 같은 마음으로 그를 타일렀다. 하지만 도덕선생 같은 마음을 갖는다는 것이 그들 정서에 어디 가당키나 한 일인가. 나는 레이첼의 절망을 보는 일이 괴로워 견딜 수가 없었다. 그렇게 며칠이 지나 마음이 가라앉았는지 레이첼이 아기를 업은 채 내 어깨에 살며시 머리를 기대며 독백하듯 말했다.

"난 아직도 번다만을 사랑해요. 매일 밤 다른 여자를 찾아가는 건 참을 수 없는 일이지만 그래도 참아야겠죠. 난 엄마니까요."

이제 겨우 22살 된 레이첼에게 이런 모성이 있었다니. 나는 또 한 번 울컥하고 말았다.

재회라는 단어가 행복의 상징일 수만은 없다는 걸 우리는 알고 있다. 그런데 나는 꽤나 시간이 흐른 지금도 아프리카 하면, 원시적 아름다움으로 충만하던 레이첼과 내 품에 안겨 눈물을 삼키던 또 다른 레이첼을 잊을 수가 없다.

캠퍼밴 여행

반대하는 가족들을 설득시켜 운전면허증을 딴 다음 날, 나는 차를 몰고 거리로 나갔다. 주부가 자신의 차로 시장을 가고 여행을 가기엔 좀 과하다는 시선을 피할 수 없는 시절이었다. 그런데 얼마 후 나는 내가 대가족의 하나뿐인 며느리라는 걸 까맣게 잊은 채 카레이서를 꿈꾸다니, 내 의지대로 달릴 수 있다는 건 설명 불가한 매혹 그 자체여서 간이 조금씩 부풀어갔다. 병중에 계신 어른들을 보살피고 어린 딸들을 케어하고 친인척의 대소사에 앞장서고 그러면서 지금껏 한 번도 내겐 차가 없었던 적은 없었다. 생각해 보면 차는 금 안에만 있던 나를 금 밖으로 나가게 해준 일등공신이다.

하지만 나는 두 발로 그것도 느리게 걷는 여행을 선호한다. 그래서인지 사람들은 나를 오지 배낭여행가로 알고 있지만 여행하면 나름 다방면으로 새로운 텍스트를 추구해 왔다. 다른 나라에 갈 땐 비행기를 이용하지만 일단 도착하고 나면 육로이동을 고집하는데, 아프리카 7개국은 트럭여행을, 남미 5개국은 버스로, 에게 해와 지중해는 크루즈 여행을, 유럽과 시베리아횡단은 기차로, 몽골은 사륜구동으로, 그리고 뉴질랜드와 호주는 캠퍼밴을 빌려 직접 운전을 했다.

캠퍼밴 여행을 할 때 그 큰 차를 몰고 종일 달려도 차 몇 대 구경하기 힘든 사막 지역을 통과할 때면 마치 내가 트럭운전사인 듯한 착각이 들었고 이마에 흘러내리는 머리를 스카프를 묶고 달리다 보면 무슨 혁명가라도 된 듯한 착각으로 달렸다. 중간에서 기름이 떨어져 불안에 떨고 잠시 쉬어가려고 도로를 비켜 차를 세우려다 바퀴가 해저드에 빠져 몇 시간 공포로 치를 떨었던 막막한 절망감은 큰 차를 몰고 사막 지역을 통과하면서 설명할 수 없는 쾌감으로 몸서리를 친 기억과 감히 견줄 수 없다는 걸 알았다.

아침에 바다나 호숫가나 만년설이 덮인 산 아래에서 눈을 뜨면 제일 먼저 차탁을 내놓고 찻물이 끓기를 기다려 차 한 잔 하는 시간과 하루 스케줄을 모두 마치고 태어나 처음 보는 낙원에서 석양을 바라보며 마시는 차 한 잔의 의미를 어떤 일상과 견줄 수 있단 말인가.

경험이 쌓이면서 많은 이들이 어떤 여행이 가장 좋으냐 물으면 번번이 나는 캠퍼밴 여행을 맨 앞줄에 세웠다. 이건 계획된 답이 아니라 즉답이다. 남이 차려놓은 밥상에 숟가락 하나 없는 것이 여행이라면 그건 별 의미가 없다는 말이기도 하다. 내 몸과 영혼을 적극적으로 참여시켜야 하는데 한국어는 당연 영어조차 소통이 되지 않을 때도 목적지는 가야 하니까 로컬버스에서 오토바이나 자전거로 갈아타고 두 발로 걸으면서 그곳에 도착하는 과정은 언제나 인내와 지혜가 필요했다. 크든 작든 성취감이나 쾌감은 고통이란 관문을 통과한 후에나 주어지는 상이었다. 세상에 편안한 여행은 존재하지 않는다. 여행은 불편을 참고 견디는 일이다. 힘들수록 그 미션이 자청한 불편이라는 걸 잊으면 안 된다.

혹자는 말한다. 이미 때가 늦었다고, 운전면허증이 없다고, 그건 아주 간단하다. 운전면허증이라면 일주일만 투자하면 가능하다. 그리고 트럭을 한 대 사는 거다(트럭이 아니면 자전거도 좋다). 그다음엔 좁은 골목을 벗어나 무한대로 펼쳐진 대지로 나가는 거다. 조그만 차들이 지나갈 때 손 흔들어주는 거 잊지 마시라. 그들은 어느새 당신을 부러워할 테니까. 그 걸 즐길 각오가 되어있지 않다면 앞으로도 계속 침대를 떠나지 않는 게 현명하다.

아프리카 트럭여행

어느 봄, 모 대학 도서관에서 책을 열람하던 중 꿈꾸던 아프리카 땅을 밟을 결심을 굳히고 자료를 수집하기 시작했다. 동행할 친구가 있으면 좋았겠지만 장기 일정을 소화해 줄 맘 맞는 파트너가 어디 쉬운가. 그때만 해도 국내에선 아프리카 여행을 맞춤상품으로 다루는 여행사는 없었다. 그래서 결국 혼자 가기로 결심하고 자료를 찾다가 나는 '아프리카 트럭여행'을 전문으로 하는 영국에 본부를 둔 '아프리카 아카시아(Africa Acacia)'라는 여행사를 알게 되었다. 이메일로 질문과 답이 오가고 최종적으로 그 여행사 상품을 이용하기로 한 후 내 상상은 구체적으로 날개를 달기 시작했다. 아프리카 대륙을 트럭으로 여행하다니, 이 얼마나 가슴 뛰는 일인가. 나의 아프리카여행은 그것이 시작이었다.

출발 집결지는 남아공의 수도 요하네스버그의 한 캠프사이트다. 나는 미팅시간에 맞춰 요하네스버그로 향하는 비행기 표를 끊었다. 전체일정은 남아공 출발 - 잠비아 - 심바브웨 - 모잠비크 - 말라위 - 탄자니아 - 케냐. 남동 아프리카 총 7개국을 트럭버스로 35일간의 스케줄을 소화하고 케냐에서 끝나는 일정이었다. 중간에 탄자니아의 잔지바르 섬에서 며칠 보낸 것을 제외하면 트럭을 타고 이동했으며 잠은 대부분 캠프촌에서 트럭버스에 싣고 다니는 여행사에서 제공하는 텐트를 이용했다.

내 여행 이력의 한 페이지를 장식한 트럭여행의 하이라이트는 잠비아

빅토리아 폭포 원주민들과 결연맺기, 말라위 원주민 열악한 환경개선 프로젝트 참여, 탄자니아, 인도양의 아름다운 섬 잔지바르에서의 달콤한 휴식과 응고롱고르와 세렝게티 초원을 누비는 사파리 게임, 킬리만자로 트래킹, 케냐 마사이 마라 등을 들 수 있다. 달밤에 하이에나 울음소리가 고요를 깨는 야생의 삶이 그대로인 세렝게티 초원의 좁은 텐트에서 아침을 기다리던 그 라이브한 순간들을 어찌 잊을 수 있으랴. 그 여행의 팀원은 대부분 유럽에서 온 백인들이었고 동양계는 나 혼자였는데 그들은 나를 친구처럼 대해주었고 배려했으며 웃게 해주었다.

처음엔 나도 그랬으니까 이쯤 되면 어떻게 트럭을 타고 그것도 수십 일을 여행하지? 하는 의문이 들 것이다. 이 투어는 대형트럭의 내부를 2층으로 개조하며 아래층은 텐트와 주방기기 그리고 여행자의 배낭 등 짐을 싣고, 위층은 여행자들이 앉아 갈 수 있도록 자석을 리모델링한 것인데 이층 버스를 생각하면 된다. 보통 한 차에 20여 명 내외가 타며 아프리카 트럭여행은 짧게는 한 달 길게는 1년 넘는 상품도 있다고 한다. 이 상품의 매력은 다국적 여행자들이 모여 당번을 정해 직접 요리를 하고 텐트에서 자고 일어나면 새로운 투어를 함께 하는 것이니 무엇을 먹고 어디서 자고 어느 곳을 볼까 하는 고민을 하지 않아도 되는 것이지만 달리 생각하면 개인적인 활동에 제한이 있어 장점이 곧 단점이 될 수도 있겠다. 지금이야 국내에서도 이런 상품이 있는 걸로 아는데 모험으로 가득한 여행자라면 시도해 볼 만한 여행이다. 나는 이 새로운 패턴의 여행에서 돌아와 미지의 세상과 같은 『아프리카 트럭여행(눈빛출판사)』이라는 책을 출판했다. 반응은 나쁘지 않았다.

선(善)

다르질링 꿀루세옹 장터에서 청소를 하고 짐을 나르는 노인이다. 벌어진 서츠 사이로 거친 소나무 표피 같은 가슴살이 그대로 드러났다. 사진을 찍으려 하자 다소곳한 자세를 취하던 노인이 재빨리 서츠를 여몄다.

시간이 조각한 얼굴은 얼마나 정직한 작품인가. 이렇게 아름다운 주름도 드물 것이다. 굳이 가슴을 내보이지 않아도 어떤 삶을 살았는지 알 수 있으니,

한때는, 이 노인도 누군가를 토할 듯 사랑하고 총살하고 싶을 만큼 미워했을까. 그럴지라도 기나긴 삶의 궤적을 지나 내 앞에 다소곳이 앉아있는 노인의 얼굴에는 오직 '선(善)'한 결만 남아 있다.

바보가 되지 않고 행복할 순 없다

엄숙주의자는 아니지만 평소 그다지 잘 웃지 않는 내가 배낭만 지면 달라진다. 아는 사람이 봤다면 그가 아는 내가 아닐 테고 모르는 이가 보면 '살짝 맛이 간 여자' 바로 그거다.

이를 테면 낯선 거리를 걷거나 골목순례를 할 때 국적을 초월하고 아무에게나 그 나라말로 먼저 인사를 하며 실실 웃기부터 한다. "너는 어디 사니?", "왜 여기 있는 거니?", "오늘 기분은 어떠니?" 이 단순한 대화의 시작도 웃음으로 시작된다.

거기에다 조금 불량해 보이거나 물건을 살 때 바가지를 씌우는 사람, 심지어 사소한 돈 몇 푼으로 사기 치는 사람, 엉뚱한 곳에 내리라며 돈부터 챙기려는 어이없는 기사 앞에서도 나는 실실 웃기부터 한다. 웃고 있지만 실은 웃는 게 아니다. 내심 바들바들 떨기도 하고 어찌하면 스트레스 받지 않고 이 자의 얇은 술수를 한방에 이길 것인지 딴엔 머리를 쓰고 있는 것이다.

언급했듯 이때의 규칙은 절대 화를 내거나 목소리를 높이지 않고 상대의 눈빛을 놓치지 말고 살살 웃어주는 것이다. '난 네가 한 일을 모두 알고 있고 이건 어디까지가 사기인지도 다 아는 듯'한 표정(미소)은 필수. 그러노라면 5백 루피가 3백 루피도 되고 20실링이 7실링이 되기도 하는가 하면 30분을 더 달려 처음 흥정된 금액으로 목적지까지 무사히 도착하

여 끝내는 친구가 되기도 한다.

일부를 제외한 그들은 단순하다. 사기를 당했으니 화를 내야 하는데 상대가 웃고 있다면 이거 보통 고수가 아닌데 싶어 지레 겁먹고 꼬리를 내리기 일쑤다. 그건 아프리카 사람이나 인도 사람도 마찬가지다. 위급할수록 웃어라, 나는 네가 한 일을 다 알고 있다는 듯 웃어라. 다리가 후들거려도 긴장감을 들키지 마라. 이건 오랜 나의 영업비밀인데 아무리 약은 장사치라도 그들이 한국인의 명석한 두뇌를 이길 확률은 내 경험을 걸어 1% 미만이다. 지고 싶은 상대에겐 터무니없이 쉽게 져주는 자의적 항복을 제외하면 웃음은 이기고 싶은 사람이라면 무슨 수를 써서라도 이기는 괴력을 발휘한다. 웃음의 힘을 믿는가. 지금까지 아니었다면 앞으로 배낭을 쌀 때 가이드북 갈피에 웃음을 끼우시라.

안다는 것, 지식은 사람을 편리하게는 하지만 경험으로 획득되는 지혜만큼 실익을 주지는 못한다. 부탁인데 그럴지라도 누구 등 뒤에 숨어 상대를 쫓지는 마시라. 어쩌다 호기심 가득한 눈빛으로 혼자 실실거리며 바라나시 좁은 골목을 걷는 나와 마주치더라도 그냥 지나가시라. 어렵지 않다. 웃는 것, 미소를 짓는 것, 그렇게 힘을 빼고 세상을 보시라. 여행은 산 넘어 산이지만 동시에 즐거운 것이고 이기는 것이고 지는 것이고 웃는 것이다. 바보가 되지 않고 행복할 순 없으니까.

첫밥

해 질 무렵, 복잡한 뉴델리 역 앞, 어미 개가 방금 낳은 여덟 마리나 되는 새끼에게 젖을 물리고 있었다. 개보호자는 10살쯤 된 거리의 소년이란다. 손에 든 우유와 빵을 소년에게 내밀었더니 그 빵이 그날 산통을 치르고 출산한 어미 개와 그 개를 지킨 소년의 첫밥이란다. 누구의 말이던가, 사람은 길에서 태어나 길에서 살다 길에서 죽는다고, 설마 그 주인공이 저 소년은 아니겠지, 나는 그렇게 믿고 싶었다.

그로부터 10년이 지나 다시 갔을 때 이번에는 개가 아니고 사람이었다. 17살 앳된 산모의 침상은 손수레였다. 바로 두 시간 전 손수레에서 하늘만 가리고 이웃들의 도움으로 아이를 낳았다고 했다. 그녀는 낯선 카메라를 피하기는커녕 지나가는 나를 불러 오히려 사진을 부탁했다. 아들을 낳았으니 구경하라고, 내 아들의 고추가 이렇게 생겼다고, 눈도 못 뜨는 아가의 아랫도리를 열어 보이며 가슴을 풀어헤치고 젖을 물리자 햇살이 너무 강했는지 아기가 인상을 찌푸리며 울음을 터트렸다. 산모는 큰일을 치렀으니 이 정도 밥은 먹어도 되지 않느냐는 표정으로 아기에게 젖을 물린 채 노란 커리를 손으로 비벼 맛있게 먹었다. 그것은 그날 길거리에서 태어난 아기도 산모에게도 첫밥이라고.

복사꽃에 물든 사파

인생이 걷는 거라면 여행도 걷는 것이다. 걷지 않으면 아무것도 볼 수 없고 만날 수 없다.

안개가 걷히자 서정시 같은 비가 내렸다. 아무리 세찬 비라도 곧 멈출 것을 안 나는 우연을 가장해 우산도 없이 아래 계곡으로 내려갔다. 골짜기마다 분홍 복사꽃이, 가난한 울타리 안에는 노란 유채꽃이 흐드러져 여행자를 반긴다.

갓 태어난 바람이 축축해진 머리칼을 쓰다듬는다. 어깨가 젖기도 전에 신발이 철벅거렸다. 그때, 딱 내 보폭만큼 누군가 뒤따라왔다. 심장박동이 불규칙한 건 그냥 느낌이었다고 말하자. 몇 번인가 돌아볼까 하다가 끝내 돌아보지 않았다. 뒤를 들킨 것도 그런데 앞까지 들킬 수는 없는 일이었다. 드디어 비가 멈추고 바람도 잠잠해졌다. 무지개 다녀간 산언저리에 앉아 몸을 말렸다. 친구도 도시락도 없는 소풍이지만 나는 천상의 한 자락을 보았던 것, 걷지 않았다면 볼 수 없는 것들이다.

생의 구 할은 기다림

수행자가 대부분의 시간을 기도와 묵상으로 채우듯 어디서 누굴 만나 무엇을 하든 거기 도착하기까지 걸린 시간의 구 할은 기다림이다. 여행이라고 예외일 수는 없다. 끼니마다 낯선 음식을 기다리고, 영수증을 기다리고, 대기자 명단에 이름을 걸고 언제 OK 사인이 떨어질지 모르는 탑승권을 기다리고, 더러는 나타나지 않는다는 걸 알면서도 오로라를 기다리고, 낯선 공간을 기다리고, 두려움과 긴장을 기다리고, 만나기 위해서만이 아니라 헤어지기 위해 기다리고, 때로는 미운 사람도 기다리고, 여독이 풀릴 즈음 홀연히 찾아올 여진까지도 기다리는, 기다림은 꿈이고 기도다. 오지 않는 그를 기다리는 동안, 접어둔 페이지를 암송하거나 조그만 꽃을 보기 위해, 잎을 나르는 개미를 관찰하기 위해, 아가의 꼬물거리는 발바닥을 카메라에 담기 위해 바닥보다 아래로 몸을 낮추고 수없이 무릎을 꺾었다면 그것이야말로 기도가 아니고 무엇이랴.

기다림은 새 여행지를 꿈꾸는 여행자가 반드시 경유해야만 하는 통로다. 여행으로부터 배우고자 하는 것이 있다면 그것이 기본이다. 과거도 있고 현재도 미래도 있을 모든 것이기도 하고 아무것도 아니기도 한 기다림, 나는 기도라는 이름으로 신께 말을 걸지 않는다. 수많은 길에서 홀로 감당해야 할 기다림이 기도라는 걸 한 번도 의심해 본 적 없으므로.

다시 가고픈 섬 산토리니

배낭여행자 생활이 익숙해질 즈음 내게도 꿈이 하나 있었다. 영화에서 처럼 언젠가 한 번은 폼 나게 크루즈 여행을 해보리라는 것이었고 멋진 이브닝드레스를 입고 갑판 위에서 밤바다와 은하수를 보는 나를 상상하 곤 했다. 이율배반이라 해도 어쩔 수 없었다. 고무줄이 풀린 추리닝바지 를 입고 아프리카 아이들을 만날 때도 언젠가는 크루즈 여행을 하리라 는 화려한 망상은 늘 따라다녔다.

그런 내게 지중해와 에게 해 일대를 여행할 기회가 생겼다. 그것도 타 이타닉만큼 크고 화려한 유람선이었다. 비로소 이브닝드레스를 준비할 때가 온 것이다. 묻지 마시라, 이브닝드레스를 입었는지 아닌지는. 짭조 름한 바다 내음, 신선한 공기, 양동이로 퍼붓는 에게 해의 태양, 신화의 섬. 파토머스, 미크노스, 세상에 조르바를 남긴 카잔차키스가 잠든 크레 타를 둘러본 후 올리브나무와 부겐빌레아 꽃천지인 노을이 불타는 시간 에 산토리니 섬에 도착했다.

그 여행 이후 내게는 새로운 바람 하나가 생겼다. 생의 마지막 절기를 산토리니에서 보내고 싶다는 열망, 파라다이스, 살아서 누리는 천국, 내 게 산토리니는 그런 곳이다.

배낭을 보면

네 번의 국경을 넘어 망고나무와 카사바(고구마처럼 생긴 아프리카인들의 주식)밭 천지인 새로운 마을에 도착했다. 방을 구하고 밀린 빨래가 마르는 동안 지나온 며칠을 메모하고 다음 갈 곳을 숙지하며 엽서에 친구의 주소를 쓸 때 영혼을 위무해 줄 차 한 잔은 얼마나 고마운지. 흰 운동화가 온통 검은색이 되어도 그건 피할 수 없는 바람 탓이라며 여유를 부린다. 발등으로 기어오르는 작은 달팽이 한 마리에도 연민하고, 낯선 나라말들이 볶음밥이 되고 짬뽕 국물이 되는 기이함 속에서도 평화는 내 편인 듯 너그럽고 관대하다. 길 위에선 선험자의 말을 경청하고 이마를 스치는 바람 한 줌에도 몸서리를 치고 순수와 대면하며 순간에 머물고 과거와 미래를 이입하지 않는, 그러나 보기 전에 보고 듣기 전에 듣는, 묻기 전에 답하고 청하기 전에 배려하는, 끓는 첫물 같은 온도 속에서도 향기를 배반치 않는, 헝클어진 사고를 조율하는, 모든 것을 첫 자리로 돌리는 힘, 방에 도마뱀과 바퀴벌레가 상주하더라도 이 또한 부적절한 동거로 간주하지 않는다. 이쯤 되면 지칠 만한데 거울 속 나는 의외로 생생하다. 원시에 대한 동경 하나로 집을 떠난 지 한 달이 지나 행색은 거지지만 배낭을 보면 여전히 가슴이 뛴다는 것. 내일은 태어나 한 번도 발음해 본 적 없는 땅을 걸을 것이다. 가자, 가보자, 지금 나는 후~ 하고 불면 어디든 데려다줄 민들레 홀씨처럼 남풍을 기다리고 있다.

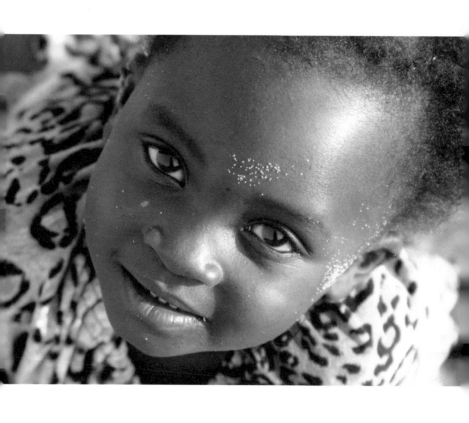

내가 놓친 타이밍들

안데스를 떠돌 때도 그랬고 히말라야 그 외롭고 아득한 길에서도 그랬다. 흔들리는 로컬버스에 몸을 싣고 수십 시간을 달리는 동안 두통이 나를 놓아주지 않아 반쯤 혼을 놓은 상태에서도 틈틈이 풍경을 담고 싶은데 몸이 말을 듣지 않을 때 내가 할 수 있는 일은 마음을 비우고 창밖으로 손을 뻗어 소형카메라 셔터를 눌러보는 것. 대부분 버릴 사진들이지만 아주 간혹 재미난 사진을 만날 때가 있는데 그렇게 얻은 사진이야말로 내가 바라고 그가 바라는 타이밍이 절묘하게 맞아떨어진 순간이라고 할 수 있다.

생각해 보면 모든 관계가 그랬다. 우리가 바라는 한 방은 쉽게 오지 않는다. 준비를 갖추었다 해도 지난한 기다림과 인내가 필요하다. 일방적인 것은 없다. 나의 주파수와 그대의 주파수가 스파크를 일으키며 하나로 합일하는 순간 비로소 우리가 꿈꾸는 그 한 방을 만날 수 있는 거다.

개에게 물리다

참 겁도 없다. 오래된 미래 라다크가 어디라고 그도 첫 인도 여행에서 끝까지 육로이동을 고집하며 그 메마른 땅을 순례하고자 했는지, 로컬 버스로 북인도 스리나가르를 출발 악명 높은 조지라 고개를 넘어 잔스카르 트래킹을 마치고 무사히 마날리에 도착한 나는 작은 성취감에 도취해 휴식을 만끽하던 중, 내 발이 절벽 위 곰빠(사원)로 향하는 걸 말리지 못했다. 곰빠에 이르러 스님들과 막 인사를 나누려는데 갑자기 줄을 끊고 달려든 개 한 마리, 속수무책이었다. 놀란 가슴을 쓸어내리고 보니 움푹 파인 오른쪽 다리에 시뻘건 피가 흘러 등산화를 적시고 있었다. 스님의 응급처치가 끝나고 가파른 산에서 내려와 인력서(자전거)를 타고 마날리 국립병원 응급실로 향했다. 날은 이미 어두워졌는데 그때 내 맘이 어땠는지, 세상에 가장 위급한 응급환자가 세상에서 가장 느린 교통수단으로 병원에 실려 가는 모습을 상상해 보라.

의사가 광견병 주사를 늘먹일 그때서야 아차 하며 든 생각, 죽을 날을 기다리며 거리에 넘쳐나는 것이 개들이고 사람도 굶어 죽는 판에 누가 개에게 광견병 주사를 놓겠는가. 절룩거리는 다리로 의사의 처방전을 들고 약국에 가서 1주일 간격으로 세 번을 맞으라는 광견병 주사약을 샀다. 개에게 물린 다음 발병 전 잠복기 안에 맞으면 발병저지 효과가 있다는 인도 의사의 말은 믿기지 않았다. 가족에겐 비밀로 하고 한국의 의사 친구에게 전화를 걸어 이것저것 묻자 친구는 당장 여행을 접고 귀국하기를 권했지만 계획했던 여행이 아직은 반도 더 남아 이런저런 갈등으로 마음이 편치 않았다. 설상가상으로 그날 밤 나는 모기에 뜯겨 온몸에 붉은 반점이 돋고 가려워 견딜 수가 없었다. 그렇게 찾아온 인도 여행의 첫 번째 위기.

상처 난 다리로 자전거 뒤에 실려 가며 본 어둠 속 마날리 하늘은 은하수로 휘황했지만 내 인생도 고작 여기서 생과 사라는 주사위는 던져졌는가 하는 생각을 잠깐 했더랬다. 그래도 실낱같은 희망이 있다면 거리의 개가 아니라 스님들이 절에서 묶어 기르는 개였다는 것, 그럴 때 유서 한 장 남기지 않았으니 가족 생각을 왜 안 했을까. 그리고 나서 나는 이런 결론에 도달했다. 상처를 싸맨 채 여행을 멈추고 돌아간들 달라질 것이 없다는 걸 인식하는 순간 거짓말처럼 마음이 편안해졌다. 남은 여행 동안 늘 하던 주문을 노래하기 시작했다.

"신이여, 당신 뜻대로."

그날 이후 광견병 주사약을 들고 인도병원을 전전하는 동안 '그래도 안전하게 살기를 거부하는가?'라는 질문을 내게 던졌을 때 '그래도, 그래도'라며 그 불편을 긍정해 주어서 지금껏 이 즐거운 방랑을 지속할 수 있었던 것이 아닌가 싶다.

주사약 덕분인지 다행히 걱정했던 광견병은 내 몸에 깃들이 않았고 나는 그 일을 계기로 한 번쯤 쓰다듬어 주고 싶은 거리의 개들을 섣불리 만지거나 안아주지 않게 되었다. 딱 한 번 가본 내 친구는 인도를 더럽고 지긋지긋한 나라로 기억하지만 나는 그런 일이 있었던 후에도 몇 번을 더 갔는지 모른다. 대체 무엇이 나를 인도로 가게 했을까.

느림과 여유

절반의 성공만으로도 그 감동을 형언할 길이 없던 킬리만자로 산행을 마치고 다음 일정인 세렝게티로 가기 전 아루사에서 며칠 휴식을 취하던 오후, 나를 따라다니던 보조가이드 라메크가 심심하다기에 시원한 콜라를 주문했다. 슈퍼마켓의 위치를 알고 있었기에 20분 정도면 충분하리란 기대는 무너지고 2시간이 지나서야 골목 끝에서 나타났다. 나는 목이 타는데 라메크는 이어폰을 끼고 노래에 취해 몸을 흔들며 세상에서 가장 신나는 걸음으로 뜨뜻미지근한 콜라병을 들고 저만치 오고 있는 게 아닌가. 나는 어이가 없어 버럭 액션을 취하며 왜 이렇게 늦었냐 따지듯 호통을 쳤으나 무엇이 잘못되었는지 도무지 이해할 수 없다는 눈치다.

처음 히말라야를 걸을 때 고소증으로 입맛을 잃어 고랭지라 단단하고 맛이 좋다는 알루(찐감자)를 점심으로 시켰다. 로지종업원이 누런 치아를 드러내며 주문을 받아 가면 마당에 누워 까무룩 졸고 난 후에야 스텐접시에 담긴 감자를 먹을 수 있었는데, 주문을 받고 나서야 저 아래 밭에 가서 감자를 캐다 그것도 껍질째 삶아준다는 걸 그땐 알지 못했다. 거기엔 새벽부터 힘들게 걸었을 테니 쉬어가라는 배려가 숨어있다는 것도 당연히 몰랐다.

유럽의 시골 마을을 여행하다 보면 아침마다 노인들은 동네 빵집에 줄을 선다. 말하자면 마을 사람들과 밤새 안녕한지 인사를 나누고 신문도 읽고 담소하며 금방 나온 빵을 들고 집으로 돌아가는 건 하루 일과의 시작이며 아주 자연스러운 일이다. 식당에 자리를 잡으면 무슨 할 말이 그리 많은지 점심을 먹는데 2~3시간 소모하는 일은 다반사다. 나는 여행 중에 길이나 찾아가야 할 곳을 모를 때 사람을 고르는 첫 번째 상대가 노인이다. 시간이 많은 그들은 친절할 뿐만 아니라 말동무가 되어 목적지까지 데려다주기도 하고 운이 좋으면 단시간에 이를 수 있는 인생의 핵심까지 훈수해주기 때문이다.

라다크로 통하는 조지라 고개나 카라코람 하이웨이 같은 험한 곳을 특히 우기에 로컬버스로 여행할 때면 언제 산사태가 차를 덮칠지 모르는 아슬아슬한 순간이 연속이다. 1백 킬로미터 남짓 가는데 사나흘 추운 차 안에서 새우잠을 자며 마른 빵과 차 한 잔으로 끼니를 때우면서도 현지인들은 누구 하나 불평하지 않는다. 길이 막히면 뚫릴 때까지 기다리면 되고 다른 길이 있으면 걸어서라도 가면 된단다. 자연은 뛰어넘을 수 있는 대상이 아니라 순응의 대상이라는 걸 온몸으로 알고 있다. 그들은 신기할 만큼 시간에 여여하지만 문명과 강박관념에 길들여진 문명인들만 발을 동동 구르며 달라질 게 없는 시간에 집착한다. 비즈니스도 아니고 여행인데도 말이다.

릭샤왈라

언젠가 릭샤왈라(인력거꾼)의 발(발바닥)을 보자고 한 적 있다. 쇠가죽처럼 단단해진 발바닥은 경전을 뛰어넘는 경전 같아서 차마 카메라를 들이댈 수 없었다. 그날 이후로 내가 만난 모든 릭샤왈라는 천민이 아니라 성자의 다른 이름이다.

한 번도 '갑'이었던 적 없는 사내가 릭샤 페달을 밟으며 앞으로 나아간다. 맨발이다. 승객은 탁발로 삶을 이어가는 두 분의 사두인데 그들은 신발을 신고 있다. 노란 택시가 그들의 반대편으로 흘러가며 경적을 울릴 때마다 릭샤왈라는 몸을 움츠리는데 다리의 힘줄이 터질 듯한 압박감으로 앞으로 나아가다 오르막에선 그도 여의치 않으면 끌고 간다.
그들에게 삶의 무게는 터무니없이 무겁고 가야 할 길은 상상처럼 멀다. 매연과 먼지를 뒤집어쓰고 게스트하우스 옥상 난간에 카메라를 들고 서서 천국과 지옥을 함께 보던 나는, 지상에 사는 한 어떤 최상계급 브라만도 불가촉천민을 접촉하지 않을 수 없다는 걸 확인하는 순간이었다. 지향하는 곳이 달라도 삶은 결국 한 방향으로 흘러간다는 걸 그때 알았다.

김치 사건

영어학원이라곤 구경조차 못한 딸아이가 다니던 대학을 휴학하고 영국으로 건너가 국제 NGO 단체에 가입, 수습 기간을 마치고 아프리카로 파견을 나갔을 때다. 2년여 딸을 보지 못한 나는 여행을 빙자해 딸이 일하는 말라위로 날아갔다. 아프리카가 처음이 아니었던지라 비교적 무난하게 딸과 나는 조그만 공항에서 뜨거운 재회를 했고 그 여정에서 어릴 때를 제외하면 이전에도 없었고 이후에도 없을 딸과의 한방 동거가 한 달쯤 지속되었다. 그때 난 오래 한국 음식을 먹지 못한 딸을 위해 작은 짐 하나를 꾸렸는데 그 속에는 멸치액젓과 고춧가루가 있었다. 가장 한국적인 김치를 딸에게 먹이고 싶어 아프리카 재래시장을 뒤져 우리의 얼갈이배추 비슷한 것을 사 김치를 담고 있을 때, 갑자기 먼 곳에서 온 나를 보겠다고 각국의 스탭들과 말라위 임원들이 집으로 들이닥친 것이다. 김치를 버무리던 손으로 나는 각양각색의 피부를 가진 그들과 말라위식 인사를 할 수밖에 없었다. 한참 후,

"다들 이리와 봐. 아주 환상적인 한국 음식을 맛볼 절호의 기회야. 우리 엄마가 김치를 담그셨거든."

나는 급 당황했고 다른 건 몰라도 액젓 냄새 지독한 매운 김치를 그들에게 먹게 한다는 건 도무지 이해가 되지 않았다.

"이건 안 돼, 이 냄새 나는 김치를 저들이 먹으면 기절할지도 몰라."

그때 딸의 한마디는 내 기우를 멈추기에 충분했다.

"엄마, 이건 우리 김치잖아요. 우리 거니까 우리 식대로 맛보게 하는 게 당연하죠. 태어나서 처음으로 김치 시식을 하게 된 걸 친구들은 영광으로 생각할 거예요."

딸아이는 아무렇지 않은 듯 그들 앞에서 숙달된 교관처럼 아주 맛있게 엄마표 김치를 손으로 집어 먹는 시범을 보였다. 그러자 하나둘 주방 앞에 줄을 서기 시작했고 예전 내 어머니가 내게 그러했듯 나는 양념 묻은 손으로 그들의 입에 김치를 넣어주기에 이르렀다. 맵다는 아우성과 자극적이라는 탄성이 여기저기서 흘러나왔지만 그래도 몇은 독특하다, 맛있다, 신선하다, 라는 반응을 보여줘 나를 미소 짓게 했던 그 순간이 떠오른다.

엄마표 김치를 아프리카에서 맛나게 먹던 딸의 모습을 어찌 잊을 수 있을까. 그날 이후 딸의 말라위 친구 토비는 김치 마니아가 되어 집에 올 때마다 또렷한 한국발음으로 "옴마, 김치 줘요"를 외치곤 했다. 한국 김치가 은근 중독성이 강하다는 걸 토비는 안 것이다. 그럴 때마다 우리 모녀는 김치를 좋아하는 토비를 대견해 했다.

살면서 내 방식(우리 방식)이 부끄럽다는 생각을 해 본 적이 있는가. 여행의 기본은 다른 것을 보고 이해하고 인정하는 일에서부터 출발한다고 해도 과언은 아닐 텐데, 다르다는 것, 내 취향과 맞지 않더라도 그들만의 문화니까 존중해야 마땅하지 않을까. 생각해 보면 스스로 부끄러워하면 누구에게도 인정받을 수 없다는 걸 일찍이 내 아이는 알고 있었던 거다. 지난 일인데 가끔 딸과 이야기하곤 한다. 아프리카에서의 김치 사건(?)하고 말이다.

당신 뜻대로

탄자니아, 다르 에스 살렘에서 대형 페리로 3시간쯤 달려 노예의 섬 잔지바르에 도착했다. 배에서 내리자 마중이라도 나온 듯 꽃을 든 무슬림 소년과 눈이 마주쳤다. 수많은 사람 속에서 한 소년과 내가 눈이 마주친 건 우연이었을까. 이때다 싶은지 흰 치아를 드러내고 꽃을 흔들며 다가오는 소년은 다리가 불편했으며 예상대로 꽃을 내밀었다.

묻지 않아도 안다. 그 섬에 온 것을 환영한다는 것이고 그 의미로 꽃을 사라는 것이겠지. 나는 방금 도착해 숙소를 찾는 일이 급선무라 꽃을 살 여유가 없다는 걸 소년이 모를 리 없지만 그는 미소로 일관했고 집요하게 설득했다. 쉬어가려고 좁은 골목에서 배낭을 내려놓자 이때다 싶은지 소년의 얼굴이 환해졌다. 나는 끝내 꽃값을 묻지 않았다. 물어보나 마나다. 꽃값은 as you like it(당신 뜻대로)일 것이다.

소년은 나 같은 여행자가 가장 관대해지는 날이 새로운 여행지의 도착 첫날과 마지막 날이란 걸 알고 있었던 걸까. 넓은 나뭇잎으로 작은 꽃송이를 싼 꽃다발은 신부의 부케를 연상하게 했다. 불편한 다리를 끌고 숲을 헤치며 꽃잎을 모아 꽃다발을 만들었을 소년, 주인을 만나지 못하면 시들 꽃이지만 주인을 만나면 빵이 되는 꽃, 그러니까 소년에겐 꿈이 되고 희망이 되는 꽃, 더위를 식히며 가벼운 농담을 주고받는 동안에도 자신이 왜 그곳에 있는지를 소년은 잊지 않았다.

"이 꽃 예쁘죠? 그러니까 사세요. 난 이 꽃을 팔아야 해요. 네? 네?"

숨넘어가는 소년의 설득에 마지못한 듯 협상을 시작했다.

"꽃은 필요 없어, 네 미소만 살게."

어이가 없다는 듯 소년이 협상을 제시했다.

"그럼 꽃을 사면 미소는 덤으로 줄게요. 어때요? 괜찮죠? 그렇죠?"

몇 번의 실랑이가 오가고 나는 고개를 끄덕여 허공에 사인을 했다. 그리고 토닥토닥 어깨를 도닥여 주며 앞으로 다가올 평탄치만은 않을 소년의 미래를 격려해주었다. 신은 실수를 하지 않는다지만 소년의 다리는 신의 실수이지 않았을까. 그러나 소년이 믿음직스러웠던 건 보통 아이라면 불편한 다리를 탓하며 집이나 지켰을 텐데 비루한 구걸이 아니라 당당하고 적극적인 태도며 무엇보다 밝은 표정이 좋았다.

과하지도 모자라지도 않을 만큼 치른 대가가 꽃값인지 미소값인지는 알 수 없으나 꽃이든 미소든 어느 것 하나는 그저 얻은 것 같아 무거운 배낭도 걸음도 한결 가볍게 느껴졌다. 받은 돈을 동그랗게 말아 쥐고 멀어져가던 소년이 입을 귀에 걸고 손을 흔들 때 물었다.

"아 유 해피?"

"예스, 예스, 아임 해피."

예스를 반복하던 소년의 대답이 긴 여운을 남겼다. 잠시 후 소년이 시야에서 사라지고 난 후 크리스털 같은 그의 웃음소리가 배낭에 올려둔 꽃다발 주변을 맴도는 환청을 들었던 것도 같다. 집을 떠난 지 여러 날, 나는 그 머나먼 아프리카 어느 섬에서 두고 온 내 아이를 그리워하며 꽃다발 하나로 가뿐한 신고식을 마쳤다.

에브리 바디 짜이

커피(茶)가 신의 하사품이라는 정의에 반기를 들 생각은 없다. 보통 사람처럼 나도 커피를 좋아하지만 만성불면자인 내게 허락된 커피는 하루 딱 한 잔, 내 경우 정신이 맑고 명료한 공복에 마시는 커피가 가장 좋다. 그런데 눈뜨자마자 커피 생각이 날 땐 긴 하루를 어떻게 버틸까 하는 염려도 잠시, 침대에서 몸을 일으키면 책상 위에 모락모락 향기가 퍼지는 커피가 있어야 비로소 위안을 얻고 안도한다. 오랜 습관의 개입이라는 비난을 피할 생각은 없지만 매일 반복되는 유혹은 진정 참기 힘들고 참을 생각도 없다. 아무리 폐해를 들먹여도 담배를 멀리할 수 없는 애연가처럼.

차 마시는 행위는 일종의 의식이다. 이를테면 하루를 시작하겠다는, 이제 글을 쓰겠다는, 생각을 다잡겠다는, 화를 누르겠다는, 미뤄두었던 일을 시작하겠다는, 고백을 털어놓겠다는, 쉼표를 찍겠다는, 약속을 지키겠다는, 그러고 보면 빈 커피잔에 집착하는 나쁜 손버릇은 공갈 젖꼭지라도 빨아야 잠들 수 있는 아가들의 그런 심리와 유사할지도 모른다. 그리고 하루에 커피를 열 잔 스무 잔 마실 수 있는 사람이라면 차 마시는 순간이 그리 귀할 것도 고마울 것도 없지 않을까.

지구상에 존재하는 모든 종족은 차를 마시지만 공동체 삶을 존중하고

대화를 즐기는 종족일수록 보다 많은 차를 마시는 것으로 보고되고 있다. 차의 종류는 기후와 문화에 관계하며 밥보다 차를 우선하는 부족도 드물지 않게 볼 수 있다.

백인들이 커피를 선호한다면, 몽골인들은 수태차를, 중동국가의 속해있는 무슬림들은 '차이(달콤한 홍차)'를, 티베트는 물론 인도인들은 눈만 뜨면 '짜이(밀크티)'를 마신다. 내가 만난 인도는 부자든 가난뱅이든 짜이를 마셔야 하루가 시작된다. 가난한 사람들은 그 돈으로 빵을 사면 좋으련만 그들에겐 빵보다 짜이가 먼저다.

이건 인도에서 하루를 기분 좋게 시작하는 나만의 노하우로 행복을 나누는 방법이다. 눈을 뜨면 슬리퍼를 끌고 나가 만나는 사람마다 '나마스떼!'를 외치며 남루한 노인이나 나어린 소년 소녀들이 있는 곳을 찾아 조금이라도 더 나이가들었거나 무능해 보이는 짜이 장수를 찾는다. 코 앞에서 볼일을 보는 남자들이 다반사니 하수구 냄새나 지린내쯤은 웃어넘겨야 한다. 그런 상황에서 달달한 짜이가 먹을 만하고 맛있어지면 인도가 좋아지고 있다는 증거로 봐도 무방하다.

인도 짜이 잔은 우리의 정종잔 크기의 토기가 대부분인데 나는 이 잔이 머그잔만 했으면 하는 아쉬움이 있다. 차를 많이 마시지 않는 나 같은 사람도 이침마다 '원 모어'를 외칠 수밖에 없으니 말이다. 그러나 재미있는 건 이 도자기 잔이 일회용이어서 차를 마신 후 바닥에 힘껏 내리쳐 작파하는 쾌감이 있다는 것.

아침이라면, 주문한 짜이가 앞에 놓이기 전 하나둘 배고픈 사람들이 주변으로 모이는 것은 시간문제다. 계산 걱정? 염려 마시라. 적게는 서너 명 많게는 열 명 이상이지만 몇 잔이든 금액은 걱정하지 않아도 된다. 적당히 사람들이 모이면 짜이장수가 슬쩍 내 표정을 살피며 사인을 보내는 일만 남았다.

"이 사람들을 다 어찌할까요?"

이럴 때 백만장자 부럽지 않게 외치면 된다.

"에브리 바디 짜이!"

노화가

캠퍼밴을 몰고 프리몬트리 국립공원을 향하는 길 어디쯤이었다. 승합
차 한 대가 그도 마치 풍경인양 해안 숲의 호위를 받으며 주차되어 있
고 그 곁에 백발의 노인이 서 있어 쉬어갈 참으로 차를 세웠다. 딱히 궁
금할 것도 없었다. 그는 화가다. 비닐로 덧씌워진 그림들이 차 유리문에
붙어있었고 차 안에도 꽤 많은 그림들이 보였는데 엽서 크기는 5$. 작은
스케치북 크기는 20$이라는 착한 금액, 이 모든 것들이 그가 화가라는
걸 증명하고 있었다. 나와 인사를 나눌 때도 그는 그림에 색감을 입히는
중이었다. 보아하니 그림의 소재는 모두 주변 풍경이다.

허락을 얻어 차 안으로 들어가 포개놓은 그림들을 살펴보았다. 유화였
는데 색감이 단순하고 밝아 이발소 그림을 연상시켰지만 나름 호감이
갔다. 헌데 그림을 보다 말고 내 눈엔 들어온 것은 작은 액자에 오드리
햅번을 닮은 젊은 여인의 사진이었다. 자신감 넘치는 표정과 미소가 매
혹적인 여인. 사진을 보는 순간 나는 그림에 흥미를 잃고 말았다. 내가
사진을 진지하게 들여다보고 있다는 걸 안 노인의 얼굴에는 설명하기
힘든 그리움들이 출렁거렸다. 나는 그녀가 누군지 묻지 않았다. 그리고
대충 차 안을 둘러보았다. 책, 담요. 몇 벌의 옷, 여기저기 흩어져 있는
물감, 소박하기 이를 데 없는 화구들, 주방용품들 모두 낡은 집기들이었

지만 깔끔하게 정돈되어 있었다. 입을 열 때마다 지금의 삶이 풍족하지는 않지만 부족하지도 않다는 말과 표정, 그렇게 산다고 했다. 매일 그곳에 나와 그림을 그리고 집이 있지만 가족이 없으니 차 안이 집이요 길이 곧 일터라고. 욕심을 부리지 않더라도 다 가질 수 없는 것이 인생이란 걸 화가의 미소가 말하는 듯했다.

그림은 그리고 싶은 만큼 그리지만 팔리는 건 하루 한두 점, 전혀 팔리지 않는 날도 있다고, 그림이 팔리면 식당에 가서 밥을 사먹지만 그렇지 못한 날은 차에서 대충 해결한다고. 노인은 연금수령자지만 그보다 그림을 그려 생활하는 일이 보람 있다고. 그의 그림에는 원초적 외로움이 묻어났지만 하고 싶은 일을 하는 것 자체가 지복 아닌가 싶기도 했다. 내가 작은 그림 한 점에 눈독을 들였더니 말만 잘하면 그냥 줄 분위기다.

팔아도 좋고 안 팔아도 좋은 그림, 세상이 알아줘도 좋고 몰라줘도 상관없는 그림, 스치는 인연에 불과했으나 노화가가 기억에 남는 건 젊은 아내의 사진을 볼 땐 마냥 그윽한 눈빛이었는데 그림을 설명할 땐 어린아이가 된다는 것. 직업이든 취미든 날마다 낡은 차를 끌고 나와 자연을 벗 삼아 이젤을 세우고 물감을 짜며 잠시 쉬어가는 세상의 여행자들과 눈 맞추고 소통하며 사는 것도 괜찮지 싶다. 그러니 삶에 지나친 의미는 부여하지 말자. 인생이 뭐 별거겠는가. 자신이 좋아하는 일을 하면서 그냥 그렇게 살다 가는 거 아닌가.

대장 조르바

"디드 유 세이 단스(댄스)?"

조르바가 말을 걸어왔다. 느닷없는 이 한마디에 피돌기가 빨라진 나는 질주본능을 누르지 못하고 차를 몰고 바다를 향해 달린다. 많은 청춘들이 그랬듯 젊은 한때 내게도 숱한 영감과 용기를 준 조르바, 바닷가에만 가면 두 팔을 벌려 그의 춤을 따라 하던 때가 있었다.

그런 조르바를 나는 그리스도 지중해도 아닌 남미 페루, 그것도 세상에서 가장 높은 곳에 있는 티티카카 호수 아만따니섬으로 가는 배 안에서 만났다. 그날 밤 원주민들이 모인 파티장에 나타난 그는 조르바 춤이 아닌 겨우 두 손을 들어 폴크로레(페루 민속춤)를 따라 하던 노인이었다.

추억은 얼마나 강한가. 크루즈 여행의 첫 도착지는 그리스 영토 파토머스 섬, 나는 배에서 내려 땅을 걷는지 허공을 걷는지조차 잊었다. 생애 첫 여행처럼 별생각 없이 슬리퍼를 끌고 비탈길을 걸어 올리브나무와 무화가나무 울타리를 지나 박물관과 어깨를 나란히 하고 있는 파란 돔 성존스 교회에 도착했다. 그렇게 파토머스 섬 여행은 시작되었고 다음은 그리스인 조르바를 쓴 크레타 섬 이라클리온 출신 작가 카잔차키스가 묻혀 있는 크레타 섬이었다. 나는 그가 생전에 써놓았다는 묘비명을 떠올렸다.

"나는 아무것도 바라지 않는다. 나는 아무것도 두려워하지 않는다. 나는 자유다."

그리고 오른팔을 삐딱하게 치켜든 검은 나무 십자가, 항구에 모여 있는 배조차도 다른 모양새로 약간은 비뚤어져 있거나 헝클어진 채 평화로운, 그래, 자유는 참을 수 없이 삐딱한 거야라고 쓴 황동규 시인의 시 한 구절도 떠올랐다. 소박하다 못해 초라하기까지 한 그의 흔적에 경의를 표하며 나직이 되뇌었다. 길에서 만난 그 많은 조르바는 지금 어디에서 무엇을 하고 있을까. 나는 젊은 시절 조르바가 내게 가르쳐 준 것들을 기억해냈다.

"밀려오는 먹구름과 소나기를 두려워 말라고, 해일처럼 밀려오는 사랑을 피하지 말라고, 소나기도 사랑도 때가 되면 지나간다고. 마음이 시키면 하는 거라고, 그것이 곧 신의 뜻이라고."

3부 |

삶과 죽음,
나로부터의 결별

돌아오는 것도 여행

기도 순례를 위해 일주일을 걸어서 푸리(Puri)에 도착했다는 노인이 내 앞에 있다. 차가운 물속에서 새벽기도를 마치고 이마에 붉은 띠까를 칠한 노인의 얼굴에는 행복이 분홍물감처럼 번졌다. 카메라를 들어 보이며 사진을 찍어도 되느냐 물었을 때 노인은 함박웃음을 지었다. 노인 앞에 바싹 다가가 무릎을 꿇고 앉았다. '어디 찍을 테면 찍어봐.' 노인이 고개를 들고 카메라를 응시했다. 곁에 있던 노인들이 하나둘 머릿수건을 매만지며 자신의 차례를 기다렸다. 자신의 순서를 기다리는 노인들도 그 앞에 무릎을 꿇고 셔터를 누르는 나도 행복한 순간이었다.

웃는 여잔 다 이뻐

한 여자가 웃는다. 곁에 있던 여자도 따라 웃는다. 다른 여자도 큰 소리로 웃는다. 그 외 여자들은 나를 쳐다보며 웃고 얼굴을 가리며 웃고 도망가면서 웃고 배꼽을 잡으면서 웃는다. 주변의 아이들도 하나둘 따라 웃는다. 폭죽이 터지듯 고양이도 웃고 강아지도 웃으니 마을 전체가 웃음바다다. 슬픔은 조용히 번지지만 웃음은 순식간에 퍼져나간다. 그들의 웃음 앞에서 나는 불행이나 슬픔 따위는 떠올려 본 적이 없다. 아프리카 사람을 좋아하는 이유일지도 모르겠다.

마을 전체를 웃게 한 건 사진기다. 그들에게 카메라는 마술 장비처럼 신기하고 즐거운 도구여서 자신을 향해 셔터를 누를 때마다 로또에 당첨이라도 된 듯 까르르까르르 신나한다. 그들의 웃음은 과거를 되씹거나 오지 않은 내일을 염려하는 자는 누릴 수 없다는 듯 자유롭다. 성공한 지상의 모든 것을 다 그러모아도 바꿀 수 없다 생각하면 씁쓸하지만, 안개가 스멀거리는 대낮 보라색 자카란다가 핀 붉은 신작로에 서서 내가 보유한 모든 주식으로 그들의 낙천성을 살 수만 있다면 하는 생각을 했던 것 같다.

지나치게 웃음에 인색하고 감정 전달이 세련되지 못해 일반적인 대화에서조차 버럭 화부터 내고 마는 우리, 유머와 웃음을 앞세우면 같은 문제라도 과정과 결과는 달라진다는 걸 자주 잊는다.

아프리카 사람들은 다르다. 모든 대화는 계산 없는 웃음으로 시작한다. 그리고 그 어떤 주제라도 결론은 노 프라블럼(문제없음), 혹은 하쿠나 마타타(걱정하지 마, 다 잘될 거야)다. 스스로 문제없을 거고 잘 될 거라는데 결과가 어떻든 뭐 대수겠는가. 물질적인 결핍은 있을지 몰라도 마인드컨트롤만큼은 그들이 한 수 위다.

슬픈 열대

"이 책을 써 볼 생각을 수없이 해왔다. 그러나 그때마다 부끄러움과 혐오감이 앞서서 그만두고는 하였다. 무엇 때문에 그 시시하고 무미건조한 사실이며 사건들을 상세히 서술해야 한단 말인가."

"나는 1937년 고이아니아를 방문하였다. 전신주와 측량용 말뚝이 비죽비죽 솟아 있으며, 황무지와 전쟁터를 방불케 하는 끝없는 벌판이 지평선 네 귀퉁이에 흩어져 있는 100여 채의 새집들을 보여주고 있었다. 그중 가장 큰 것이 시멘트로 만든 평행 육면체인 호텔이었는데, 그 몰취미 속에선 공항 터미널이나 작은 성채가 연상되었다. 아마 어떤 이는 거기에다 기꺼이 '문명의 보루'라는 표현을 붙였을지도 모른다. 비유적인 의미가 아니라 글자 그대로의 의미로 썼을 때 그러한 어법이 이상하게도 풍자적인 가치를 띠었다. 이런 식으로 사막을 지배하는 것만큼 야만적이고 비인간적일 수 있는 것은 아무것도 없을 것이기 때문이었다. 이렇게 우아함이라고는 찾아볼 수 없는 건축 붐이 고이아스와는 반대였고, 어떤 역사도 시간의 흐름도 습관도 이 공허함을 채우지 못했고, 그 어색한 모습을 부드럽게 만들 수 없었다. 그곳은 마치 정거장이나 병원에서처럼 항상 스쳐 지나갈 곳, 영원히 머무를 수 없는 곳으로 느껴졌다. 오직 어떤 재앙은 한 번 일어났으며, 그 지배적인 침묵과 정체 상태는 위협을 연장시킬 뿐이었다." -『슬픈 열대』C. 레비 스트로스. 박옥줄 옮김.

영혼을 반환할 곳을 찾아 헤매는 로맹가리의『새들은 페루에 가서 죽다』
가 그렇듯 제목 하나만으로도 마음을 빼앗는 책이 있다. 내가 태어난 해
에 출간한 700쪽이 넘는 기행문 형식으로 쓰여진 인류학의 고전, 100세
를 살아낸 레비 스트로스의『슬픈 열대』가 그중 하나다. 오래 전에 붙들
고 있던 책인데 뼈대를 이루는 핵심만 남고 디테일한 내용들은 까맣고
잊고 있었으나 왜 나는 무슨 연유로 사막 한가운데서 이 문장을 기억하
게 되었는지는 알 길이 없다. 어떤 것은 그냥 그대로 풍경이 되고 말이
되고 시가 된다는 것을 군이 그걸 설명할 필요가 있겠는가 하는 회의감
도 그렇다.

어느 날 나는 욕망을 부추기는 인간에 대한 갈망을 지우기 위해 황무지
를 연상하게 하는 나스카라인이 시작되는 메마른 사막을 내 두 발로 걸
어 들어갔다. 복잡한 문명세계에 길들여진 나는 거친 땅에 홀로 버려지
는 기분이 어떠한지를 아직 영혼을 분리되지 못한 조그만 새의 풍장처
럼 온몸으로 느껴보고 싶었던 것 같다. 그러나 문명이 주는 안락에 길들
여진 한 인간이 낮엔 뜨겁고 밤엔 추운 혹독한 기후를 견딜 수 있는 한
계는 종이 한 장보다 얇은 것이어서 나는 곧 두려움에 떨어야만 했다.
어떤 절망과 고통은 희망보다 달콤할 때가 있긴 하지만 그곳이 아마존
정글이 아니라는 걸 가장 빨리 이해한 건 몸이었다. 너무 건조해서 슬퍼
할 겨를조차 없는 사막의 가장자리, 빈 문장처럼 나는 내가 직면해 있는
고독과 고립을 얼마 누리지 못하고 문명세계의 인간군상을 그리워하기
시작했고, 평소 그렇게도 눈에 가시 같았던 건축물에 대한 생각을 고쳐
먹는 계기가 되었다. 생명을 유지하기 위해선 물과 태양이 필요하듯 그

늘도 어둠도 필요하다는 걸 몸이 알아버린 것이다. 원시야만과 문명, 누가 누구를 그리고 무엇을 비판할 수 있겠는가. 모든 존재는 성스러운 초원과 신성한 숲과 적당한 건축물과 더러움까지도 필요하다는 걸 나스카라인의 사막여행으로 알아차렸다고나 할까.

금지, 매혹일 수밖에 없는

인천공항 이미그레이션 전광판에는 이라크와 아프가니스탄이 여행금지 국가라는 글씨가 물결처럼 흘러간다. 그 많은 나라 중에서 왜 나는 라오스(비엔티안)행 티켓을 들고 이라크와 아프가니스탄을 상상하는 걸까. 평소엔 무심했던 단어도 여행이 시작되면 꿈틀거리기 시작하는 병, 그래서일까. '금지'라는 단어는 여전히 매혹일 수밖에 없다.

"모든 여행의 궁극적인 목적지는 행복이다."『꾸뻬씨의 행복여행(프랑수아 클로르)』에 나오는 말이다. 그러나 유감스럽게도 내가 아는 모든 여행은 행복일 수만은 없다. 예기치 못한 일로 힘들고 때론 황당함도 그림자처럼 따라다니지만 그 틈새로 찾아드는 여유, 나에게 여행이란 어제와 다른 오늘을, 무력한 일상과 우울을 소소한 행복으로 바꾸는 것이다.

크고 작은 열매가 주렁주렁 매달려 계절을 기다리는 망고나무, 보리수나무 아랜 뜨겁지만 게으른 바람이 지나간다. 사원 뜰에서 맨발의 스님이 거친 나무를 다듬어 의자를 만들고 있다. 마른 뼈다귀 같은 불일암 추녀 아래 놓인 법정스님의 의자보다 나을 게 없는 투박한 의자가 완성되어갈 즈음 나는 자리를 일어섰다. 책을 멀리하고 허깨비 같은 욕망도 잠시 반납하고 마음이 흘러가는 대로 두거나 바라본다. 매일 새로운 것을 보는 것도 여행이지만 잠시 그 자리에서 멈추는 것도 여행이란 걸 잊지 않으려 한다. 어디에 있든 인생은 저마다 길 위에 있으며 무엇을 하든 여행이므로.

더위가 한풀 꺾인 밤, 달은 왜 그리 창백하게 빛나는가. 열대의 꽃들이
만발한 메콩 강가에서 라오비어를 홀짝거리다가 라다크 어느 사원에서
스님이 가르쳐 준 작은 기도문을 생각했다. 목적은 달라도 이곳을 찾아
온 여행자들은 오로지 맥주를 마시기 위해 온 듯 모두가 약속처럼 손에
맥주병을 들고 거리를 활보한다. 낯선 곳에서 터무니없이 정직해지는
심사란 대체 무어란 말인가. 먼 존재감이 지척에 있음을 느낀다. 나에게
서 나를 떠난 체온이 돌아오는 그것도 안식의 한 자락이겠지. 비로소 세
상을 고민하지 않고 나를 고민한다.

시간이 아까웠으므로 그 도시에선 불면의 밤도 지극해서 고마웠다. 아
직 세상은 살만하다. 한지와 나무 냄새가 은은히 퍼지는 방에 머무는 동
안 나는 문을 잠그지 않았지만 아무 일도 일어나지 않았다.

붉은 메콩강과 라오비어와 쌀국수와 툭툭이와 어린 스님이 볼펜을 탐
하는 가난은 있으나 거지는 없는 곳, 모두가 가난해 보이지만 아무도 불
행해 보이지 않는 곳, 부정을 학습한 적 없고 최소의 것으로 얻고자 하
는 그들만의 평화로운 일상이 느린 강물처럼 흘러간다. 작고 여린 사람
들이라 너무나 순해서 오해를 바라는 눈빛 따윈 읽을 수 없었지만 매일
내 앞에 닥친 더위와 그들의 가난 앞에 허무를 계산하는 건 얼마나 우스
운 일인지. 시간은 낯선 산자락을 휘돌아나가는 메콩 강물처럼 내게 도
달했다가 멀어진다. 느린 강물을 바라보며 왜 내게 침묵과 혼자만의 시
간이 필요한지 알겠다. 그러므로 지금 힘들고 어렵더라도 '모든 여행의
궁극적인 목적지는 행복'일 수밖에 없다. 그러므로 나는 행복해야 한다.
아니 행복하다.

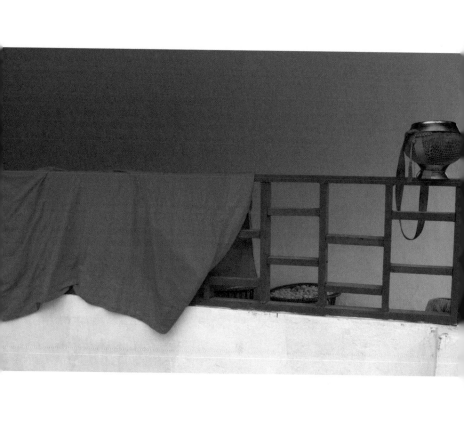

탁발

라오스는 불교국이며 라오스를 대표하는 색은 스님의 옷을 상징하는 주황색이다. 아침마다 대부분의 스님들이 동참하는 탁발은 동트기 전 정갈하게 몸을 씻고 맨발로 시작되며 해가 뜨면 끝난다. 사람들이 모인 곳에서는 스님들이 탁발의 답례로 조용히 경문(經文)을 합창해주는데 이른 새벽 거리에서 듣는 스님들의 경문은 그 어떤 음악보다 울림이 크다.

탁발(托鉢)로 모아진 밥(음식이나 돈)은 종일 스님들이 먹게 되고 그래도 남으면 가난한 이웃과 나눈다. 내게 라오스를 좋아하는 이유를 묻는다면 맨발과 거지가 없는 것을 우선하겠으나 그다음엔 누구라도 베푸는 행위가 내세울 당당함이 아닐뿐더러 받는 것 또한 부끄러운 행위로 간주하지 않는다는 그들의 평상심이다.

절 마당가 후박나무 그늘은 스님이나 나 같은 노마드가 쉬어 가는 곳이다. 대나무 바구니마다 주황색 보자기로 덮어놓은 건 탁발로 모은 스님들의 밥(공양)인데 때로 고양이나 날다람쥐가 슬쩍해도 눈감아 준단다.

후박나무 밑에서 더위를 식히고 있을 때 문득 스치는 마음이란 언제든 고픈 배를 채울 수 있는 나의 밥도 도심의 사람 숲을 사냥해야 하는 치열함이 아니라 막대기 하나면 해결되는 저 나무 위 바구니 속 밥 같았으면 좋겠단 생각, 삶이 뭔지, 어디에 있든 인간은 눈만 뜨면 밥 생각을 한다. 이거 다 입이 죄고 밥이 죄다.

꽃 볼 시간이 많지 않다

루앙프라방 왓 씨엥통 사원, 여닫이 출입문 틈새에 핀 꽃 한 송이 도도한 자태를 뽐내고 있어 노스님께 여쭈었더니, "페인트칠이 벗겨진 낡은 문틈에 싹이 자라고 있다는 걸 알았을 때 갈등했지요. 그러나 어린 승려들과 이야기를 나누는 동안 이도 생명이니 살리자는데 의견이 모였고 그날로 이 문은 손잡이를 묶고 폐쇄되었지요. 물론 스님들이 다른 문을 사용하는 불편을 감수하겠노라 동의했으므로 가능했던 일이랍니다. 하루 이틀이 지나고 일주일 한 달이 지나자 꼿꼿이 자란 줄기에서 꽃대가 올라오는 겁니다. 아침마다 분무기로 물을 주고 돌봐준 수고는 살아 방긋거리는 저 꽃으로 충분했지요. 물론 나는 승려들에게 생명의 존귀함을 따로 설법할 필요가 없어졌지만 언제부턴가 수행을 힘들어할 때마다 악조건에도 굴하지 않고 당당히 제 할 일 하는 저 꽃을 보라고 하지요. 무슨 말이 더 필요할까요."

이유 없이 피는 꽃이 있을까. 문득 피는 꽃이 있을까. 삶이 향기로운 건 저런 꽃이 있어서는 아닐까. 언젠가 저 꽃도 시들겠지만 어린 스님들 주황빛 가사 장삼 팔랑거리며 들고 날 때 저 문도 한때는 꽃이었다고 저 꽃송이 화인처럼 기억해 줄까. 이번 여행의 막바지, 많은 진경을 뒤로하고 사찰 문틈에 핀 꽃 한 송이에 마음 얹느라 시간이 다 가버렸다. 안타까워라, 꽃을 볼 시간이 많지 않으니 비로소 보이는 꽃.

한 번도 본 적 없는

여행은, 일상의 전원을 끄고 아날로그 세계로 돌아가는 것이다. 자신의 의지를 총동원해 마음을 구속이 없는 상태로 만드는 기술은 필수다. 두려움을 이기는 모험, 홀로 세상 끝에서 터질 것 같은 자유와 쾌감을 자신의 것으로 만들어야 할 책무를 이행할 수 없다면 그 또한 무효다. 여행은 찰나일지라도 내가 누구라는 걸 버리고 잊을 때 비로소 그 속으로 들어갈 수 있다. 진짜 여행은 그다음에 생각해도 늦지 않다.

이생에서 한 번도 본 적 없는, 침묵과 고요만 있는, 가끔은 눈이 멀어 버릴 것 같은, 아니 숨이 멎을 것만 같은 황량한 길을 마냥 달리는 꿈을 꾸곤 한다. 꿈에서 깨면 그곳에 가보고 싶단 마음과 더불어 어떻게 갈까를 생각하게 되는데 그런 생각을 지속하다 보면 나는 거짓말처럼 그곳에 가있곤 했다.

알 수 없는 인생

그럴 때 있지 않은가, 어느 한 곡에 필이 꽂혀 밤낮으로 흥얼거리게 되는 노래, 내겐 요즘 이문세의 '알 수 없는 인생'이 그렇다. 잎이 지고 영혼이 수척해지는 11월이 가기 전에 감동을 넘어선 경이로움, 이 시대의 전정한 노블레스로 극찬받는 마리스 얀손스가 이끄는 독일 바이에른 방송 교향악단, 교향악의 대표라 불리는 드보르자크 '신세계'로부터 쇼스타코비치 '교향곡 5번'까지, 그의 내한 공연을 예술의 전당 콘서트홀에서 감상했다. 마리스 얀손스의 마술 같은 지휘와 모처럼 그 웅장하고 감미로운 교향곡에 빠져 행복감을 만끽했는데 자정이 훌쩍 넘어 귀가와 동시에 또다시 알 수 없는 인생을 듣게 된 게 문제였다.

나는 빈집에 들어와 외투를 벗는 둥 마는 둥 알 수 없는 인생을 볼륨 업하고 리듬에 맞춰 스텝(상상은 금물)을 밟기 시작했다. 춤이 아니어도 상관없었다. 그냥 그렇게 나는 이 곡을 들으면 자동으로 몸이 움직여지니, 경쾌해진다. 이 얼마나 유쾌한 인생인가. 시계를 보니 1시가 넘었다. 좀 전에 그렇게 흠뻑 빠져있었던 교향곡들은 다 어디로 숨어버렸는가. 우울은 다 어디로 사라졌는가. 쉬고 싶은데 이문세가 도무지 입을 닫지 않는다. 피로에 지친 내 몸도 스텝을 멈출 기미가 없다.

캠퍼밴으로 여행할 때 MP3에 이 곡이 담겨있었다. 하루 주행을 마치고 바닷가 캠프사이드에 차를 파킹하고 저녁을 준비하면서 이어폰으로 이 곡을 듣고 있는데 내 몸이 또 리듬을 타고 있었나 보다. 곁에 있는 대머리 아저씨가 다가오더니 뭔데 그러냐는 눈빛이어서 나는 얼른 이어폰 한쪽을 그에게 건네주었다. 그가 나를 따라 알 수 없는 인생에 맞추어 몸을 흔드는 것이 아닌가. 알 수 없는 인생이라 더욱 아름답다는 노래 끝말을 온몸으로 반응하면서 나는 그날 대머리 아저씨의 손을 잡았던가 아니었던가. 이 곡만 나오면 나는 또 추억에 젖는다. 리듬은 왜 그리 흥겹고 가사는 어찌 그리 사랑스러운지,

정말 알 수 없는 인생이다.

조그만 나라에 닿는 것

전생이 너무 추레해서 우연을 가장해 버리고 왔을지도 모를 어느 고목 가지에 걸어둔 나를 찾아가는 길이 여행이니 소풍보다는 순례에 가깝다. 언젠가 꿈에 갓 피어난 새싹을 본 기억이 고목의 원류였을지도 모른단 생각은 여전히 유효하다. 그러나 한 장뿐인 지도를 잃어버렸고 너무 멀리 온 것이 돌아갈 수 없는 이유가 될 수 없다는 걸 안 내겐 아직도 여행의 목표는 나무와 햇살이 조화롭게 살아가는 평화가 주인인 조그만 나라에 닿는 것이다. 어디에 머물더라도 신의 실수가 아니길 바랄 뿐. 처처에서 우주를 보고 나를 본다. 눈빛을 교환하고 손을 잡고 체온을 나누고 대화한다. 그러니 거짓말처럼 한 생이 지난 후라도 궁금해하지 마시라. 정말 그것이 행복이었냐고. 여기서 얄팍한 한계가 만천하에 드러난다 해도 저 하늘의 구름을 빌려 나를 감출 의사는 추호도 없다.

우리 히말라야 가자

처음 그를 본 순간 바람에 흔들리는 풀잎처럼 '난무'와 같은 단어가 떠올랐다. 그는 늘 고독을 은폐하기 위해 쾌활한 농담을 밥 먹듯 했으므로. 그럼에도 어떤 일이든 무언가 이야기하고자 하면 그는 이미 내용을 느끼고 간파한 후였다. 그래서 숨기고 싶은 사람이었다. 안경 없이는 아련해지는 글자들을 속수무책 바라볼 때처럼 그가 나를 바라보는 지금의 마음도 그럴까. 내가 제주도에 가고 싶다 하면 산토리니에 가자 할 사람, 허접한 말로 투정을 일삼아도 지상에 없는 언어로 위로해 줄 사람. 빗소리가 창을 두드리던 지난밤엔 아주 먼 곳에서 어디 가자는 말과 어디서 기다리겠단 말을 좋아한다는 걸 아는 그로부터 타는 노을 보러 히말라야에 가자는 메시지가 도착했다. 나의 희망은 남은 생도 그 앞에서 무너지는 것. 뒤늦은 고백이지만 살면서 그렇게 진실하고 영혼적인 사람을 본 적이 없다. 그는 그런 사람이다.

돈 어떻게 감출까

경험자들에 의하면 남미여행에서 경계할 첫째도 둘째도 소매치기나 강도인데 하늘이 무너지는 느낌이 어떤 건지 알고 싶지 않다면 조심 또 조심하는 수밖에 없다고. 도심의 밤 골목이 위험하다지만 특히 나홀로 여자는 조심해야 한다고. 나도 안다. 남미를 가려면 적어도 두 번 이상 환승을 거치게 되는데 특히 아프리카를 경유할 때 부치는 짐에 카메라나 중요한 물품을 넣는 행위는 그것을 포기하겠다는 의미와 같다는 걸. 음료에 마취제를 섞어 권하는 인도에서 노 플라블럼이란 문제가 없다는 의미가 아니듯 남미에서 안전하다는 말 또한 달리 해석해야 한다고. 어떤 이는 공항에 늦게 도착하는 바람에 신고하지 못한 카메라 장비를 큰 짐에 넣어 잃어버렸고, 어떤 이는 목에 걸고 다니던 캠코더를 날치기로 빼앗겼다. 어떤 이는 지갑과 여권과 비행기 표를 각각 다른 곳에 숨기느라 안팎으로 주머니가 달린 옷을 벗지 못해 곤욕을 치렀다 하고, 또 어떤 이는 택시기사가 강도로 돌변해 빈털터리가 되었으며, 기차에선 옆자리 친구가 도둑으로 변해 짐이 사라진 예도 있고, 어떤 이는 간 큰 강도를 만나 뒤에서 목을 조르는 바람에 가진 것 모두 내주었다 하고, 심지어 달리는 버스를 세우고 총을 들이대 한꺼번에 모든 걸 잃은 경우도 있다고 했다. 하드백, 자물통, 락앤락, 쇠사슬, 허리띠, 재킷 안주머니 등이 안전하다고 하지만 짐을 통째로 노리는 강도라면 무슨 소용, 그러니

밤중에 숙소를 찾아 복잡한 터미널 근처에서 돈 좀 아끼겠다고 혼자 이 골목 저 골목 누비는 건 위험을 자초하는 일이다.

페루 푸노에서 라파스로 넘어가는 국경에서도 그랬다. 팀 인솔자는 일행 앞에서 신병을 다루는 교관처럼 협박조로 말했다.

"요즘 세상에 무슨 그런 일이 하겠지만 이곳은 산적도 있고 해적도 있다. 경찰이나 군인이 강도로 돌변하기도 하고 선하게 생긴 청년이 칼을 들이대는 건 놀랄 일도 아니다. 그러니 누가 부르거나 아무리 화장실이 급해도 혼자는 가지 않는다. 지갑에는 거저 주어도 괜찮을 잔돈 몇 푼만 남겨두고 나머지 현금은 안쪽에 감추거나 신발 밑창에 깔고 카메라는 가방에 넣고 앞으로 맨다. 실시!"

이쯤 되면 한가함이나 평화라는 단어로 대신하던 여행이 전투나 다름없다. 여행에서 여권이나 돈은 목숨이나 군사기밀과 다를 바 없고 지갑을 사수해야만 하는 여행자는 KGB나 FBI 요원이 되어야 한다. 국경경찰이 꼬치꼬치 물어 트집을 잡는다면 아예 지갑을 그대로 넘겨줄 참이었지만 다행히 그 정도는 아니었다.

국경사무실에서 입국신고서를 써주겠다 혹은 빨리 끝내도록 도와주겠다고 진드기처럼 달려드는 남자들을 뿌리치고 수속을 끝내고 차에 올랐을 때 여기저기서 뭔가를 잃어버렸거나 잃어버릴 뻔했던 무용담이 흘러나왔다. 나홀로 여행자가 탈 없이 이틀을 넘기기 어렵다는 라파스에서 사흘 밤낮을 쏘다녔으나 아무 일도 일어나지 않은 건 완벽해서가 아니라 순전히 운이었음을 그곳을 떠난 후에야 알았다.

상파울루에선 불안한 치안 때문에 무슨 작전처럼 팀을 짜서 움직였지만 도처에서 점잖은 신사들이 목에 걸린 카메라를 보고 진심 어린 충고를 아끼지 않았다.

"내기할까, 1시간 후에도 그 카메라가 네 목에 걸려있는지?"
브라질과 아르헨티나 대도시는 총을 소지한 강도가 대세라지만, 페루와 볼리비아도 다르지 않았다. 가는 곳마다 원주민을 가장한 강도들이 고산중으로 정신이 혼미한 여행자들의 주머니를 노렸다. 그들은 서너 명이 한 조가 되어 역할을 분담하는데, 식당에선 의자 밑에 둔 소지품이 감쪽같이 사라졌고, 복잡한 버스터미널에서 귀신처럼 가방이 없어지는 데는 속수무책이었다. 심지어는 쓰고 있는 모자를 낚아채거나, 머리에 얹고 있던 선글라스를 귀신처럼 빼가는 일, 버스나 대합실 의자에 앉을 때는 신발을 벗지 말라는 경고문이 나붙을 정도다. 장거리 버스를 탈 때 큰 짐은 짐칸에 넣고 받은 짐표는 끝까지 보관해야 하고 버스 선반에 물건을 얹는 일은 내 것이기를 포기한다는 말과 같다고 귀 아프게 강조한 인솔자의 설명도 그런 이유다.
공공연한 일이지만 값싼 호텔을 알아봐 주겠다고 앞장서는 사람, 친구가 멋진 카페 주인이라고 떠벌리는 건달들, 무조건 자신의 집이나 파티에 초대하겠다며 바람 잡는 남자도 경계대상이다. 굳건히 배낭을 지키려면 평범한 일에도 놀랄 준비와 아무리 대단한 일에도 놀라지 않을 준비 또한 동시에 필요하다.

나의 안전은 내가 지킨다는 원칙을 고수, 여행 중에는 복부에 땀띠가 나고 아무리 전대가 불편해도 잠자리 외엔 벗지 않는다. 아무리 초보강도라도 여행자들이 현금이나 중요한 소지품을 전대에 감추고 있다는 걸 모를 리 없다. 엄밀히 말해 전대는 소매치기에 대한 방편일 뿐 무기를 가진 강도에겐 무용지물, 그래서 여자들은 가슴에 비상금을 숨기기도 하고, 전대를 어깨에 사선으로 묶거나 허벅지에 차기도 하지만, 나의 경우 중요한 것은 호텔에 맡기거나 아니면 여권과 비행기 표는 전대에 넣고 고액권은 비교적 허술한 곳에 감춘다. 예를 들면 세탁할 양말 속이나 안경집, 손전등 배터리 사이 혹은 비스킷 봉지(입구를 뜯고 돈을 접어 넣고 감쪽같이 다시 봉한다)나 수첩 혹은 먹다 남은 과일 봉지……

여행에서 돌아오면 안도감으로 쾌재를 부를 때가 있다. 힘은 들어도 길 위에서 긴장감이 생을 견디는 힘이었다는 걸 믿어 의심치 않는다. 카메라와 작은 지갑을 잃은 적은 있지만 큰일은 없었으니 내 경우 운이 좋았던 편이다.

직업

나의 직업은 일인 체제 글공장 대표와 동시에 여행업의 말단 직공이다. 근무 연차는 꽤 되었으나 손을 비비지 못해 아직 직공의 자리를 면치 못하고 있다. 자처한 일이므로 부끄럽진 않다. 사실 난 투잡 아니 쓰리잡을 갖고 있다. 첫째, 글 쓰는 일(세상을 따뜻하게 만드는 일)이고, 둘째, 밥하는 일(가족을 배부르게 하는 일)이고, 다른 하나는 자유업 여행(사람들을 꿈꾸게 하는 일)이다. 이런 삶도 인류공영에 이바지했다고 할 수 있을까. 연봉이 얼마나 되는지 계산해 보지 않아 모르지만 상사에게 손 내밀지 않고 아래 사람에게 거짓말하지 않고 신대륙을 향해 배낭을 질 수 있는 만큼이니 사실 넘치지도 모자라지도 않는다. 여기엔 타인의 것을 넘보지 않고 못하는 것을 자탄하지 않는 며느리도 모르는 나만의 영업비밀이 있으며 욕심을 부린다면 더 많은 수입을 얻을 수도 있으나 그렇게 하지 않는다. 일인 공장이라 내가 윗사람인 동시에 아랫것이니 공장가동은 필요할 때만 한다. 그 결과 30년 전이나 지금이나 딱 본전이다. 나는 이 기막힌 조율과 수평을 자찬한다. 곳간에 쌓아둔 양식은 없지만 춘궁기가 두렵지 않고 변제할 채무가 없으니 못살았다 할 순 없다. 남은 날은 한 줌 사랑과 한 줄 문장만 건져도 족하겠으나 그게 아니면 길과 바람을 동무 삼아 더는 비루하지 않고 통장에 남지도 모자라지도 않는 지금의 잔고를 유지하는 것이다. 아, 가능할까.

나 따라 해봐요

온몸이 모기에 뜯기고 다리의 상처는 어느새 덧나버렸다. 이 몸으로 얼마나 여행을 지속할 수 있을까 회의감으로 치를 떨던 날, 설상가상 손지갑을 잃어버렸다. 어디에 맘을 기대야 할지 난감했다. 나는 희미하게 깜빡거리는 잔량의 에너지를 속수무책 바라봐야만 했다. 하늘은 비를 뿌렸고. 좁은 골목을 얼마나 서성거렸을까. 마음 어둡고 몸 무거운 그때 짠하고 나타난 녀석들.

"무엇이 걱정인가요. 나 따라 해봐요. 이렇게."

온갖 퍼포먼스에 어이가 없어 피식 웃었고 웃는 사이 걱정은 날아가 버렸다. 여행자라면 바보가 되는 것도 상심을 행복으로 바꾸는 것도 이렇게 간단하다.

나 홀로 여행

배낭을 대신 져주고, 온몸으로 달리는 버스를 세워 총알보다 빠르게 자리를 잡아주고, 5개 국어쯤 식은 죽 먹기에다 언제든 어깨를 빌릴 수 있고, 힘 좋고 부드럽기까지 한 애인의 보호를 받는다면 그보다 좋을 순 없겠지만,

애인의 속이 밴댕이어서 수시로 마음을 긁는다면, 권위적이라면, 사랑을 가장한 폭군이라면, 시도 때도 없이 웃는 인형이기를 바란다면,

짐은 내가 지더라도, 조금 서서 가더라도, 원서를 판독하지 못하더라도, 여행이 그냥 그렇게 장님이 코끼리 다리 만지는 격일이라도 혼자인 것이 낫지 않을까.

애인이 없으면 어떤가, 여행은 묻지 마 버스를 타고 고기를 굽고 음주가무가 있어야 하는 것만은 아니니까. 지상에 퍼붓는 햇살과 솜털 같은 바람, 한 번도 흡입해 본 적 없는 다디단 공기를 느끼는 것도, 그리고 아무것도 하지 않는 것도 여행이니까.

둘도 좋고 다섯도 좋고 스물도 좋지만 여행은 혼자일 때가 가장 좋다. 길을 잃는다면 그것이야말로 새로운 기회가 아닐까. 가끔은 지극한 애인의 배려를 사양하고 스스로 이룰 때만이 완전할 수 있다는 걸 잊지 않았으면 좋겠다.

자주 받는 질문이다.

"여행은 누구랑 가요?"

"혼자 가죠."

처음에는 또박또박 답했지만 지금은 그냥 웃는다.

그렇다. 여행은 혼자 가는 거다.

두 사람 이상이면 그건 관광이다.

혼자 떠나서 외로움이 달달해지도록 견뎌보는 것.

그런 것이다, 여행은.

아테네 택시기사

그로 인하여 나는 금보다 귀한 35분을 날렸고 도무지 정상적인 사고로는 이해할 수 없는 일을 겪었다. 그것도 처음 아테네에 발을 딛는 순간, 다시 말하면 나는 이상한 택시기사로 인해 공포를 느껴야 했고, 그와 거래를 마친 후 할아버지기사로부터 아크로폴리스까지 7유로라는 합법적인 미터요금에다 친절한 안내와 정중한 사과를 받고 난 후 비로소 안도했다. 여정이 무료해질 만하면 알맞게 아니 견딜만하게 나를 긴장시키는 사건은 늘 있었다. 그래서 여행을 반전의 미, 아니 반전의 연속이라 하는 것인지.

이른 아침 아테네에 도착한 내게 주어진 시간은 5시간이었다. 후에 다시 방문할 계획이 있었지만 5시간이면 아크로폴리스만을 보기에도 턱없이 부족한 시간이어서 마음이 다급해졌다. 지하철을 이용하면 두 번이나 갈아타는 번거로움에 지레 두통이 밀려와 생각한 것이 택시였다. 나는 적당한 기사를 물색하기 시작했고 한 아줌마 기사에게 눈길을 주었을 때 마침 그녀가 내게 윙크를 보내왔다. 오케이! 그는 25유로를 불렀다. 시간을 묻자 15분~20분이란다. 아무래도 요금이 의심스러워 미터기로 갈 것을 제안하자 순순히 그러란다. 대답 한 번 시원하군! 나는 화끈한 그녀가 마음에 들었다.

그런데 택시에 오르자 이상 기류가 느껴졌다. 조금 전 화끈하고 귀여운 아줌마는 어디 가고 시동을 걸면서 몇 번 십자성호를 긋더니 혼잣말로 정신없이 떠들기 시작했다. 불과 몇 분 전 아테네에 도착한 내가 어찌 로켓포처럼 발사되는 그녀의 말을 알아듣겠는가.

택시가 좁은 도로를 미끄러지듯 달릴 때 내 시선이 멈춘 곳은 미터기였다. 잠깐, 출발할 때 분명 미터기를 꺾었고 내 눈으로 눈금이 제로에 가 있는 것을 확인하고 한 20여 분 달렸을까. 본능적으로 다시 미터기에 눈길이 갔다. 그런데 출발 때처럼 눈금이 제로에 멈춰있는 것이 아닌가. 나는 미터기에 제동을 걸며 차를 세우라고 했지만 그녀는 내 의사 따윈 안중에도 없고 경마대회를 생중계하는 아나운서처럼 따다다다 말을 쏟았다. 그래, 쏟았다는 말은 맞다. 세상에 내가 모르는 나라말이 그렇게 빠를 수 있다니, 나는 목적지 아크로폴리스가 멀지 않다는 것을 직감적으로 알았지만 그녀는 계속 혼자 떠들기만 했다.

잠시 후 아크로폴리스로 올라가는 골목 입구에서 차는 급뉴턴했고 급기야는 고래고래 고함을 지르더니 철컥 차 문을 잠그는 것이 아닌가, '혹 나를 위한 깜짝쇼?' 그러나 순간적으로 위기가 닥친 것을 알았다. 그녀는 정신병자가 분명했다. 그러는 사이 차는 곡예를 하듯 중앙차선을 넘나들며 최고속으로 되돌아가고 있었지만 여전히 뭔가 체면이 풀리지 않은 듯 말을 쏟아댔다. 이제 어쩔 것인가. 문은 잠겨있고 여자의 명령대로 속도는 미쳐 날뛰는데, 그 순간 내 상상력은 앞으로 일어날 최악의 시나리오가 스쳐 갔다. 첫째는 역시 '납치'였다. 지금 나는 신화의 땅 아테네에서 신화처럼 어디로 끌려가고 있는가. 내 말은 아예 들으려 하지도 않고 차를 세우라는 말에 노, 노만을 연발하다가 다시 자신의 세계 속으로 빠져든 여자, 나는 보다 강경한 어조로 경찰서를 운운했지만 그

너는 콧방귀도 뀌지 않았다.

누구는 위험 없는 삶이 가장 위험하다고 했지만 소통할 수 없는 삶이야
말로 얼마나 위험한지, 그러는 동안 돈 몇 유로 아끼자고 요금에 제동을
긴 용기를 어찌 후회하지 않았겠는가. 하지만 안다. 절체절명의 위기일
수록 초인적인 힘이 생기기도 한다는 거. 나는 거듭 심호흡을 했다. 그
리고 처음처럼 짐짓 여유를 부리며 조용히 낮고 침착한 어조로 말했다.
"아크로폴리스로 가지 못한다면 출발지로 돌아가든가, 지금 차를 세워
라, 경찰서도 좋고 지하철역도 좋다. 할 말이 있으면 영어로 해달라고.
대체 당신이 원하는 게 뭐냐?"

내 말은 휴지처럼 구겨져 소용이 없었다. 꼴깍 침을 삼킬 때마다 목이
타들어 갔다. 이럴 때 욕 잘하는 후배가 곁에 있다면 욕으로 사망에 이
르게 했으리라.

나는 그런 상황에서도 우울해지지 않으려 욕쟁이 후배의 코미디를 떠올
렸다. 하지만 그것이 전부는 아니었다. 달려가면서 그 속도의 끝이 삼류
영화의 엔딩 장면처럼 궁금했다. '벼랑 위에서 지중해를 향해 돌진한다?
어디 막다른 지하도 벽에 그대로 달려가 처박힌다? 으슥한 창고에 감금,
가진 것 모두 빼앗긴 후 폭력으로 정신을 잃고 외딴곳에 버려진다?' 아
니지, 그건 아니지. 그 와중에도 가방과 허리춤에 감춘 항공권을 만지작
거리며 끝까지 국내파로 남겠다는 친구의 고집이 부러워 불쌍하고 딱한
나를 위로하려 애썼다.

나는 아직 유언장도 쓰지 않았고, 친구들에겐 작별인사도 못 했는데 이
게 뭐람! 어쩌면 저 아줌만 제정신이 아니니까 순순히 경찰서로 가줄
지도 몰라. 하지만 시간이 흘러도 여자의 흥분은 멈출 기미를 보이지

않았다.

누구에게나 균등한 것이 시간이지만 상황에 따라 시간은 속도를 달리한다. 시계의 눈금은 계속 움직이고 비장한 각오로 어금니를 깨물었다. 이럴땐 내게 유리한 쪽으로 시간이 흘러가 주기를 바랄 수밖에, 바로 그때 여자가 브레이크의 파열음을 내며 차를 세웠다. '어라, 대체 여기가 어디야?' 지하철 출입구가 눈에 들어왔다. 나보고 당장 내리란다. 먼저 차에서 내린 그녀가 손가락을 까딱거렸다. 이건 또 무슨 시추에이션! 그녀가 악을 쓰며 지하철역을 가리켰다.

"너 같은 여잔 택시 탈 자격 없으니 걷든지 지하철이나 타라고 알았어?"
고마워라. 늘 견딜 만큼 시련을 주시는 그분, 이번에도 불쌍한 양을 외면하지 않으시는구나. 택시 안에서 썼던 가공할만한 시나리오는 싱거운 결말을 보였다. 믿기지 않아 정말 가도 되냐고 묻자 버럭 소리를 지른다.

"그래, 가버려, 내 앞에서 당장 꺼지라고!"
그리고는 아무 상관 없다는 듯 차 문을 꽝 닫더니 바람처럼 사라지는 것이 아닌가. 의아한 건 그때까지 주행한 요금도 청구하지 않고 말이다. 이럴 때 감사의 묵념이라도 올려야 하나. 나는 아테네 한복판에서 그만 웃음보가 터져버렸다. 그때 행인들의 야릇한 눈빛을 어찌 잊을 수 있을까. 그 와중에도 눈앞에는 아크로폴리스까지 데려다줄 백발의 노인기사가 택시 문을 열고 기다렸다. 터무니없는 엔딩이 마음에 걸렸지만 역동적이고 괴기스러운 스릴러가 따로 없다. 두려움과 짜릿한 공포를 만끽한 35분짜리 영화. 역시 여행은 반전의 묘미다.

갠지스, 흘러가는 죽음집합소

모든 것은 순간이고 또한 영원이다.

태어난 것은 모두가 죽는다.

꽃도 사람도 피면 진다.

바라나시에 간다는 것은 죽음을 여행하는 것과 같다.

칙칙하고 우울한 어둠들이 모이는 곳, 죽음학교로 불리는 바라나시는 힌두 성지다. 이곳은 시간적 의미뿐 아니라 공간적 의미로 생사를 나누는 경계가 얼마나 지척인지 체험하는 곳이다. 생이 다해 지상의 마지막 관문인 갠지스 강가 화장터로 가려면 숨은그림찾기 같은 좁은 골목을 피할 수 없다. 죽은 사람은 들것으로 화장터까지 옮기는데 화려한 꽃침대에 누워서 오는 사람도 있으나 대부분은 몸을 흰 천으로 가리고 얼굴은 열어둔다. 어깨에 상여(들것)를 둘러맨 사람들의 걸음걸이는 개선장군처럼 당당하고 빠르다. 처음 그들을 목도했을 때 걸어가는 존재가 아니라 날개가 반쯤 돋은 짐승들로 착각할 정도였으니까.

한꺼번에 여러 구의 시신을 태울 수 있는 바라나시 화장터를 외면하면서 인도를 돌아보기란 쉽지 않다. 처음엔 의아해하지만 인도를 여행하다 보면 죽음이 왜 여행상품이 되는지에 대한 이해는 식은 죽 먹기다.

갠지스, 세상의 모든 슬픔이 흐르는 곳, 알고 보면 인도만큼 깡을 신성시하는 나라도 없다. 수행을 많이 한 사두나 자신의 죽음에 예지력을 가진 사람은 누구의 도움도 없이 자신의 발로 찾아온 강가에서 벌겋게 타오르는 주검을 목도하며 눈으로 냄새로 생의 마지막 시간을 준비하고 기다린다. 이를 두고 누구는 냉혹한 수행의 결과라 했지만 생의 모든 에너지를 소진한 그들에게서 나는 담담함을 읽었을 뿐이다.

강가에서 행해지는 힌두교도들의 장례는 크게 두 가지로 첫째는 종교관에 의해 일생 지복을 누리고 나이가 들어 자연사하는 사람의 장례로 화장(火葬)이다. 그들은 삶의 마지막 정거장인 갠지스에 온 것만으로도 축복이어서 그 장례식엔 눈물도 곡(哭)도 없이 조용히 엄숙하고 신속하게 치러진다.

화장 순서는 겉옷을 벗기고 강물에 몸을 적시는데 강물이 모든 죄를 정화시키고 어머니 품에서 새로 태어난다는 믿음 때문이다. 대부분 강가로 오는 시신들은 얼굴에 고운 화장을 하고 이마에 붉은 띠까를 바르는데 강물에 시신을 적시고 나면 물에 번진 물감이 전신에 퍼져 시체지만 무섭거나 차갑기보다 아름답고 신비감이 들기도 한다.

부자는 상여를 온통 생화로 장식하고 시체 또한 비단 천으로 감아 예를 갖추지만 가난한 사람은 벌거벗어도 갠지스에 올 수 있는 것만으로도 더없는 행복이라 여긴다. 시체를 올려놓는 장작의 양으로도 삶의 질이나 계급을 엿볼 수 있으며 간단한 절차가 끝나면 종교의식을 마지막으로 기름을 붓고 불을 붙인다.

조금 전까지 가족을 향해 웃고 이야기하던 얼굴은 화염에 일그러지고 등에는 지글지글 기름이 끓기 시작한다. 타다만 팔다리가 삐죽이 밖으로 나오면 긴 막대기가 이내 수습한다. 그 광경을 원치 않는다면 눈을 감거나 고개를 돌리면 되지만, 그 어떤 것으로도 막을 수 없는 냄새는 고스란히 그 자리에 있는 자의 몫이다. 화장터를 채우는 자욱한 연기가 하늘로 솟구치는 걸 보면서도 영혼이 하늘로 돌아가는 것이 아니라 갠지스로 돌아간다고 믿는 그들, 갠지스는 그들에게 마지막으로 달려가 안기는 어머니 품과 같다.

둘째는 전염병이나 뜻하지 않는 교통사고, 짐승에 물려 죽거나, 병사한 아이, 즉 제 명을 다하지 못하고 죽은 사람의 장례로 수장(水葬)이다. 그 것은 주검을 따라온 가족들을 보면 알 수 있다. 다음 생은 더 나은 신분으로 태어남을 믿는 화장에 비해 수장한 사람의 가족들은 매우 슬피 운다. 생이 한 번으로 끝난다고 믿기 때문이다. 이들의 장례는 어린아이일 경우 보자기에 싼 채로 강에 던져지지만, 성인은 배로 운구하여 돌을 매달아 깊은 강물에 던진다. 수량이 적은 건기가 되면 강물 위로 떠오르는 시신을 종종 보게 되는데 이들의 시신은 독수리나 들개의 표적이 된다. 이들 장례에도 예외가 있는데 불행하게도 그건 불가촉천민으로 가족이 없거나 있어도 장작을 살 돈이 없어 시체를 유기 혹은 방치하는 경우다. 이 역시 대개는 강에 버려진다. 보통 인도 사람에게 죽음은 끝이 아니지만 안타깝게도 이들은 예외다.

가족이라도 인도에서 여자는 화장터에 갈 수 없다. 눈물샘이 발달한 여자가 없어서 차오르는 슬픔을 애써 누르거나 소리 내어 우는 이 없는 장례, 힌두교도들에게 화장터는 슬픔의 장소가 아니라 다시 태어나는 곳이다. 어떤 이는 '인도 화장터에서 일하는 노동자만큼 사람을 속속들이 태우는 방법을 잘 아는 이는 지상에 없을 거라' 했다. 화상터는 산사림과 죽은 사람이 하나의 일을 놓고 일사불란하게 움직인다. 산사람에게 주어진 일은 죽은 자가 강으로 돌아가는 일을 돕는 것이다. 비쩍 마른 몸에 눈빛은 퍼렇게 살아있으나 강물보다 많은 땀을 흘리는 사람들, 주검이 있어야 삶을 지탱할 수 있는 그들이 바로 바라나시 화장터를 지키는 사람들이다.

다른 한 가지는 티베트나 흙이 귀한 북인도 고원에선 아직도 화장(火葬)이나 수장(手葬)을 하지 않고 시신을 토막내어 새들에게 보시하는 조장(鳥葬)을 선호한다.

어느 여행자는 인도에 가면 어느 도시에 머물더라도 갠지스 강만 생각하게 되는데 그것은 남루하기 이를 데 없는 지저분한 현실로부터 도망치는 방법이라고 했다. 강이란 어쩌면 시야가 트인다는 것 외면 별 의미가 없을지 모르나 달리 보면 좁은 곳에서 넓고 더 먼 곳으로 흘러가고 싶은 인간의 욕망과 무관하지 않을 것이다.

우기여서만은 아니었다. 바라나시를 다시 갔을 땐 모든 것이 칙칙했다. 지금쯤 청년이 되었을 소년은 고향으로 돌아갔을까. 수심을 미소로 가린 채 빵을 얻기 위해 여행자를 따라다니던, 이제는 이름조차 잊은 바라나시에서 만난 파란 셔츠의 소년, 시신 타는 냄새로 가득한 화장터를 벗어날 수 없는 것도 고향으로 돌아가지 못하는 것도 모두가 살기 위해서라던 소년, 유족들이 던져주는 동전으로 연명한다던 그는 인상 한 번 찌푸리지 않고 강바닥이 드러나는 건기가 되면 떠내려오다 나뭇가지에 걸린 시신들을 여기저기서 볼 수 있다고 했다. 건기엔 까마귀나 들개들이 살찌기 좋은 계절이란 말도 덧붙였다.

그날도 강 저편에 여자시신 한 구가 떠내려오는 걸 봤다고 태연히 전언하던 소년, 13살밖에 안 된 그는 5년 전 집을 나올 때 어머니가 병중이라 했으니, 혹 전날 본 시신이 소년의 어머니일지도 모른다는 상상과 맞물리자 내 머리칼은 사정없이 쭈뼛했다. 그날도 다음 날도 주검을 바라보는 것이 일상이 되어버린 소년은 죽음에 대한 공포나 두려움마저도 흥미진진한 매직 쇼처럼 오래가지 않는다는 걸 증명이라도 하듯 웃고 떠들었고, 나 역시 시간이 흐르자 머리가 텅 비더니 감정을 배제한 짐승처럼 눈앞에 펼쳐지는 현상에 무심해졌다. 삶과 죽음, 그건 그들의 말처럼 모두가 신의 뜻일 지도 모른다. 덥고 칙칙한 곳에 앉아 있는 동안 간혹 안에 있는 나와 밖에 있는 내가 누구시더라 물끄러미 서로를 바라보다 고개를 돌릴 뿐,

삶에서 잃을 것은 아무것도 없다.
아무것도 우리는 잃지 않는다.
어떤 경우에도 "그것을 잃었다"고 말하지 말고
"제자리로 돌아갔다"라고 말하라.
그러면 당신은 마음의 평화를 얻을 것이다.
당신의 자식이 죽었는가? 아니다.
그들은 본래의 위치로 돌아간 것이다.

—에픽테투스

람, 되돌리고 싶은 순간

짧은 인연, 캘커타행 기차를 포기하지 않았던 걸 후회하기도 했던 그
밤, 그 기분을 어떻게 설명할까. 늘 그랬다. 기억에 남거나 진정 안타까
운 건 언제나 마지막 순간에 찾아오거나 지나고 난 후 깨닫는다는 것.
다질링에서 뿌리바닷가로 흘러들어가 지낸 며칠도 금세 지나 어느덧 마
지막 날, 캘커타행 기차 시간을 얼마 남겨두지 않았을 때 한 사내가 사
이클 릭샤를 끌고 내 앞에 나타났다. '어디서 이런 거지가?' 너덜너덜한
시트에 금방이라도 폭삭 주저앉을 듯 낡은 릭샤와 거친 맨발에 흰색인
지 검은색인지 모를 더러운 셔츠 깃과 지저분하게 자란 수염에다 깊이
눌러쓴 모자까지, 한마디로 말을 잊게 했다. 나는 거만한 여행자가 되어
릭샤는 필요 없다고 손사래를 쳤다. 그때까지 나는 그의 얼굴을 정면으
로 쳐다보지 않았다. 아니 쳐다볼 생각이 없었다.

노점에서 망고를 고르는 동안 사내가 나를 지켜보고 있다는 걸 알았지
만 인도 어디나 있는 일이어서 별로 마음 쓰지 않았다. 그러나 망고 봉
지를 들고 자리에서 일어서려 할 그때 등 뒤에서 나직이 말을 걸어왔다.
"마담, 플리스 포토!"
세상에 그토록 부드러운 저음이라니, 비로소 나는 그의 의도를 알아차
렸고 고개를 돌려 눈을 맞추는 순간 형형한 눈빛에 놀라 하마터면 과일
봉지를 바닥에 떨어트릴 뻔했다.

그의 이름은 람, 자신의 행색과 상관없이 사내는 사람이 그리웠고, 남들처럼 여행자 앞에서 사진을 찍어보고 자신의 릭샤에 하루 한 번이라도 손님을 태우고 싶은 보통의 남자였다. 하지만 가난 때문에 나이 쉰이 되기도 전에 늙어버린, 그러나 진정 나를 사로잡은 것은 말로 설명할 수 없이 맑고 깊은 눈빛이었다.

셔터를 누르고 그와 이야기하는 동안 나는 자꾸만 시계를 쳐다봐야만 했다. 그의 표정에도 아쉬움이 묻어났지만 별말이 없었다. 나는 잠시 고민했다. '저 남자를 어떻게 버리고 가나?' 처음과 달리 어떻게든 조금이라도 더 그와 함께 있고 싶어 안달이 났다. 두 시간 후, 역까지 태워 줄 수 있느냐 물으니 그는 두 시간이 아니라 2년이라도 기다릴 표정으로 고개를 끄덕였다.

공부를 많이 했거나 머리가 좋은 사람은 사기꾼일 확률이 높은 인도에서 그는 내가 만난 인도 남자 중 가장 조용하고 말수가 적었다. 염려대로 기차역까지 가는 동안 릭샤는 두 번이나 멈추었고 그때마다 머쓱해하며 바퀴를 손질하느라 땀을 뺐다.

캘커타행 기차는 밤이 깊어서야 푸리 역을 출발했다. 플랫폼에서 그가 모자 속으로 눈빛을 감춘 채 손을 흔들어 주었다. 더 이상 더러운 셔츠와 맨발과 낡은 릭샤 따위는 눈에 들어오지 않았다. 나지막한 음성, 배려 깊은 미소, 영혼을 꿰뚫는 눈빛이 그렁그렁 가슴에 차올랐다. 잠시 이렇게 살아도 되는 건가 하는 회의와 함께 간절함을 누르기 위해 기적 소리에 호흡을 묻었다.

거짓 없이 고백한다. 그날 어둠 저편에서 손을 흔들어주던 마지막 순간, 그 여행에서 가장 간절히 되돌아가고 싶은 순간이었음을.

여행, 아무것도 하지 않을 자유

아무렇게나 굴러가도 되는 생이란 없다. 하지만 여행이라면 사정없이 버려야 하는 것이 있으니 그것은 일상의 굴레다. 머리를 쓰지 않고 몸을 쓰는 여행, 더러는 정적으로 미쳐 버릴 것 같고 심심해 죽을 것 같은 곳을 여행지로 택하는 건 어떤가. 불쑥 모든 이의 관심 밖으로 사라져 인터넷과 전화를 끊고 책을 멀리하고 글 안 쓰고 음악 안 듣고 맛난 거 탐하지 않고 설거지와 걸레질 안 하고 사람 안 만나고 궁극엔 아무것도 하지 않아도 되는, 어느 날 난파선에서 깨어 돌연한 침묵 앞에 놓여있는 영화 속 풍경이 현실이 되는 거 말이다.

집을 나설 때 길 끝에 무엇이 있을지 누구를 만날지 기대는 접어두고, 다만 긍정과 부정을 설교하지 않는 자연에 몸을 맡기고 별을 보며 잠들거나 파도소리로 아침을 맞으면 좋으리라. 이때 미움과 분노를 다스릴 수 있는 시간이 필요하므로 낯선 풍경 앞이라면 어디든 닿고자 하는 마음 같은 건 내려놓아야 한다. 자신이 얼마나 험한 시간을 달려왔는지도 묻어두고 무량하게 오직 자신 안에서 피었다 지는 꽃을 바라보면 좋겠다.

그곳의 주인은 바다고 철새고 일몰이고 바람의 그림자며 노래라는 거 잊지 말고, 저 물의 길이 어떻게 내 안에 수위를 높였다가 빠져나가는지

고요히 바라보면 좋겠다. 시간이 명상에 가까운 겨울이면 다시 올 저 언덕의 제비꽃 무리를 상상하는 것도 좋을 것이다. 무언가를 하지만 아무것도 하지 않는 여유, 아무것도 하지 않아도 그득 차오르는 느낌, 욕심 없이 조급해 말고 그저 무심해질 때 갈증은 풀리고 여행 또한 여행다워지리라.

나는 여행이 구체적으로 어떤 것인지, 어떤 것이어야 하는지 아직도 잘 모른다. 다만 내가 경험한 여행은 매우 공평해서 경험하지 못한 자는 경험한 자를 이길 수 없다는 것뿐. 어떤가, 여행이 필요한 이유는 이것 하나만으로도 충분하지 않는가.

이스탄불과 파묵

"쉴레이만 사원 옆에서 할리치 만에 내리는 눈을 바라보고 서 있었다. 북향의 지붕들 위와 삭풍이 불어치는 사원 돔 구석에는 벌써 눈이 얼어붙어 있었다. 이스탄불로 들어오는 배들의 돛이 마치 나에게 인사를 보내듯 나부끼고 있었다. 돛들은 할리치 만의 바다처럼 회색 안개빛을 띠고 있었다. 플라타너스와 삼나무들, 마을의 지붕들, 가슴을 저미는 황혼, 아랫동네에서 들려오는 상인들의 호객 소리와 사원 뜰에서 노는 아이들의 고함 소리가 내 머릿속에서 한데 엉겼다. 그것은 내가 다시는 이 도시가 아닌 다른 곳에서는 살지 못할 거라 말하고 있었다."

—『내 이름은 빨강』1권 중에서 (이난아 옮김. 민음사),

소설 『내 이름은 빨강』을 다시 편다. 유려한 문장이 나를 흔들어놓으리라는 예상은 이번에도 빛나가지 않을 모양이다. 오래전 공동묘지와 돌로 지은 거대한 야외공연장, 굳어진 석회가루가 빙하처럼 물속에서 푸르게 빛나던 파묵칼레와 이스탄불에서 태어나 자란 오르한 파묵이라는 이름은 무슨 연관이 있는지 비로소 고민하기 시작한다.

단 일주일 만에 향신료가 수북이 쌓여 있는 이스탄불의 좁은 골목과 보스포러스 해협을 바라보고 서 있는, 모스크에서 풍기는 묘한 매력과 처음 본 여자에게 친절하다 못해 자신의 인생 모두를 던져서라도 즐겁게 해주고 싶어 안달하던 바람둥이에 반해버린 도시, 그것은 이스탄불 출신 작가 오르한 파묵의 아름다운 문장도 일조했다. 나는 장소에 민감하다. 그래서 되도록 글도 그림 그리듯 쓰고자 한다. 그의 책을 다시 펼치는 순간 나는 오르한 파묵이 되어 같은 장소를 서성대던 그날이 떠올라 입가에 번지는 미소를 참을 수 없다. 수많은 도시 중 이스탄불만큼 권태롭지 않은 도시도 흔치 않을 것이다. 얼마나 나를 휘저을 것인가. 다시 책 속으로 돌아가 조금 더 속도를 내자.

묻고 싶은 게 많다

어제는 향기로운 꽃처럼 절망이 내게 임했다. 주먹을 휘두른 것도 아닌데 나는 맞았고 아팠으나 웃었다. 모든 게임은 힘의 법칙에 의해 결정된다. 투명해지고 싶다. 비밀은 아닌데 설명할 수 없는 것들이 줄을 선다. 이런 날은 여린 잎 사이로 내려앉는 햇살을 만지고 싶다. 비닐보다 얇은 해가 뜨고 기온이 상승한 오늘도 여전히 산은 백의(白衣)다. 먼 곳은 밝고 환하다. 몸을 일으켜 불을 피우고 온도를 나눈다. 따뜻하다. 사람이 살아가는 이야기다. 풍경이 늘어선 발자국 사이를 걷고 따라가는 동안 나는 빛의 기울기로 서서히 흐른다.

북쪽 창의 커튼을 젖히니 예상치 못한 풍경이 달려든다, 거침없이 달리는 시간 속에선 무얼 해도 조금은 미진하거나 아쉬움이 남는 법, 이젠 누가 먼저랄 것도 없이 어깨를 좀 가까이해야겠다. 괜찮아?라고 물으면 괜찮다 답할 것이기에 나는 하나뿐인 진언을 묻고 만다. 좀처럼 질펀해지지 않는 여전히 빈곤하고 눅눅한 상상뿐이다. 새로운 여행지에서 매일 아침 금방 내린 커피와 갓 구운 빵을 배달받으면 지금보다 행복할까. 잠시 다른 길 위에 나를 부려놓는다 해도 이 짧은 해라면 오래가지 못할 것이다. 길은 묻는 게 아니라 몸뚱이를 앞세워 찾아가는 것이다.
따뜻한 도피를 꿈꾼다. 평소엔 그저 그런데 화장을 하고 나면 왜 급격히

외로워지는지, 수다를 부려놓고 노래방까지 갔다가 오는 날은 왜 그토록 뼈가 시리고 고독한지, 인간이라 하면 그러려니 하는데 사람이라 부르면 왜 더욱 애틋하고 서러운지, 늦은 밤이라도 차를 마실 땐 덤덤한데 대낮이라도 술을 마시면 왜 또 그리 서럽고 외로운가 말이다.

지금 내가 여행 중이라도 이랬을까.

여행은 참회다

여행은 참회다. 평소 고백하기 힘든 낯 뜨거운 교만과 오만방자함을, 방전과 암전을 두려움 없이 내려놓고 자백할 수 있는 절호의 기회다. 잘못한 게 없다고 생각했으나 잘한 게 아무것도 없다는 걸 확인하는 일이다. 자신이 자신에게 준 상처를 치유하는 시간이다. 아집과 편견을 내려놓고 차고 넘치는 그릇을 비운 후 빈 그릇을 바라보라고 마련한 선물이다. 여행은 인내를 실천하는 일이다. 산을 넘고 급류를 헤엄치는 과정은 태어나기 이전부터 정해진 일이다. 4차원이 되어 평소 불가하다고 생각했던 것들과 정면승부를 걸어보는 것도 좋다. 완벽한 어둠에 갇혀보는 일, 적막의 강에 몸을 담가보는 건 필수다.

여행은 동시다발로 오는 기다림과 예측 불가한 나날을 인조이 하는 것이다. 지금 걷고 있는 길 위에서 고개를 들어 부를 수 있는 이름이 하나라도 있다면 당신은 불행으로부터 멀리 있는 사람이다. 약속한 날 그가 오지 않는다고 대문을 걸지는 말자. 지금 어디쯤 눈보라를 헤치고 오고 있을지도 모르지 않는가. 내가 너일 수 없듯 너도 나일 수는 없다는 자명한 사실을 자각하고 두려움이 익숙해지면 담담히 고도를 향해 걸어가야 한다. 그리고 이때다 싶을 때 초심으로 회향하는 것이다. 여행은 자발적 숙제며 저만의 답을 구하는 문제집이다. 그러므로 시간과 싸우며 시산을 낭비하는 일만큼 어리석은 일은 없다.

애인아, 모로코는 어때?

모로코 하면, 중세도시 마라케시나 페스의 붉은색 메디나 골목들이 먼저 떠올라. 애인의 손을 잡고 걷기에 딱 좋은 좁은 골목들이 얼마나 매력적인지, 오죽하면 마법이 개입한 도시라고 했을까. 길이 좁아 차는 다닐 수 없고 오로지 손수레나 눈웃음 살살 치는 키 작은 덩키가 짐을 나르지. 덩키가 지나갈 땐 손을 잡고 걷던 애인을 부둥켜안아야 해. 키스는 짧게 하는 게 좋아. 눈치 없는 덩키가 옆구리를 치고 달아날 수도 있으니까. 대서양을 접하고 있는 낭만적인 도시 카사블랑카도 좋겠어, 그리고 아시나? 이곳은 사하라 사막이라는 신비로운 거대 복병이 숨어있다는 것을.

난감한 귀가

배우는 몰입했던 연기가 끝나면 정신적으로 작품 속 인물에서 빠져나오는데 많은 시간이 필요하단다. 특히 악역일 경우 더 많은 시간이 필요하므로 종종 정신과 치료를 권유받기도 한단다.

무사히 여행을 끝내고 귀가하면 따뜻한 비데에 앉아보고 침대 위를 뒹굴어본다. 나만의 귀가의식이다. 몸은 달콤한 피로감으로 부풀고 정신은 안개 주스를 마신 듯 혼미한 상태, 미열처럼 멀미가 남아있지만 밥 냄새와 김치 냄새로 아직 도착 못 한 영혼을 부르고 있노라면 가끔 이런 증상이 나타난다. 분명 비행기는 도착했는데 짐이 오지 않는 난감함, 그도 모자라 몸은 왔으나 마음이 온전하게 도착할 때까지 어느 땐 몇 시간, 어느 땐 며칠, 심지어 다음 여행 때까지 돌아오지 않을 때도 있다.

여름에 집을 나섰는데 돌아오니 가을이다.
'정갈한 빨강으로 삭아서 흔들리는 팥배나무 열매가 그리움이라는 걸 알았다.'
나를 기다려준 메시지 한 줄에 피로를 잊는다.

칸데비치 하이스쿨의 특별 수업

틴틴이 찾아와 자기네 학교에 가서 이야기 좀 해달라는 제안을 해왔을 때 난 초등학교를 상상했는데 고등학교란다. '그건 좀 곤란할 것 같아'라는 답이 끝나기도 전에 틴틴은 친구들이 기다린다며 내 손을 끌었다.

망고나무 울타리를 가진 학교주변에는 탁구공만큼 자란 망고가 초현실주의 그림처럼 주렁주렁 매달려있었다. 수업 종으로 쓰는 양철 바게스는 막대기로 치면 신기한 소리가 났다. 성긴 블록담과 지붕만 있는 좁은 교실 안에는 스무 명 정도의 학생이 앉아있었는데 내가 들어가자 휘파람과 웃음과 박수가 동시에 터져 나왔다. 교실 안에는 어른 같은 청년과 청년 같은 학생이 눈에 띄었다. 심지어 어떤 학생은 유난히 앞니가 돌출된 선생님보다 나이가 들어 보였다.

그들은 공용어는 '치체와어'와 '영어'인데 그나마 고등학생이어서 영어 소통이 가능했지만 내 영어실력이 생존을 위한 최저 수준인데다 준비도 없이 교단에 섰으니 오죽하랴. 하지만 심호흡을 하고 만면의 미소를 머금은 채 나는 아시아의 작은 나라 코리아에서 왔고 지금은 동남 아프리카를 여행 중이라며 짧은 소개를 했지만 중국이나 인도는 알고 있어도 한국은 아무도 모르는 나라였다. 나는 우회하는 작전을 쓰기로 하고, 그럼 'Samsung', 'LG'를 아느냐? 하니 안단다. 그것도 합창으로, 그래 그 기업을 가진 나라가 바로 한국이야. 나는 다음 말을 이어갔다. 내가 너

희들 나이였을 때 이 먼 아프리카를 여행하게 되리라는 건 상상조차 할 수 없는 일이었으니, 지금 나는 그 상상 밖의 일을 하고 있다는 말도 덧붙였다. 학생들이 가장 놀라워할 땐 내가 여행한 나라를 열거할 때와 내 나이를 말했을 때다.

수업은 몇 개의 질문을 소화한 후 그들의 상상력을 끌어낼 소제를 생각하다가 내 직업을 맞추는 스무고개 형식으로 이어갔다.

가장 키가 작은 학생이 질문을 시작했다.

당신은 동물조련사죠?

아니, 세렝게티 초원이나 마사이마라는 좋아하지만 조련사는 아니에요.

의사인가요?

아니, 나도 아프면 병원으로 가죠.

주술사인가요?

아니, 내 직업과 무관하지는 않지만 주술사도 아니에요.

선생님이죠?

아니, 선생님은 아니지만 내게도 훌륭한 멘토는 있답니다.

헤어디자이너인가요?

아니, 머리를 아름답게 만져주는 사람도 멋지죠.

책방 주인인가요?

책방 주인이 되고 싶을 때도 있었지만 그도 아니에요.

비즈니스걸이죠?

아니, 그것과는 좀 멀어요.

아티스트인가요?

조금 비슷해요. 구체적으로 말해 봐요.

댄서인가요?

아니, 춤은 정말 멋진 몸의 언어죠.

화가인가요?

아니, 나는 마르티즈나 고갱을 좋아해요.

가수군요?

아니,

아 알았다. 소설이나 시를 쓰는 작가군요.

딩동댕....

답은 스무고개를 훌쩍 넘긴 후에야 가닥을 잡았지만 유치원 교실처럼 수업은 시종 웃고 책상을 두드리고 발을 구르며 유쾌하게 이어졌다. 나는 학생들에게 구체적으로 내가 하는 일을 말해주었고 왜 여행을 하며 어떤 글을 쓰고자 하는지도 설명해 주었다. 그리고 원한다면 누구나 글을 쓸 수 있다는 말도 덧붙였다. 30여 분 두서없는 수업이 끝나자 선생님을 선두로 학생들이 줄을 서기 시작했다. 자유롭게 허그와 악수를 나누고 사진을 찍기 위해서였다. 그들 순서가 끝나자 틴틴과 조이가 빈 교실로 나를 안내했다. 자기들도 사진을 찍고 싶다며 내 어깨에 손을 얹고 포즈를 취했다. 머리나 어깨에 손을 올린다는 건 나이 고하를 막론 친구 혹은 존경을 뜻한다는 걸 알고 있기에 풋내 나는 청년들과 사진을 찍는 순간이 싫지 않았다. 그날 나는 틴틴과 조이에게 1년에 한 번 정도 맛본다는 냉장고가 없어 뜨듯 미지근한 코카콜라를 한 병씩 사주었다. 그들의 친구로서 내가 할 수 있는 일은 그뿐이었다.

모든 것은 흘러간다 변한다

돌아보니 나는 우연히 왔고 우연히 오지 않았다.

영혼의 과부하를 걱정하고 의심하다 이곳까지 왔다.

20대엔 거짓과 미사여구를 구별하지 못했다.

30대가 되면서 진실은 힘이 세다는 걸 알았다.

같은 나를 두 번 사랑할 수 없음을 안 것은 40대였다.

50대가 되어 흐르는 강물과 지는 꽃잎으로 순리를 재인식하다.

활화산 같은 욕망과 일체의 추상을 거부하기 시작한 것은 이즈음이다.

눈물이 사치라면 예술은 누더기 영혼에 화장을 덧씌우는 것에 불과하다.

문학과 여행을 몰랐다면 저택에 좋은 차를 가졌어도 나는 궁핍했으리.

내가 너일 수 없듯 너 또한 나일 수 없음을 눈 부릅뜨고 자각하다.

미안하다. 오자투성이인 내 문장만큼도 나는 나를 사랑하지 못했다.

미안하다. 버려야 할 것을 버리지 못했고 잊어야 할 것을 잊지 못했다.

미안하다, 나는 너무 오래 나를 떠나있었다.

어느덧 뒤를 보기에도 아스라하고 위를 보기에도 벅차다.

지상에 꽃 아닌 것 없듯 사소해도 되는 생이란 없다.

시는 한 줄이면 족하고 사랑도 한 게임이면 충분하다.

아직 남아있는 절정이 있다면 지금 이 순간이겠지.

고맙게도 모든 것은 흘러간다. 변한다.

우주의 배꼽 울루루

우주의 배꼽이라 불리는 울루루는 단일 바위로는 세계최대의 크기(둘레 9.4km, 높이 348m)다. 이 바위 앞에 서면 오스트레일리아 원주민(애버리진 Aborigine)이 왜 이 바위를 성스럽게 생각하는지 알게 된다. 어느 방향에서 보더라도 시선을 압도하며 빛에 따라 시시각각 색깔이 변하여 눈을 뗄 수 없다. 특히 붉은색이 주는 신령한 기운은 그곳이 성소임을 의심치 않게 한다.

숨을 헐떡이며 야트막한 언덕에 닿았다. 붉은 사막 한가운데 거짓말처럼 바위산이 우뚝 서 있고 뒤편엔 소금호수가 백설처럼 빛났다. 뜻밖이었다. 모래언덕 정상에는 더벅머리에다 수염 덥수룩하게 자란 눈도 귀도 입도 없는 동그란 얼굴 하나가 누군가를 애타게 기다렸다.

눈을 마주치자 가지 말라 애원이다. 뭉그러진 얼굴이 안타까워 마른 가지로 짙은 눈썹과 눈을 붙이고 오뚝한 콧날과 입술도 그렸다. 그토록 오래 기다리고도 미소를 잃지 않는 듬직한 표정이 마음에 들었다.

거친 머릿결을 쓰다듬으며 외롭더라도 잘 지내! 다독거려주고 돌아서는데 오 이런, 낯이 익다. 초면이 아니다. 누구시더라, 누구시더라.

가장 긴 하루

시드니에서 출발한 지 2주, 어느덧 바뀐 차선도 운전도 익숙해졌다. 지상에서 가장 아름답다는 해안도로(그레이트 오션로드)를 느리게 통과하여 내륙으로 들어섰다. 오늘 목적지는 쿠버 페디, 주행거리 527km, 포트오거스타를 출발한 시간은 오전 7시, 이제 본격적인 사막 지역이므로 출발을 서두른다. 유량계 눈금은 10개 중 4개가 남았다. 이른 시간이라 홀리데이파크 앞 주유소는 아직 문을 열지 않았다. 시내를 벗어나는 동안 주유소가 보이면 기름을 채우리라는 안일한 생각이 문제였다. 1시간 넘어 2시간을 달려도 민가나 주유소는 보이지 않았고, 돌아가기에도 이미 늦은 시간, 유량계 눈금은 1을 지나 0을 향해 빠르게 떨어졌고 불이 들어온지도 한참이나 지났다.

시간이 갈수록 심장은 싸늘히 굳어 갔고 입술은 타들어 갔다. 어떻게 되겠지 하던 배짱은 어디로 숨었을까. 벌써부터 길 끝에 신기루가 나타나 시야를 방해했다. 에어컨을 켜야 할 온도지만 더위는 문제가 아니었다. 조금만 더 가면 있겠지. 이번에는 있을 거야. 기대감은 번번이 빗나갔고 조바심은 갈수록 더했다. 일찍이 막막한 사막에서 차에 기름이 떨어져 낭패를 본 일이 있었다면 이렇게 안일하게 대처하지는 않았을 텐데 하늘이 노랗게 보이는 내겐 후회할 겨를조차 없었다.

차는 시속 100km를 유지했나. 언제 길 가운데 멈출지 모르는 1분 1초가

10분을 지나고 30분을 지났다. 정녕 차가 설 때까지 달리는 것이 옳은가 아니면 최악의 사태가 오기 전에 차를 세우고 도움을 청해야 하나 터질 것 같은 긴장감으로 입술이 타들어 갔다. 만약 차가 멈춘다면 사막 한가운데서 어찌해야 하는지 난감하기 짝이 없는 일이었다. 렌터카 회사? 보험회사? 지역경찰서? 긴장감으로 머리는 백지가 되었고 온몸은 마비되어 갔다. 날씨는 너무 건조하고 뜨거워서 땀조차 흐르지 않았다. 그때 눈앞에 믿을 수 없는 것이 획 하고 지나갔다. '12km 전방 주유소'

내가 그토록 소원하던 신은 12km 앞에서 손을 흔들었다. 나는 나르는 속도를 유지하면서도 이성을 잃지 않으려 안간힘을 썼다. 그러나 유량계가 0을 지나 불이 들어온 후에도 40km 이상 달렸으니 실로 언제 차가 멈출지 모르는 상황이었다. 잠시 후 드디어 사막 한가운데 주유소가 눈에 들어왔다. 입에선 '오 마이 갓'이 폭죽처럼 터져 나왔다. 일단 차가 멈추면 시동이 걸릴지 장담할 수 없으므로 마지막까지 기운을 모아 주유기 앞에 정확히 차를 댔다. 그리고 시동을 껐다. 그 순간 호주를 운전하면서 한 번도 눌러 본 적 없는 경적을 울렸고 두 발을 구르는 것으로는 부족해 괴성을 질렀다. 주변에 있던 군인들 시선이 일제히 내게로 쏠렸지만 아랑곳하지 않았다.

이제 죽음이구나 하고 달려온 사막에서 구세주보다 반가운 기름을 채우고 시동을 켤 때의 기분을 어떻게 표현할까? '안 해봤으면 말을 말아.' 어느 코미디언의 유행어가 생각이 나 비실비실 웃고 또 웃었다. 그제야 갈증이 느껴져 벌컥벌컥 물을 들이켰다. 이제 차도 나도 충전되었다. 적어도 그 순간만은 세상을 다 가진 기분이 되어 사막이 아니라 세상 끝까지 갈 수 있을 것만 같았다.

불운이 여기서 끝이라면 얼마나 좋을까. 주유로 인한 긴장이 해소되자 쉬어갈 여유가 생겨 듬성듬성 나무가 자라는 붉은 사구를 카메라에 담으려 갓길에 차를 세웠다. 어쩌다 지나가는 차들이 손을 흔들거나 V 사인을 주었을 때 조심하라는 신호인 걸 왜 몰랐을까.

사진을 찍고 차를 후진해 나오려는 순간 느낌이 좋지 않았다. 또다시 오 마이 갓! 불행하게도 그건 함정이었다. 저단 기어로 바꾸고 엑셀을 밟을수록 뒷바퀴가 사정없이 모래 속을 파고 들어갔다. 기름과 물을 가득 채운 터라 한껏 무거워진 차 바닥이 땅에 닿으면 빠져나오기 힘들다는 걸 알기에 나는 샛노랗게 질렸다. 어쩔 것인가, 이 두 번째 시련,

애를 끓이다 기름을 채우고 좋아했던 것이 불과 30분 전이었다. 온도계 눈금은 43도를 가리켰다. 성능이 좋다는 벤츠도 사막의 폭염에는 무용지물, 나는 냉정해지려고 안간힘을 썼다. 그러는 사이 뒷바퀴는 사정없이 모래 속에 묻혔고 차 바닥도 이미 자취를 감춘 상태, 나는 아스라한 절벽을 가파르게 뛰어내리는 중이었다. 겨울 한국에서 태양에 목말라 바다를 건넜지만 바로 그 태양이 고문의 도구가 될 수 있다는 걸, 그렇게 동경하던 사막에서 아무도 모르게 묻힐 수 있다는 걸 아찔하게 체감하는 순간이었다.

구조가 급해 지나가는 차를 향해 SOS를 보냈다. 모처럼 나타난 차가 속도 때문에 획 지나쳐버려 실망할 때나 그 차가 나를 향해 되돌아오는 걸 알았을 때도 나는 머릿속이 하얘져 어서 함정을 빠져나가야겠다는 생각뿐 어떤 단어도 떠오르지 않았다.

나홀로 운전자인 그녀는 아름다운 아가씨였고 차를 보자 금세 사태를 인식했다. 두 여자가 차와 차 사이를 밧줄로 연결해 견인을 시도해 봤지

만 줄은 순식간에 토막이 났고 역부족이라는 걸 알았다.

30분 후 사람이 올 거라며 신기루처럼 나타난 그녀가 견인차를 수배해 주고는 바람처럼 사라졌다. 그 후 두 대의 차가 멈추었지만 그들의 차에 비해 내 차는 너무 컸다. 또다시 입술이 말라 갔다. 짠하고 구세주가 나타나기를 기다리며 주변을 서성댔지만 뜨거운 태양과 여기저기 길을 잃고 풍장 되어가는 캥거루 사체들만 그곳이 사막이란 걸 눈 부릅뜨고 확인시켜 줄 뿐이었다. 호주 사막에선 작은 뱀을 조심하라고 했던가, 생각만 해도 머리끝이 쭈뼛 섰다. 그곳까지 오는 동안 도로를 건너다 사고를 당한 동물의 사체를 수없이 목격했는데 그건 전초전에 불과했던 것일까. 나는 다시 마음을 단순하게 하는 주문을 찾아내야만 했다. '아무리 혹독한 시련일지라도 누군가는 지금 이 자리를 그리워하겠지' 하면서.

코엘료던가, '생각하는 대로 살지 못하면 사는 대로 생각하게 된다'고. 지금 나는 생각하는 대로 살고 있는가, 감았던 눈을 뜨면 태양이 모르핀처럼 어지러워 몸서리를 쳤다. 시간은 가장 뜨거운 정오를 지나고 있었다. 30분이면 올 거라는 두 번째 구세주가 행여 못 보고 지나칠까 봐 영화에서 본대로 나뭇가지에 흰 셔츠를 걸어놓고 서성거렸다. 1분이 1년처럼 지나갔다. 그런 순간이 1시간이 흐르고 2시간이 흘렀다. 10분을 못 버티고 벌컥벌컥 마시던 물도 생각나지 않았다. 태양의 온도가 달려드는 짐승처럼 무서울 즈음 드디어 차 한 대가 나타났다. 온몸에 용 문신을 한 지옥에서라도 구해줄 듯한 두 남자가 하얗게 질린 날 걱정하지 말라며 팔을 걷어붙였다. 그런데 이를 어쩌나, 내 차를 견인하려고 온 차마저 빠지고 말았으니. 원주민인 그들도 그 땅이 헤저드라는 걸 모르고 있었던 거다. 그 일대 땅은 겉보기엔 디저진 흙인데 피면 모래였던 짓,

폭염 속에서 외계인처럼 붉은 모래흙을 온몸 가득 뒤집어쓴 두 남자가 실랑이 끝에 두 대의 차가 그곳을 벗어나기까지는 1시간이 더 걸렸다.

캠퍼밴이 도로로 옮겨지자 가야 할 방향이 달랐으므로 내게 행운을 기원해주고 그들은 떠났다. 남은 거리가 얼마든 앞만 보고 달려가리라. 그러나 풍경이 나의 맹세를 얼마나 지탱하게 할지는 아무도 모르는 일이었다.

두어 시간을 달렸을까. 차를 세우고 창이란 창은 모두 열고 늦은 점심을 준비하려는데 난데없이 회오리바람이 휩쓸었고 사막회오리가 지나간 차 안은 순식간에 모래로 초토화되었다. 침구와 식기, 가재도구들이 모래를 뒤집어쓰고 빵을 구우려던 프라이팬 바닥은 거짓말처럼 모래가 수북했다. 얼마나 서럽던지, 여행이 이랬던가, 문밖을 그리워한 죄치고는 좀 가혹했다.

마른 빵조각을 뜯으며 달리고 또 달려 세계 최대 규모를 자랑하는 오팔 광산의 도시 쿠버 페디에 도착한 건 어둠이 내릴 무렵이었다. 삭막하기 그지없는 지하도시 곳곳에 알코올에 절어 쓰러진 에버리진(원주민)들이 나를 긴장시켰다. 지금까지 보아온 호주의 또 다른 얼굴이었다.

캐러반 파크에 주차를 하고 쉬려는데 머리 위로 뭔가 툭 하고 떨어졌다. 평소 같으면 소스라치게 놀랐을 텐데 독백처럼 겨우 '이건 또 뭐지' 하면서 손으로 내젓는 시늉을 하다 보니 '앗!' 왕거미다. 전갈이 아니어서 다행이라 해야 하나, 차가 빠졌을 때 열린 뒷문으로 들어온 모양, 만약 독거미였다면? 사막 왕거미를 제거하고 나니 어이가 없다.

여행이 편하기를 바란 적은 없지만 그래도 다시 이런 시련이 닥치면 지혜롭게 극복할 수 있을까. 나는 현실을 도피하고 싶어 눈을 감았다. 한

참 후 정신을 수습해 밖으로 나가니 꿈인지 생신지 칙칙하고 어두웠던 광산도시가 온통 빛에 휩싸여 눈을 뜰 수가 없다. 신비로움에 오로라를 연상했지만 그것은 은빛 융단의 은하수였다.

아직 사막을 벗어나려면 일주일 이상 주행이 남아 있고 다음 날은 이번 일정 중 가장 깊은 사막으로 들어가는 코스가 기다렸다. 가이드북을 신뢰할 수 없어 네비게이션에 다음 목적지 울루루를 검색하니 헉, 793km다. 나는 이 불바다를 무사히 횡단할 수 있을까. 나는 어느 때보다 초심이 필요했다.

커피를 홀짝거리며 정원을 서성거렸다. 감당하기 힘든 지독한 어둠 뒤의 빛, 황홀한 은하수 물결에 서러움이 파도처럼 밀려왔으나 울 힘조차 남아 있지 않은 다시는 기억하고 싶지 않은 내 생애 가장 길고 힘든 하루가 그렇게 저물어 가고 있었다.

시련만한 스승이 어디 있으랴. 우여곡절 끝에 24일간의 캠퍼밴 여행은 SYDNEY - Melbourne - Adelaide - Coober Pedy - Uluru - Alice Springs 총 5,766km 주행은 더 큰 불상사 없이 무사히 마칠 수 있었다.

라다크 기억

고원사막에서 나풀거리는 나비를 만났을 때 나는 눈을 의심했다. 움직이는 물체는 눈을 씻고 봐도 없는데 어떻게 나비가 그곳까지 날아왔는지, 나비는 아주 작았고 날갯깃 또한 한없이 연약했다. 나비를 쫓다 꽃을 발견한 것이 기적 같아 몸이 부르르 떨렸다. 거기 그렇게 살아서 나비를 부르는 모래알만 한 안쓰러운 꽃, 돌 틈 모래 위에 아장아장 피어나는 앉은뱅이 꽃. 애련하고도 신비로워라, 나비는 어떻게 그 고원에 꽃이 있다는 걸 알았을까.

강물은 흙빛으로 흘러가고, 살구는 노랗게 나무를 물들이고, 당나귀는 보리 타작을, 라다크 처녀의 노래는 골짜기를 메아리치고, 알치에서 야생화 같은 그녀를 만난 건 행운이었다. 인더스 강가, 천막집에 사는 유목민 아이는 내 손을 놓지 않았지만 척박한 생활, 가난한 현실, 떠돌이 여행자가 위로받을 수 있는 건 그곳이 인도라는 것. 라다크라는 것이 전부였다.

앙코르 신에게 바치는 키스

어둠에 묻힌 앙코르 와트는 환상 그 자체다. 낮 동안 뜨겁게 달궈진 대리석은 검은 형체로 바뀌어 어디가 어딘지 분간이 어려웠다. 달밤이면 천상의 무희들이 사원 회랑에서 신에게 바치는 춤을 춘다는 앙코르 와트의 셋째 날, 툭툭이를 타고 달리면서 맞는 앙코르 타운의 새벽바람은 달콤했다. 낮에도 '좋다, 아름답다'를 연발하며 지나던 길을 더위도 추위도 없는 새벽 시간에 달리는 건 유토피아로 가는 길처럼 상쾌했다.

새벽 5시, 서쪽을 통과 앙코르 톰 연못 앞에 섰다. 아직은 이른 시간이라 움직이는 사람은 불과 몇, 30분쯤 지나자 서서히 사람들이 몰려들었고, 시간이 지나자 드디어 동쪽 하늘이 열리기 시작했다. 암전된 극장처럼 천천히 윤곽이 드러나자 어둠이 대낮처럼 익숙해졌다. 눈앞에 펼쳐지는 신화와 같은 유적들, 잠시 의식이 진공상태가 되는 느낌이랄까.

명암은 수시로 바뀌었다. 하현달과 잔별이 남아있는 하늘은 검은색에서 검붉은 색으로, 다시 붉은색으로, 서서히 베일을 벗으며 위용을 드러내는 앙코르 와트.

앞자리에 앉은 연인들의 입맞춤은 멈출 줄 몰랐고 너무 깊어서 마치 앙코르 신에게 바치는 의식처럼 느껴졌다. 춥다고 웅크리는 여자의 손을 끌어다 가슴으로 녹여주던 한 남자의 지극한 마음. 날이 밝을 때까지 나와 그들은 그 자리를 지켰다.

잘못했습니다

영양실조에 말라리아까지 겹쳐 젓가락처럼 마른 팔다리를 축 늘어트
린 채 어미 품에 안겨 눈만 껌벅거리던 아가가 내내 마음에 밟혔더랬
다. 일주일쯤 지나 그곳을 경유하는 길에 사탕봉지를 들고 다시 찾았
을 때 아이 엄마는 카사바 밭가에 조그만 흙더미를 가리켰다. 도무지
실감이 나지 않았지만 나는 사탕봉지를 흙더미 위에 올려놓았다. 불과
며칠 전만 해도 미소 짓고 칭얼거리던 자식을 흙속에 묻고도 이상하리
만치 담담했던 그녀의 표정에서 고통이나 슬픔이 얼마나 익숙한 것인
지를 알았달까.

오늘도 냉장고를 가득 채웠습니다.
내가 배터지도록 먹은 밥이 아이의 밥이었다는 걸 이제야 알았습니다.
그것으로 부족해 남은 음식을 버리기까지 했습니다.
곳간에 양식이 넉넉한데 내일 다음 달 먹거리를 걱정했습니다.
읽지도 못할 책을 다섯 권이나 주문했습니다.
우리 문 앞에 실례를 했단 이유로 옆집 개를 미워했습니다.
바쁘다는 핑계로 배고픈 아가 길냥이를 외면했습니다.
연둣빛 싹을 밟으면서도 사과 한마디 하지 않았습니다.
잘못 걸려온 전화를 5초도 못 참고 끊었습니다.

손빨래를 하자해놓고 세탁기를 돌렸습니다.

게으르자 하면서 바빴고 바쁘자 해놓고 게을렀습니다.

폐절한 친구에게 감사는커녕 용서를 구하지도 않았습니다.

회사를 쫓겨난 친구를 위로해 주지 못했습니다.

애인에게 버림받은 후배에게도 침묵으로 일관했습니다.

골목에서 제 어미를 욕하는 아이를 방관했습니다.

교만이 하늘을 찌를 때도 나는 나를 못 본 척했습니다.

존재의 가벼움에 대해 1분도 고민하지 않았습니다.

내 아이를 챙기느라 하늘같은 부모님을 잊었습니다.

햇살이 눈부시다는 이유로 하늘을 보지 않았습니다.

바람을 탓했고 들판의 풀잎을 시샘 했습니다.

꽃을 보고도 웃지 않았습니다.

나로부터의 결별

남해에 다녀왔다. 시선 닿는 곳마다 꽃으로 러블리하니 걸을 때마다 에브리 샬랄랄라~가 절로 나온다. 이랬다저랬다 변덕 심한 수다쟁이 애인 같아라. 순간에 피고 져 금세 들통 나고 말 달콤한 거짓말 같은 봄꽃들, 꽃이 차고 넘치니 영산홍은 싸구려 분내 같아 멀리 하고픈 꽃이 되어버렸다. 모든 죄가 다 용서될 만큼 나는 온 산을 은은히 물들이는 산벚꽃 필 때가 가장 좋다. 앞산 골짜기 구름 지붕을 가진 꽃 제본소 소장에게 물어보고 싶다. 봄꽃에도 욕망 같은 게 있는지. 있다면 그 비율을 물어봐도 되는지. 배경이 판타지 소설 같은 절정기엔 적정량의 슬픔이 배어 있게 마련이다. 꽃에게 주어진 총량의 기쁨이란 게 고작 사나흘 빛과 소풍놀이 하다 가는 것이어도 허무하지 않는지 궁금하다. 꽃은 완전체다. 그것이 짧게 살아야 할 이유인가. 계절은 미친 속도로 흘러가는데 나는 너만 기다린다. 네가 쓰러지니 나는 멈춘다. 날개를 꺾고 바닥에 누운 새의 사체도 이러하리라. 불꽃은 상상의 근원이다. 몽상의 시학은 불꽃으로 타오른다. 때를 놓치지 않으려는 듯 수심을 재지 않고 머리를 풀고 저수지로 뛰어드는 산그림자가 다급해 보인다. 풀은 갸륵한데 꽃은 기특하다. 나무는 싱그러운데 바람은 폭군 같다. 새는 울어도 아름다운데 사람은 웃어도 가증스러울 때가 있다. 더욱 치명적인 것은 인간은 혼자 있을 때조차 자신을 속인다는 것.

이런 날이 올 줄 알았다

리우 항으로 이어지는 낯선 골목에서 시작된 하루, 리우는 아침부터 태양이 뜨거웠고 소란 속에서도 고요했다. 어디서 나타났는지 내 앞에는 조그만 계집아이들이 눈을 말뚱거리며 음소거된 영화의 한 장면처럼 신기한 듯 나를 구경하고 있었다. 아이들이 흰 치아를 드러내 웃을 때마다 레몬 향기가 사방으로 퍼져나갔다. 나는 달려드는 빛과 주체할 수 없는 환희에 눈을 감고 몸서리를 쳤다. 기억하는 한 사랑은 지속된다고 했던가. 봄 같은 아주 단순한 기쁨이 느리게 지나가고 있었다. 내게 이런 날이 올 줄 알았다.

마지막 1분 전 기록

세렝게티 가는 길, 칼데라 지형으로 이루어진 세상에서 가장 크고 가장
다양한 종의 동물이 산다는 응고롱고로 분화구, 저격수 둘은 나무 뒤에
숨어 있었다. 두 마리 암사자가 무리에서 떨어진 새끼 얼룩말을 겨냥 중
이었다. 본능적으로 죽음을 직감한 얼룩말은 제 어미를 찾는지 주위를
두리번거리며 불안한 기색을 보였다. 뭉치면 살고 흩어지면 죽는 것이
동물의 세계라는 걸 아직 배우지 못한 아가였다. 사냥은 적중했다. 어떤
사진은 불안의 기운이 최고조에 이른 죽음 1분 전에 찍었다. 그러니까
셔터를 누르기 1분 전까지만 해도 얼룩말은 꼬리를 팔랑거리며 살아있
었다.

누군가의 죽음 1분 전 마지막을 기록한다는 건 엄숙하고도 잔인한 일이
다. 마지막이란 말은 한 생명의 전 생애를 통틀어 가장 슬픈 단어다.

다르다 말할 수 있어야 해

어느 여행서를 읽다가 덮어버렸다. 터키 카파도키아를 여행하는데 예쁜 소녀가 자신의 석굴 집으로 초대해 호기심에 따라갔지만 생각보다 누추하고 칙칙해 당황하고 있을 때, 소녀의 어머니가 차이(홍차)를 끓여와 어쩔 수 없이 마셨는데(아무리 가난해도 무슬림들은 손님이 오면 반드시 차를 대접한다)한참 후 그들의 배웅을 받고 돌아오면서 생각해 보니 자신이 무슨 짓을 한 건지 끔찍하기까지 했다는 것. 스토리의 핵심은 거기다 마취제라도 타서 자신의 가방을 몽땅 털기라도 했으면 어쩔 뻔했느냐는 기발한 상상력(?)이었다. (일순간 이상한 유언비어나 그녀가 본 영화의 부작용을 의심했고, 며칠 후 나는 그 책을 후배에게 줘버렸다.) 물론 이 이야기는 자신의 안전은 자신이 지켜야 한다는 의식과 선의의 배려를 의심으로 위장해 순수한 마음을 읽지 못했다는 양면성이 있지만, 이런 마인드라면 어디를 가든 무엇을 보고 체험할 수 있는가 하는 의구심이 든 건 사실이다.

모로코 사막 지역, 낡은 비닐로 겨우 하늘만 가린 베두인족이 사는 집에서 차를 대접받았다. 여인은 예고도 없이 손님을 데려간 남편에게 한마디 불평도 없이 불을 피우고 물을 끓여 차를 내왔다. (오지에선 차 한 잔 끓이려면 30분은 족히 기다려야 한다.) 홍차였다. 주전자는 평생 한 번도 닦지 않는 듯했고 찻잔이라야 때 낀 주황색 플라스틱 주발 같은 것이었으니 차 밎에 대한 기대는 일찍이 접었다. 물이 끓는 건 확인했지만 하필 내가 보는 앞에서 찻잔에 빠진 파리를 손가락으로 건져낼 건 뭐람, 그런 와중에도 나를 보고 환하게 웃던 순박한 부부의 표정을 잊을 수가 없다. 물론 나는 그들이 보는 앞에서 만면의 미소를 머금은 채 말끔히 찻잔을 비웠고 환영해 줘서 고맙다 하니 아니란다. 그들에게 손님은 신이 보낸 선물이라며 오후 기도시간에 나를 자신의 집으로 보내준 알라신께 감사드릴 거라며 오히려 행복해했다.

좋은 시력을 가졌어도 진심을 읽을 수 없는 눈은 불행한 눈이다. 아무리 많이 가졌어도 자신의 노력으로 얻은 것이 아니면 무슨 의미가 있겠는가. 지식은 산더미인데 인간미가 없다면 그 또한 동정받을 대상이다. 나를 낮추고 해제해야만 그를 느낄 수 있는 지극히 상대적인 것이 여행이다. 경험으로 보면 어떤 희생도 감수하지 않고 그들의 속살을 보는 건 불가능했다. 그들의 생활에선 차 한 잔도 결코 가벼운 대접이 아닌데 진심과 배려를 더럽고 가난하다는 이유로 의심하는 건 차라리 그들을 경멸하며 가까이 가지 않는 게 옳다. 지혜롭고 현명하지는 못하더라도 최소한 다른 것을 틀리다고 말하는 누를 범하지는 말아야지.

벚꽃과 샌드위치

김훈은 벚꽃 피면 여자 생각에 쩔쩔맨다는데 나는 벚꽃 그늘 아래 샌드위치 한 조각 들고 인도의 어느 오후를 추억하고 있다. 기온은 40도에 육박했고 추적추적 비가 내리는 우기였으며 무갈사라이 역에서였다. 하우라 역을 출발한 기차가 인도 최북단 쉼라까지는 20시간도 더 남았고 나는 배가 고팠다. 안내방송도 없이 기차는 섰고 사람들은 우르르 차 밖으로 나가 먹을거리를 골랐다. 이때다 싶어 사람들을 따라 기차에서 내렸는데 눈에 들어온 건 청년이 파는 샌드위치였다.

나는 샌드위치 두 조각을 집어 들었다. 그리고 바깥바람을 쐬고 자리로 돌아와 별생각 없이 빵조각을 열자 확 달려드는 곰팡내. 채소로 알록달록해야 할 속이 짙은 녹색을 띠고 있었다. 후다닥 기차에서 내려 빵장수를 찾아가 상한 빵을 팔면 어쩌냐며 환불을 요구했지만 청년은 딴청을 피우며 '이 빵이 어때서?' 하는 표정으로 시간을 끌었다. 주변에는 금세 아이들이 몰려 까만 눈망울을 굴리며 그 광경을 지켜보았다.

기차는 출발신호를 알리는데 빵장수는 여전히 꿈쩍도 않고, 제대로 따져보지도 못한 것이 억울했지만 어쩌랴, 문제의 샌드위치를 쓰레기통에 던지려던 바로 그때 한 소년이 공중으로 몸을 날려 내 손에 든 샌드위치를 낚아채 바람처럼 달아났다. 어떻게 손을 써볼 수도 달려가 빼앗을 수도 없는 아주 짧은 순간에 벌어진 일이었다.

기차가 곧 떠나리라는 걸 빵장수가 알고 있듯 아이들은 누가 그 빵을 사든 자신에게 돌아오리란 걸 알았던 것이다. 내가 빵을 포기함으로써 한 아이는 먹을거리를 얻었지만 나머지 아이들은 어쩔 것인가. 그 빵을 먹고 탈이라도 난다면 하는 생각조차 그 순간만큼은 사치였다. 다만 침을 삼키며 놓친 빵을 아쉬워하던 아이들을 보는 순간 걷잡을 수 없이 밀려들던 감정들, 그날 이후 나는 샌드위치를 멀리했다. 샌드위치만 보면 그때의 눈망울이 떠오르고 곰팡내가 솔솔 나는 그 칙칙하고 습했던 인도 기차역이 떠오르기 때문이다. 그런데 지금 나는 꽃그늘에 앉아 커피를 곁들여 샌드위치를 먹고 있다. 이거 다 벚꽃 때문이다.

4부 |

섬,
천년의 기다림

스미레

터키에서 만난 그녀를 볼리비아에서 만났다. 일본인인 그는 용모도 행동도 비범한 20대 아가씨였다. 첫 대면은 이스탄불 도미토리 숙소였는데 늘 입에 담배를 물고 있어서 다소 반항적이고 시건방져 보였다. 그녀가 나를 대하는 표정은 '할 일 없고 시간 많은 아줌마가 혼자 여행을 왔군!' 하는 거였고 나 역시도 별 끌림이 없어 말을 섞지 않았다. 그녀의 외모는 영락없는 다차원의 소녀 말괄량이 삐삐였다. 내가 그의 이름을 알게 된 건 낡은 천가방에 'Sumire'라는 글씨가 새겨져 있어 '스미레'가 이름이냐 물었고 어떤 뜻이냐니 '제비꽃'이란다. 그녀와의 첫 만남은 그게 전부였다.

2년 반이라는 시간이 지나 볼리비아의 수도 라파스 골목에서 그녀를 만났을 땐 곁에 백인 남자친구가 있었지만 표정은 여전히 시크했다. 나 역시 처음엔 반가웠으나 이스탄불의 기억이 떠올라 가벼운 인사만 나누었고 그녀는 마지못한 듯 형식적인 몇 마디만 했다. 다만 기억에 남는 대화라면 3년 전 집을 나와 그때까지 돌아가지 않았다는 것. 고작 35일 여행자에게 3년은 꿈의 시간이 분명했다.

근교 유적지를 찾아가는 길목, 그녀가 바닥에 주저앉아 울상을 짓고 있었다. 남친이 있으니 그냥 지나치려다 무슨 일인지 묻고 말았고 다가가 보니 거친 나무에 걸려 종아리에 피가 나고 여기저기 가시가 박혀 손으로 그걸 뽑는 중이었다. 큰 가시는 대충 뽑았는데 잔가시들이 문제였다. 보나 마나 그들에게 그걸 처리할만한 도구가 있을 리 없었다.

처음엔 옷핀 같은 게 필요하다기에 옷핀을 꺼내주었더니 옷핀보다는 바늘이 있으면 좋겠다 했고, 바늘로도 미진한 것들은 집게가 유용하게 쓰였다. 그러고도 내 백팩 속 파우치에선 비상용 칼, 후시딘연고와 밴드가 더 나왔다.

유적지를 내려오는데 뒤에서 그녀가 나를 불렀다.

"당신 혹시 의사예요? 아님 그냥 여행자?"

"틀렸어요. 난 아줌마예요. 그냥 아줌마."

그녀가 뜨악한 표정으로 두 손을 모아 처음으로 다소곳이 감사의 인사를 했다. 아줌마가 얼마나 지혜롭고 쓸모 있는 존잰지 얼굴보다 이름이 열 배는 더 예쁜 스미레는 몰랐을 거다. 오늘 불현듯 덧니에 주근깨가 다닥다닥했던 스미레가 떠오른 건 이어지는 일본의 지진소식 때문만은 아니겠지. 지금쯤 고향으로 돌아갔으리라. 인연의 끈은 질기고 무섭다.

배가 터질 듯 불러도

둥근 지붕을 보면 뱃속의 아기집과 포근한 솜이불이 생각나 그 안에 들어가 엉덩이를 들고 몸을 동그랗게 말고 엎드려 자고 싶어진다. 참을 만큼 참았다가 당신의 가슴에 머리를 박고 울 때 복받치는 서글픔과 안도감처럼 몸과 마음이 무장 해제되는 건 온도에 대한 그리움이겠지. 외딴집은 외롭고, 머릴 숙여야만 들어갈 수 있는 낮은 지붕은 따사롭다. 낮은 지붕 밑에서 태어난 아이들은 동그랗고 어른들은 선하다. 동그란 집은 아무리 멀리 떠나있어도 여행은 내게서 네게로 가는 길이며 집을 떠나 집으로 돌아가는 여정이란 걸 상기시킨다. 무지개를 보며 소낙비처럼 당신을 그리워하던 날, 잊을 만하면 나타나는 당신이라는 무지개, 게르에서 나는 아기처럼 몸을 동그랗게 말고 얼마나 당신과 곤히 자고 싶었는지, 터질 듯 배가 불러도 당신이 없으면 나는 공복이다. 몽골의 북단 홉스굴 호숫가, 수시로 무지개가 빨래처럼 걸리는 둥근 집에서 나는 몇 번의 아침과 저녁을 맞이했으며 생의 몇 시를 통과했던가.

인레 호수

인레 호수(Inle Lake)는 미얀마 샨 주(Shan State) 냥쉐(해발 875m)에 위치하며 둘레길이 22km, 폭 11km로 미얀마에서 두 번째 큰 호수로 여행자들에겐 휴양지지만 현지인에겐 호수에서 고기를 잡아 생계를 잇는 쾌적한 생활 터전이다. 여행자라면 호수와 그 주변에 널려있는 파고다와 도처에 열리는 수상시장 와마, 남판 등의 프로팅마켓은 각종 공예품과 함께 세상에서 가장 목이 긴 카렌족 여인을 비롯해 다양한 볼거리를 제공한다.

그 중 특히 인레 호수 주변에 사는 인타족 남자들은 좁은 배 난간에 서서 두 손은 그물을 만지고, 한 발은 배에 중심을 잡고 다른 한 발은 노를 젓는 어부로 유명하다. 그들 대부분 전통의상인 론지를 입은 남자들이 배 위에 삐딱하게 선 에로틱한 중심 잡기는 단연 볼거리다. 같은 먹을거리를 구하는데 세월을 붙들어 맨 듯 한가로이 노를 젓는 인타족 고기잡이는 여유롭기 그지없다. 이른 새벽, 안개가 짙게 내려앉은 호수에 까맣게 떠 있는 인타족 배를 보고 있으면 피안이 따로 없다.

오래된 미래 알치

알치(Alchi)는 북인도 라다크(Ladakh) 중심 도시 레(Leh, 3,505m) 근교 인더스 강가에 위치한 고원의 작은 마을이다. 특히 알치 곰빠(사원, Alchi Gompa)의 벽화는 라다크 지역에서 드물게 볼 수 있는 카슈미르 양식의 불화로 유명하다.

내가 방문한 시기 7월 말은 1년에 50일 정도 열리는 육로가 열린지 얼마 되지 않았을 때다. 사방이 모래와 바위산으로 이루어져 황량하지만 이 마을은 강가에 미루나무와 보리밭이 있어 초록을 볼 수 있는 유일한 곳으로 게스트하우스 주변엔 노란살구가 유혹의 손길을 뻗었다.

도착 다음 날 여행자들은 가까운 계곡으로 트래킹을 떠나고 나는 인더스 강을 끼고 서쪽 마을로 가보기로 했다. 약 1시간 쯤 걸었을까. 천막 하나가 눈에 들어왔고 아이들이 놀고 있어 행인에게 물으니 아이들 아버진 일거리를 찾아 집을 비우고 아이들만 있다고. 나는 아이들을 보는 순간 걷고 싶다는 생각을 까맣게 잊고 말았다. 몹시 수줍어하는 아이들이 사는 천막 안에는 얇은 담요와 옷가지 몇 개, 냄비 두어 개, 먹다 남은 한 됫박 짬바(보릿가루)가 전부였는데 가을까지는 거기서 그렇게 산단다.

처음엔 두려움과 경계심을 보이던 아이들은 사람이 그리웠는지 금세 친해졌다. 점심으로 챙겨간 샌드위치와 비스킷과 물은 순식간에 바닥이 났다. 사연이 없을 리 만무하지만 아빠는 있고 엄마는 없다는 고만고만

한 계집아이 넷, 이 조무래기들에게 세상 전부인 엄마가 없다는 게 말이 되는가. 절로 한숨이 나왔다. 아이들은 모두 맨발이었다. 그런 그들에게 왜? 라고 묻는 건 고문일 것 같아 강가로 데려가 씻기고 안아주며 놀다 다시 오겠노라 손가락을 걸고 헤어졌다.

다음날은 전날과 비슷한 시간에 숙소를 나섰다. 고도 때문에 조금만 움직여도 숨이 차고 태양이 내리쪼이는 황량한 사막지역을 터벅터벅 걷고 있는데 저 멀리 까만 점들이 보이는 것이 아닌가. 나를 본 아이들이 손을 흔들며 팔짝팔짝 뛰었다. 나는 네 자매의 손을 잡고 그늘이 있는 천막집으로 되돌아갔다. 돈을 벌어 먹을거리를 사들고 귀가한 엄마처럼 나는 백팩을 풀었다. 빵과 사탕과 음료 앞에서 아이들은 꼴깍 침을 삼키며 손뼉을 쳤다.

그 다음 날은 전날보다 더 멀리 마중을 나와 있었고 다다음 날도 그랬다. 슬픔이나 외로움을 알기에 너무 어렸고 갓 돌 지난 막내에게 유독 마음이 쓰였다. 저 어린 것들끼리 서로 껴안고 추위를 녹이며 먹고 잔다는데 며칠에 한 번 천막집으로 돌아온다는 아이들의 아버진 한 번도 보지 못했다. 숙소로 돌아와 살구나무 아래 주먹만한 별이 쏟아지는 평상에 누우면 별보다 빛나는 눈을 가진 아이들이 마음에 밟혀 몸을 뒤척였다. 하지만 그들은 거기서 그렇게 살아야 하고 나는 내 집으로 돌아가야 할 여행자가 아닌가.

마지막 날, 더는 올 수 없다는 걸 알았는지 그날은 아이들 표정에도 그늘이 보였다. 가방에서 먹을거리를 풀어 10살도 채 안된 맏이에게 동생들과 나누어 먹어야한다고 당부하자 봉지를 빼앗듯 낚아채 낡은 담요

속으로 감추는 것이 아닌가. 그때의 먹먹함이란,

세게 안으면 바스라질 것 같은 막내는 내 품에서 떨어질 줄 모르고, 큰 아이의 눈빛은 '우린 아줌마가 좋은데 이제 내 동생들은 더 이상 과자 같은 건 먹을 수 없나요?' 라고 묻는 듯했다. 나는 엄마가 돌아올 때까지 아무리 춥고 배고프더라도 참고 기다려야 한다는 말은 하지 않았고 잠시 엄마가 되어준 것으로 만족해야만 했다.

많은 여행 중 유독 기억에 남는 이별이 그날 아이들과 고원 한가운데서 점으로 사라지던 그 순간이다. 하지만 그 또한 시간이 가면 한여름 밤의 꿈처럼 아이들은 나를 잊을 것이다. 그 여름 그들에게 이상한 산타클로스가 다녀갔다는 사실을, 그 산타는 엄마를 닮은 아줌마였다는 것까지도.

낙타

히말라야에서 내가 먹은 고기는 질긴 물소와 야크였고, 사하라에서 쇠고기라 생각하고 먹은 고기 대부분은 양이거나 낙타였다. 페스 좁은 골목 정육점에 내걸린 가축의 머리도 낙타가 많았다. 사막에서 태어나 평생을 별의 길이기도 한 사막의 길을 온몸으로 익혀 짐꾼으로 살다 기력이 쇠하면 끝내는 자신의 살까지 인간에게 바쳐 순명하는 낙타, 가장 낭만적인 교통수단인 낙타를 타고 모래사막을 하염없이 걸어가 보는 것이 꿈이던 어느 날 사막 한가운데서 베두인 요리사가 내놓은 고기도 십중팔구 낙타였다. 그래 변명이라도 하자. 낙타의 생애를 안쓰러워하는 내가 낙타고기를 먹고도 아무렇지도 않은 건 삶이 나를 그렇게 만들었기 때문이라고.

낙타의 눈을 보면 슬픔이 밀려오지만 성근 치아를 보면 시한부 삶을 사는 노파처럼 역한 입 냄새조차 가련의 대상이 되고 만다. 어떤 낙타는 호객행위를 위해 자신의 의지와 상관없이 화려하게 치장을 한 채 바다

나 강을 건너기도 하고, 또 어떤 낙타는 평생 카라반의 일원으로 불같은 더위에도 묵묵히 암염이나 차 같은 생필품을 나르지만, 지루한 레이스에서 낙타의 눈에 흐르는 눈물이나 눈곱에 기생하는 모기나 날파리 떼는 낙타에게 가장 괴로운 존재다. 종일 무릎을 꿇린 채 부동자세로 사막에서 낙타가 견디는 온도는 상상을 초월한다.

여행자가 나타나면 주인은 낙타가 멀리 가지 못하도록 다리를 묶은 줄을 풀어 채찍을 후려 일으켜 세운다. 늙고 힘없어 보이는 낙타가 내 차례가 되면 내 몸의 중력에 스스로 놀라 죄책감에 사로잡히곤 했던 사막에서의 낙타 투어, 본능에 의지해 사막에서 숨은 길을 찾아내고 밤새 한 발자국도 움직이지 않고 주인의 명령을 기다리는 충정한 짐승, 나는 왜 반항이라곤 모르는 낙타를 보며 '저 등신, 등신 같으니라구!'라며 버럭하곤 했을까. 내가 만난 모든 낙타는 눈물이 없어도 슬픈 짐승이다.

천년의 기다림

백두산 어딘가엔 전나무와 자작나무가 백 년에 한 번씩 몸을 바꿔 부활하는 숲이 있다지. 아무도 돌보지 않는 원시림이지만 나무는 스스로 그 엄격한 질서를 유지하며 수종을 바꿔 소멸과 부활을 거듭한다는데 어떤 시련에도 천지(天地)에 대한 약속을 어기는 법이 없다고. 혼을 지키는 건 그런 것이겠지. 천년을 기다려 세상에 빛을 보는 생명(씨앗) 말이야. 그러므로 기다려야 할 사람이 있다면 천년 아니 만년을 기다려도 결코 긴 게 아닐 거야.

누가 이 먼 곳까지 데려왔을까. 태풍에 꺾인 구절초 꽃대 하나 제 몸 간신이 지탱하면서도 지켜주지 못해 미안한 듯 휘청거리는 다른 꽃을 안아주고 있다. 꽃은 '내가 너를 좋아하는데 네가 나를 좋아하지 않는다는 이유만으로 이 사랑을 포기할 수 없다'는 고백을 하는 듯. 수치감이 밀려온다. 진정 나는 할 수 없는 일을 계절이 다해 허리가 반쯤 꺾인 구절초가 하고 있으니.

잔지바르의 마티스

여행자들이 묵어가는 리조트 숙소에서 허드렛일을 하는 청년을 만났다. 이름이 '마티스'라기에 프랑스의 화가 마티스를 아느냐 반문했을 때 그는 어깨를 들어 올리며 손바닥을 펴 보였다. 모른다는 뜻이리라. 아침마다 내게 열대의 꽃을 꺾어 주고, 바오밥나무 열매를 갖다 주며 내가 손을 들어 올리면 하이파이브로 답하거나 소나무 껍질 같은 손바닥으로 내 손을 가만히 잡아주곤 했다. 내 카메라 앞에서 마티스는 행복해했으며 볼 때마다 환하게 잘도 웃는데 왜 난 그의 웃음에서 슬픔을 감지하곤 했는지, 노예의 후예라는 게 자신의 잘못은 아닐 텐데도 말이다.

타투

카드만두 타멜에 가면 늘 같은 곳에서 여행자를 상대로 타투하는 처녀를 본다. 물감을 짜서 직접 그림(고유 문양)을 그리는데 집중력은 물론 손놀림이 예술이다. 이 같은 형식의 타투는 매우 대중적이어서 그림을 그린 후 두세 시간이 지나면 물감이 살갗에 배어 그림으로 남게 되는데 짧게는 20일 길게는 몇 달이 간다. 아시아의 여러 나라(특히 방콕 카오산)에서 여행자가 붐비는 곳이면 타투를 전문으로 하는 샵이나 길거리 타투가 성행하고 있다. 서양 청년들은 타투를 매우 즐기는 편이지만 아직도 우리나라는 타투를 대하는 태도가 자유롭지 못한 게 사실이다. 누구에게나 영원히 지워지지 않는 문신 하나쯤 갖고 싶을 때가 있다. 그러나 영원히 흔들리지 않을 것 같은 마음으로 타투를 새기긴 하지만 사람의 마음이란 움직이는 거라 그 이후에 오는 심리변화를 생각한다면 신중을 기해야 할 문제다. 내가 본 타투 중에 가장 재미난 것은 라오스 루앙프라방에서 만난 백인 청년의 손목에 한글로 새긴 '영자야'라는 글귀인데 유쾌한 상상을 하게 했다.

씨 유

시공을 넘어 불바다에 퐁당 뛰어내린 듯 뜨거운 도시 마드리드, 낮에는 프라도미술관에서 피카소 게르니카에 흠뻑 빠져들었고 밤엔 집시들의 춤 플라멩코를 보며 스페인의 열기를 실감했다. 한 달 일정으로 스페인 여행의 시작 날임에도 하루해가 기울고 게스트하우스로 돌아오는 길은 마치 스페인의 모든 걸 본 듯한 알 수 없는 기분에 사로잡혔다. 밤새 와자했던 골목이 조용해진 건 어둠이 사라질 무렵이었다. 너무 더워 밤 문화가 발달한 도시, 새벽은 나무로 짠 겹문을 열고 대여섯 번 밖을 내다본 후에 찾아왔다. 사랑에 빠지면 가장 돌아가고 싶지 않은 곳이 집이라 했던가.

숙소 5층 발코니에서 창 밑을 내려다보는데 온갖 쓰레기와 지린내로 진동하던 뒷골목은 술에 취한 젊은 연인들이 여기저기서 무슨 경쟁처럼 도무지 끝날 것 같지 않은 딥 키스를 하고 있다. 어떤 사내는 으슥한 구석으로 여자를 밀어 넣고 풍만한 가슴을 터트릴 듯 주무르는 것도 모자라 아예 머리통을 그녀의 가슴에 처박고, 어떤 사내는 여자의 아랫도리를 사정없이 더듬는다. 그리고 어떤 레즈비언 커플에겐 호기심이 발동할 만하지만 여자도 사람도 아니었던 걸까. 어느 시인의 시집 제목처럼 그래 '사랑하다가 죽어버려라'라며 귀여운 악담 한 번쯤 뱉어줄 만한데 여전히 나는 담담했다.

희미한 가로등 아래 쓰레기와 악취 속에서 사랑을 나누는 연인들을 보는 동안, 길에서 보낸 시간 때문인지 생의 비의를 알아버려서인지 별 동요도 없이 무료한 영화를 보는 듯한 내가 나도 이상할 정도였으니까.

죽어도 좋을 세기적 사랑이 아니면 어쩌랴. 지금 청춘을 통과하고 있다면 순간이라도 활활 타오르는 것만으로도 충분하지 않은가, 잠 없는 밤을 보낸 나홀로 여행자인 내겐 너무 늦게 도착했고 그들에겐 너무 빨리 와버린 그날의 아침. 휘청거리는 걸음으로 여기저기서 환청처럼 씨 유 소리가 들렸다. 다시는 봐서도 안 되고 볼 수도 없을 것 같은 연인들이 뒤도 돌아보지 않고 손을 흔들며 골목 끝으로 하나둘 퇴장했다. 날이 훤히 밝은 후까지 널브러진 쓰레기 더미 위로 씨 유가 휴지 조각처럼 부유하던 그 여름 마드리드 골목.

차우칠라 무덤

전설의 나스카 라인을 보던 그날 늦은 오후, 1년에 한 번도 비가 오지 않는다는 나스카 시대의 공동묘지, 나는 차우칠라 무덤을 거닐었다. 희뿌연 먼지 사이로 아카시나무 실루엣이 어른거리는 그곳은 수백 년을 썩지 않고 자리를 지키는 죽은 자들의 집합소다. 사후세계를 믿는 종교관 때문이라지만 사람이 죽으면 땅을 파 지하에 방을 만들고 생활도구들과 함께 보관하는데, 자연이 이랬던가, 허술하기 짝이 없다. 둘러보니 족장과 마을 어른들, 보자기에 싸인 아이들, 머리 긴 여자와 남자들이 명상에 든 듯 꼿꼿이 앉아 자리를 지킨다. 산자와 함께 죽어서도 집을 지키는 나스카인들, 기후 탓이겠으나 수백 년을 썩지도 못하고 스스로 제 거처를 지키는 죽은 자의 마을이 왠지 내겐 낯설지 않다.

미라의 집 앞에서 철딱서니 없는 연인들은 쪽쪽 소리를 내며 입을 맞추고 어느 노부부는 담담히 흘러가는 시간을 응시했다. 부둥켜안을 수 없다면 발가락을 포개고 나란히 누워도 좋으련만 사랑하는 사람이 세세토록 저렇게 간격을 두고 앉아서 같은 곳을 바라보아야만 한다는 것이 안타까웠다. 나, 지금 어디로 가고 있는지. 나스카의 미라들도, 내 안의 나도 답할 수 없는, 혼자 떠나고 혼자 돌아오는 여행이 죽음의 예행연습처럼 느껴질 때가 있다. 그리고 생각했다. 죽음이 평화로우려면 삶이 평화로워야 한다는 것도.

옆집에 사는 그레이스

제니네 옆집 아가씨 그레이스는 내가 제니네 집에 머무는 동안 하루도 거르지 않고 내 머리를 땋아 주었다. 그는 매일 아침 일을 끝내고 파파야가 주렁주렁 매달린 토담을 기웃대며 내가 머리를 자신에게 맡겨주기를 간절히 바랐다. 얼굴에 주근깨가 있었고 예쁘지는 않았지만 솜씨가 야무져 무슨 일이든 척척 하는 그레이스는 특히 어린 조카들을 잘 돌보았다. 내가 3주를 머문 제니 방 창문 너머엔 그레이스가 사는 집 야트막한 담이 있었고 아침마다 그들은 거기서 나를 기다렸다. 그레이스 머리 땋는 실력은 내가 아프리카에서 만난 사람 중 단연 최고였다. 파파야 나무 그늘 아래에서 내 머리를 만지작거리던 어느 날 물었다.

"그레이스, 매일 이렇게 머리 땋아준 거 무엇으로 갚지?"

"사진이나 찍어줘!"

그리하여 그녀는 매일 내가 정원으로 카메라를 가지고 나오기를 기다렸고 나는 더 이상 그녀에게 미안해할 필요가 없었다. 제니네 옆집 처녀 그레이스, 여전히 조카들 돌보며 마당에 침대 커버 눈부시게 빨아 널고 가체를 이어 제 머리를 땋고 있겠지.

재회의 순간들

3월, 복사꽃이 몽글몽글 솟아나는 봄이었다. 나는 안나트래킹을 마치고 히말라야 담푸스 마을로 갔다. 사람들은 맨발로 밭을 갈고 씨앗을 뿌렸다. 점심은 보자기에 싸온 찐 감자(알루) 몇 알이 전부였다. 밀린 빨래를 빨아 널고 복사꽃이 분홍으로 물드는 로지 옥상에 앉아 손을 뻗으면 닿을 듯한 안나푸르나의 고봉들을 게으르게 바라보는 동안 그곳이 내가 꿈꾸던 곳이라는 걸 의심치 않았다. 적어도 추위와 고소에 오돌오돌 떨지 않고 따뜻한 찌아(밀크 티)를 마시며 한나절, 더러는 하루 종일 설산을 바라보던 시간들도 마냥 좋기만 했다. 세상의 행복 8할은 그곳에 있었다. 나는 아무것도 하지 않았고 시간이 갈수록 설산을 바라보는 그 하염없는 느림에 깊이 매료되었다. 엽서를 몇 장 썼지만 만년설 앞에선 그리움조차 부질없거나 하찮아지기 일쑤였다. 그 후 나는 몇 번이나 그곳을 다시 갔던가. 그리고 가고 싶어 했던가. 혹여 다시 간다면 이번만은 그대와 함께 갈 것이니 엽서는 쓰지 않아도 되겠다.

여행을 오래 하다 보니 단골집처럼 여러 번 방문하는 나라가 있는데 내겐 편하고 접근성이 용이한 뉴질랜드. 호주. 인도. 네팔 등이 그에 속한다. 그중 네팔은 조금 특별한 경우다. 6년 만에 담푸스 마을을 다시 방문할 계획을 세우고 보니 전에 만났던 사람늘의 얼굴이 수마능처럼 스쳤다. 묵은 사진첩을 열어 그들과 연을 맺은 사진을 서른 컷 정도 골라 확대 현상하고 코팅을 마치고 보니 다양한 연령대는 물론 가족사진, 단체사진, 독사진도 있었다.

담푸스에 도착 다음 날 숙소 가까운 곳부터 내가 기억하는 사람들과 하나둘 재회가 이루어졌다. 그들을 찾는 방법은 전에 찍어둔 사진이면 충분했다. 그사이에 사진 속 누구는 세상을 떴고 누구는 외화벌이를 갔다하고 또 누구는 공부하러 도시로 갔단다. 물푸레나뭇잎 같던 처녀는 뚱보 아줌마가 되었고 걸음마를 하던 아기는 교복을 입고 학교에 갔다. 부재한 사람은 가족에게 사진을 전달했고 그들은 그 사진으로 없는 가족의 그리움을 대신했다. 한 명씩 찾을 때마다 자신도 몰라보게 변한 마을 아낙네들은 까르르 웃음을 터트렸고 아이들은 예전 모습을 보려고 줄을 섰다. 사진의 위력 때문인지 처음 본 사람들도 모델을 자청했고 셔터를 누를 때마다 언제 다시 올 거냐는 질문도 잊지 않았다.

이렇게 다시 가는 곳이 있는가 하면, 세상은 넓고 가야 할 곳은 많으니 특별한 연이 없다면 재방문은 어려운 게 사실이다. 그들이 자처했다 해도 찍은 사진을 인화해주고 가면 좋겠단 생각을 자주하는데 담푸스에 가면서 지난 여행 때 찍은 사진을 준비해 온 것은 참 잘한 일 중 하나다. 오지라면 카메라나 사진관은 꿈도 꿀 수 없는 일이어서 현실적으로 외부 사람이 아니면 어렵고, 그 밖에도 사진에 의미를 부여하는 이유는 우리에겐 흔한 일이지만 어떤 이에겐 내가 찍어준 사진이 생애 첫 사진이라는 것, 그리고 사진이야말로 자신의 과거를 볼 수 있는 영혼의 거울로 믿기 때문인 듯.

내가 만난 샬림

딱히 다큐멘터리 영화의 한 부분을 상상하지 않아도, 어떤 편집기술이나 각색이 없이도, 인도에 도착하는 순간 우리는 쉬지 않고 돌아가는 다큐멘터리 영화처럼 리얼한 삶, 아니 그 이상의 현실과 맞닥뜨리게 된다. 이 극명한 현실이 세계의 수많은 나라와 인도의 차이점은 아닐까.

그곳이 어디든 해질 무렵이면 참을 수 없이 근질거리는 발바닥, 나는 호텔을 나와 캘커타 여행자 거리를 걷고 있었다. 번잡하고 좁은 골목은 예전 그대로였고 지난번 바퀴벌레와 도마뱀이 침대 위를 종횡무진 하던 악명 높은 게스트하우스도 여전히 같은 자리에서 성업 중이었다. 조금만 걸어도 주변을 살펴야 하는 곳, 입을 다물고 코를 막아야 하는 공기, '아임 헝그리'를 외치며 집요하게 따라다니는 조무래기들, 혼란의 경계를 뛰어넘는 자동차 경적, 불결한 개들이 우글거리는 골목들, 그 속을 걷다가 손님을 기다리는 인력거꾼을 보자 한 사람이 떠올랐다. 이름은 '샬림'.

거두절미 물었다.

"혹시 샬림을 아세요?"

마치 내 질문을 기다린 듯 두 사람이 동시에 벌떡 일어선다.

"샬림요? 지금 막 손님을 태우고 저쪽으로 갔는데 언제 돌아올지……."

다음 날 다시 그곳에 갔을 때 나는 눈을 의심했다. 눈앞에 샬림이 있었다. 우리는 어떤 예감에 달뜬 짐승처럼 무언의 인사를 나누었다. 다가가 말을 걸고 싶었지만 샬림 앞에는 두 청년이 카메라를 들고 인터뷰 중이어서 기다려야만 했다. 인터뷰는 그들과 하는데 왜 샬림은 처음 보는 내게 눈을 떼지 못하는 것인지. 건너편에서 곧 끝나겠지 하고 기다리는데 잠시 후 샬림이 인력거에 그들을 태우고 시야에서 멀어지더니 도시가 어둠에 묻히도록 샬림은 돌아오지 않았다. 나는 허탈했고 그것은 아쉬움을 남겼다.

감독의 의도나 편집의 장난을 배제해선 안 된다 폄하하는 이도 있지만 나는 다큐멘터리에 관한한 열성 팬이다. 한때 고 이성규 감독의 인도 풍물 다큐는 물론 근자에 '오래된 인력거'라는 다큐멘터리 영화에 필이 꽂힌 적 있다. 이제는 고전이 되어버린 영화 'city of joy'의 배경이 된 혼란의 도시 캘커타에서 고단한 인력거꾼으로 살아가는 샬림이 주인공인데 이번에도 나는 그들의 일상을 흥미롭게 관찰하고 있었다. 사실 '오래된 인력거'를 본 후 인도에서 만나는 모든 인력거꾼을 샬림으로 인식하고 있었는지도 모른다. 화면 속 인물을 마치 전부터 알고 지낸 친구처럼, 특별히 샬림의 인상착의를 기억하려 했던 것도 아니고, 여행자거리에서 만나게 되리라는 것 역시 예상 못한 일이지만 그를 보는 순간 그가 샬림이란 걸 단박에 알 수 있었다. 그 와중에도 셔터를 누른 건 본능에 가까운 행위였다고 해두자. 이번에는 캘커타에서 머문 날이 사흘에 불과했으므로 시간에 쫓겨 반가움은 혼자만의 해프닝으로 끝났고 그날 이후 더는 샬림을 보지 못했다.

내가 알고 있는 샬림은 병든 아내와 많은 가족을 부양해야 하는 고달픈 가장이다. 여전히 맨발인 채 상징이 되어버린 빠진 앞니, 그래도 기억에

남는 건 백인청년들과 대화를 하거나 사진을 찍는 내내 환하게 웃었다는 것, 나와 눈이 마주칠 때 삶의 은유를 교감하려 했다는 것, 그는 영화 출연으로 인해 여행자거리에서 이미 유명인사가 된 듯 보였으나 현실은 여전히 가족을 위해 손님을 싣고 달리지 않으면 안 되는 가장일 뿐.

영화 '오래된 인력거'는 아시아 국적의 감독과 제작자로서 사상 처음 국제 암스테르담 다큐멘터리국제영화제 장편경쟁에 노미네이트되었으며 촬영 기간 10여 년에 2년의 편집을 거친 감독 이성규는 작가면서 동시에 연출자다. 그의 글 일부를 여기 옮겨본다.

"2년 전 내가 접한 샬림의 이야기는 이 시대 우리 아버지들의 자화상이었다. 방랑자처럼 살았던 그래서 자유인이라 여기며 무계획으로 살았던 내게 가족은 짐이었다. 하지만 지금은 다르다. 가족은 벗어날 수 없는 굴레이겠지만, 그 굴레가 아버지로서의 행복이란 걸 가르쳐 준 이는 바로 샬림이다. 다큐멘터리를 만든다고 생활비조차 갖다 주지 못했던 '아버지로서의 나' 궁핍하지만 자신보다 가족을 우선시하는 샬림. 어느덧 샬림은 내 안에 있었고 나는 샬림 안에 있다."

'오래된 인력거'의 마지막 내레이션이 긴 여운을 남긴다.

"세상 사람들이 모두 그렇듯, 사람은 제각기 살아가는 방법이 있다. 캘커타에서 만난 인력거꾼 샬림, 인력거꾼은 누군가를 태우지 않으면, 길을 잃는다. 샬림에게 누군가는 가족이었다."

세상에는 얼마나 많은 샬림이 있을까? 가족의 삶을 등에 얹고 지친 페달을 밟아야 하는 얼마나 많은 우리의 아버지가 있을까. 울고 싶어도 웃어야 하는.

죽음을 기다리는 사람들

한낮 번잡한 실다역 광장에 한 소년이 모로 누워있다. 머리맡에는 반쯤 남은 물병이 있었지만 소년은 미동이 없다. 나는 카메라 렌즈를 줌으로 당겨 확인했는데 실은 그를 담으려 했던 것이 아니라 뒤편에 앉아있던 한 가족을 찍으려다 소년을 보게 된 것이다. 나이는 열대여섯쯤, 처음엔 그냥 낮잠 중이려니 했다. 마침 광장에는 피켓을 든 수많은 군중들이 힌두축제로 소란하여 흔히 보는 거리의 소년에게 마음 쓰는 이는 없었다. 사람들은 그의 삶이 얼마 남지 않았다는 걸 알고 있었다. 불과 몇 분 전만 해도 의식이 있어 쏟아지는 변을 보기 위해 바지를 내린 모양인데 아랫도리를 연 그대로 동작이 정지된 소년, 잠시 후 경찰관이 호루라기를 불며 손짓을 하자 두 남자가 뛰어와 거적에 둘둘 만 소년을 죽은 개처럼 치우는 것이 아닌가. 세상에 사소해도 되는 존재란 없다. 그러나 그는 사소하다 못해 아무것도 아니었던 것처럼 내 눈앞에서 퇴장했다.

푹 꺼진 눈, 조심스럽게 다문 입술, 앙상하게 각진 엉덩이. 나이는 몇 살이며 이름은 있는지, 고향은 어디고 부모는 있는지, 한 생명으로 지상에 왔으나 채 피지도 못하고 시든 꽃, 어떤 애도도 슬픔도 없는 생의 마지막 순간을 군중 속에서 외로이 맞은 소년, 그는 가족이란 의미를 알고나 갔을까.

존재를 인식하려면 죽음을 알아야 한다고 했던가, 삶의 다른 이름이 죽음이라면 죽음의 다른 이름 또한 삶일 것이다. 환생을 믿고 바라는 힌두인들, 특히 천민에겐 죽음만이 위안일 때도 있단다. 이생에는 불가촉천민의 굴레를 벗어날 수 없더라도 다음 생은 더 나은 신분으로 태어나리라는 믿음과 소망이 있기에.

이것이 현생인가 싶은 소란 속에서도 실다역 광장은 어둠에 휩싸였고 소년이 머물던 자리엔 아무 일도 없었던 듯한 한 무리의 가족이 앉는 걸 지켜보며 숨을 골랐다. 기차가 출발하려면 아직도 서너 시간은 더 기다려야만 했다. 지나치게 나를 채근한 탓일까. 갑자기 싸늘한 기운이 온몸을 엄습했고 정신은 허무로 휘청거렸다. 그 와중에도 며칠 뒤 마더(테레사) 하우스에 다시 갈 생각을 하니 가슴이 답답해 왔다. 사람들은 말한다. 삶이 지루하면 인도에 가라고, 그러나 이런 순간과 마주하게 되면 인도에 있다는 것 자체가 고통이기도 하다.

돌아보면 여행은 생의 모든 장르를 넘나들며 나를 가르쳐왔다. 그래서 멘토가 되는 것인지. 잠시 가라앉았던 심장이 쿵쾅거린다. 그 와중에도 아이들은 떼로 몰려와 손을 내민다. 지금 나는 진정 눈 시퍼렇게 뜨고 살아있는가, 살아서 이 고통을 아작아작 씹으며 음미하고 있는가. 극도의 혼란 속에서도 기적 소리는 척추를 긋고 지나간다. 나는 기차를 놓치지 않기 위해 자리를 옮겨 앉는다. 눈앞이 캄캄해지는 건 하품 탓이리라. 어디서 한숨 자고 일어나면 감쪽같이 다른 세계로 건너뛸 수 있을까. 아무 일 없었던 것처럼 새파랗게 충전될 수 있을까.

물든다는 것

물든다는 건 이런 것이겠지. 자신의 의지와 상관없이 곁에 있으면 절로 그리되는 것 말이다. 노인은 캘커타 거리에서 천연염료(인도사람, 특히 힌두 교도라면 누구나 이마에 붉은 물감을 찍거나 사원에 갈 때 신상에 이 물감을 찍고 바침)를 파는 상인이다. 매일 아침 좌판을 펴면 늦은 오후가 되어서야 자리를 뜨는데 분명 아침에 좌판을 펼 때만 해도 노인의 의상과 얼굴은 보통사람의 그 것과 다를 바 없었지만 오후가 되면서 얼굴과 옷이 점점 붉어져 좌판을 걷을 때가 되면 노인은 머리에서 발끝까지 빨강이 되는 거였다.

며칠을 관찰했지만 늘 그랬다. 사람들은 걸음을 멈추고 필요한 염료를 흥정하긴 해도 노인이 자신의 가방이나 물건을 만져 붉게 물드는 것만 은 원치 않는 듯 멀찍이서 돈과 물건을 주고받았다. 그러거나 말거나 노 인은 늘 한결같은 모습으로 평생 좌판을 지켜왔을 터, 종교적으로 보면 저 염료는 신에게 바치는 매우 성스러운 제물이고 특히 힌두신은 색 중 에서 붉은색을 가장 좋아한다고 하니 노인이 평생을 염료 장수로 살아 온몸이 붉은색으로 물든다 해도 피할 이유가 없는 천직이었을 것이다.

손님 뜸한 아침, 나는 짜이 한 잔을 들고 노인 곁으로 갔다. 가장 붉은색 을 가리키며 50루피와 함께 싸이노 드렸다. 어디에 쓸 거냐 묻기에 얼결

에 그림을 그려볼까 한다는 궁색한 답을 했더랬다. 노인을 볼 때마다 나는 어떻게 살아도 그처럼 자기 색깔에 저리 충실하게 물들 수는 없을 것 같아 절망하곤 했다.

내 기억으론 그때 산 염료를 한 2주쯤 배낭에 넣고 다니다 어느 날 사원 앞에 빈손으로 물끄러미 서 있는 한 노파를 보고 염료 생각이 나서 꺼내 주었더니 그는 신발을 벗고 사원으로 들어가 크리슈나 신상 이마에 붉은 띠까를 바르고는 매우 행복한 미소를 지었다. 그림을 그려보겠단 생각은 물 건너갔지만 염료가 그림보다 중요한 역할을 했으니 그것으로 족했다.

그를 좋아한다면 그가 어떤 색을 지녔던 우리는 그의 색을 띠거나 닮을 것이고, 반대로 그 또한 내가 어떤 색을 가져도 나의 색으로 물들 것이다. 사는 일 사랑하는 일이란 같은 색으로 물드는 것을 두려워 않는다는 의미이기도 하니까.

노인의 사진을 들여다보고 있으면 정녕 어떻게 살아야 하는지를 생각하지 않을 수 없다.

가장 슬펐던 곳이 가장 행복했던 곳

죽음과 슬픔으로 가득한 도시를 떠나 당도한 서쪽 바다, 밀항을 꿈꾼 건 아니었다. 네비게이션을 무시한 채 달렸고 걸었다. 딴엔 죽음이 나를 앞지르거나 따라오지 못하도록 없는 지도를 만들고 숨은 길을 찾느라 몇 번인가 바퀴가 빠질 뻔했다. 죽음이 멀미처럼 아련해질 무렵 바람이 일러준 대로 작은 포구에 도착했고 울기 좋은 방 하나를 얻어 짐을 풀었다. 다섯 번의 썰물과 여섯 번의 밀물이 찰랑찰랑 발끝을 적시는 건 가는 사람을 보내고 오는 사람을 맞는 이치라 하겠다. 온통 안개와 눈과 비와 무채색인 허공, 소나무 숲 저 끝에 밤새 깜박이던 등대와 작은 섬까지 단숨에 건너는 무형의 그리움들, 캄캄한 밤과 환한 아침과 파도가 달려와 부서지는 벼랑 위를 선회하던 겨울새떼들. 괜히 삐딱한 포즈겠는가. 반파된 목선 한 척 한때 대양을 종횡무진했다는 사실을 잊은 듯 모로 누운 모습이 열반에 든 스님 같다. 새삼스럽다. 자연을 관조한다는 건 나를 건너고 너를 관통하는 일이었구나.

안면도 소나무 숲을 걷다가 내 친구들과도 딱 저만큼의 간격을 갖고 싶단 생각으로 잠시 망연했다. 섬에 들어서서 비로소 본래의 자리가 섬이란 걸 알 듯 가장 슬펐던 곳이 가장 행복했던 곳이란 것도 알겠다. 방문을 열면 수시로 갈매기가 안부를 묻고 게으르게 뒹굴다 빙그레 웃다갈 낯선 이곳, 노을이 창을 붉게 물들인다. 시린 발목이 따스해진다.

섬

마주치는 순간 파랗게 가슴 떨리는 애인과 가보지 못한 무인도가 도처에 있다는 사실을 당신은 잊었는가. '섬에 가서 한 달만 사랑하다 죽자'며 당신도 한때는 순정만화 같은 꿈을 꾸지 않았던가. 잊지 말아야 할 건 지금도 늦지 않았다는 것. 만조의 그믐밤 훔친 목선을 타고 애인과 단둘이 무인도에 가는 것이다. 나의 제안에 조금이라도 가슴이 뛰고 다리가 후들거린다면 당신은 분명 살아있는 사람. 태어날 아가의 미래와 울어야 할 일과 무료한 중년과 불운한 노년을 걱정하지 않아도 되는, 지상에서 오로지 사랑만을 위한 유일한 시간, 첫 애인이고 마지막 애인인 그와 생이 오로지 한 달만 남은 것처럼 사랑하자. 뒤에 서 있지 말고 떨어져 고요히 바라보지만 말고 살과 피와 뼈가 마르고 닳도록 그렇게 사랑하다가 죽자. 잊었는가. 지금 이 삶이야말로 얼마나 오랜 기다림 끝에 깃들었는지를. 완전연소, 이제부터라도 몸피를 나무에 매달아두고 날아오른 갸륵한 매미의 생이 나와 무관하다고 너무 하찮게 여기진 말자.

풍경, 물의 언어

떠나지 않고 어떻게 만날 것인가. 간월암, 저 바다에 떠 있는 꽃잎을 보라, 물이 빠지면 길이 되고 물이 차면 피안이 되는 곳, 저 배는 존재의 심연으로 드는 길을 아는 듯하다. 단련으로 무디어지고 강해지는 영혼이 있다면 그러리라. 망치로 두들겨서라도 뭉툭해지는 그리움이 있다면 그러리라. 번번이 낯선 곳에 나를 부려놓고 떠나던 배. 잠시 이곳을 경유하는 객의 신분으로 여전히 배를 기다리는 나. 침묵 같고 틈 같고 연민 같은 저 짧은 물길을 쫓으며 지극히 사소한 부분을 전부라고 착각하지 않았는지 생각해본다. 물의 속살을 더듬어 물의 언어를 받아 적을 수 있다면 좋을 텐데. 바다에 대자보를 붙이고 달아나는 물오리 떼를 본다. 상혼이 남았으니 아팠다는 말이고 아팠으니 회복할 일만 남은 거겠지. 바람이 불 때마다 파르라니 떨리는 물의 어깨를 건너 조용히 간월암으로 들어선다. 풍경이 마음을 씻는다. 세속의 번뇌를 수장시키고 지금은 추운 걸음에 집중하는 시간, 이리 가까운 곳에 피안이 있었다는 걸 잊고 살았다. 하지만 작은 배가 묶이기 전에 다시 건너야 할 저쪽,

썼다가 지운다

5월, 만개 직전의 장미처럼 내 생이 눈부실 때 너는 곁에 없었다, 라고 썼다가 지운다. 생의 위의를 알 나이에 죽을병처럼 네가 내게로 올 줄은 몰랐다, 라고 썼다가 지운다. 커피를 내리다가 어린아이 언어로 주책없이 그립고 보고 싶다, 라고 썼다가 지운다. 다른 번호를 눌러 네 이름을 부르는 실수는 실수도 아니었구나, 라고 썼다가 지운다. 돌이킬 수 없는 건 돌아보지 말자, 라고 썼다가 지운다. 네가 휴화산이라고 말했을 때 나는 한 번도 휴화산이었던 적이 없었다고 말하지 못한 걸 후회한다, 라고 썼다가 지운다. 너와 말을 타고 셰익스피어 서점에 가서 마티스 화집과 스케치북을 사 아무도 없는 사막으로 가서 오직 한 사람만을 그리다 죽고 싶다, 라고 썼다가 지운다. 자작나무가 자작나무라서 좋듯이 너는 너라서 좋다, 라고 썼다가 지운다.

무연함을 망상한다. 그러면 안 되는데 안 되는 것을 꿈꾼 죄, 사랑이 없으면 살아도 산 것이겠냐고 등을 돌려 앉은 네게 따지듯 묻고 싶다, 라고 썼다가 지운다. 네게로 과속하는 이 마음이 가짜가 아닌가 잠시 의심했다, 라고 썼다가 지운다. 사랑한다는 말은 가장 나중에 하겠다 한 선언문을 취소하고 싶다, 라고 썼다가 지운다. 이사한 새집에 초대를 받으면 나는 심야에 지구 반대편으로 기는 비스를 나고 이국의 꽃들이 만발한 네 정원에 심을 채송화 씨와 상추씨를 선물로 가져가야지, 라고 썼다가 지운다. 거만하고 고집스럽고 비판적이고 맘에 들지 않는 것만을 골라 나열하기 시작했는데 어느새 마음에 드는 것만 떠오르는 건 대체 뭐람, 이라고 썼다가 지운다.

꽃무늬 드레스와 꽃반지, 백발의 머리에 갯무꽃으로 만든 화관을 얹고 갯무꽃 부케를 든 늙은 신부가 되어 늙은 신랑에게로 아장아장 걸어가면 꽃눈이 5월의 바다를 물들이겠다, 라고 썼다가 지운다. 신의 가호가 없어 엉뚱한 곳에서 서성대느라 꽃시절을 놓쳤으니 혹여 다음 생에 다시 만나면 단단한 석관은 말고 봄 오고 비 내리면 폭신폭신 흙 풀린 땅 갯가 봄나물 향기 같은 갯무꽃 핀 봉긋한 무덤처럼 지상이 둥글고 지하도 둥근 반지하에 우리들만의 꽃집을 기다려야 하나, 라고 썼다가 지운다.
모두 지웠으나 끝내 지우지 못한 건 너뿐.

밀, 미안해

나홀로 여행자의 애로점은 볼일이 급하거나 물 한 병이 필요해도 배낭을 내 몸처럼 지고 다녀야 한다는 것이다. 20시간의 기차여행을 마치고 하우라역에 도착한 나는 사람들이 우르르 역을 빠져나간 뒤 머리를 식힐 겸 조금의 시간이 필요했고 무엇보다 화장실이 급했다. 때마침 빈 병을 줍는 아이들이 대여섯 있었는데 그 무리에서 제일 작은 아이는 10살쯤 된 소년이었다. 다른 아이들은 농담을 주고받으며 기차가 떠난 철로에서 빈 병을 줍거나 내 주변에서 사진을 찍어달라거나 텐 루피를 요구하기 바쁜데 녀석은 달랐다. 이 방면에 초보인 것이 분명했다.

"왜요? 도움이 필요한가요?"
녀석의 눈빛이 내 시선을 관통했다.
"이름이?"
"밀이에요, 밀,"
"밀, 나 화장실이 급한데 배낭 좀 봐줄래?"

녀석은 고개를 끄덕였고 나는 급했던 터라 화장실로 달려갔다. 시원하게 일을 보고 일어나려던 그때 뒤통수를 내리치던 생각, 아차, 대체 무슨 짓을 한 거지? 나는 그곳이 인도라는 걸 까마득히 잊고 있었다.

허겁지겁 배낭이 있던 곳으로 돌아오는 동안 내 머릿속은 배낭과 밀이 감쪽같이 사라지는 그림으로 가득 채워졌다. 한 번도 빗나가지 않은 불안은 급물살을 탔지만 상상이 기우이기를 바라는 맘도 그 못지않았다. 많은 사람들을 헤치고 역사 기둥을 돌아서자 저만치 밀이 해맑은 미소로 손을 흔들며 자신의 존재를 알렸다. 그때 나를 엄습하던 안도감과 죄책감, 내 배낭을 지키느라 빈 병 줍는 시간을 빼앗겼지만 불평은커녕 행복한 미소를 넘치도록 안겨주던 밀.

밀과 나는 서로 공평한 존재지만 유감스럽게도 우린 서로 생각이 달랐던 것, 이제야 고백하지만 나는 서둘러 밀과 밀의 친구들을 카메라에 담고 돌아서는데 낯이 화끈거려 미칠 것만 같았다.

"밀, 착한 널 의심한 거, 정말정말 미안해!"

서귀포 민박집

섬이라는 이유 하나만으로 그리운 곳이 제주지만 어떤 인연으로 나무 냄새 가득한 그 집엘 가게 되었는지 설명하는 일은 좀 그렇다. 삼면이 감귤밭으로 둘러싸인 민박집 아저씨와 나는 가끔 영어로 대화를 나누곤 했다. 나무를 좋아하고 손재주가 뛰어난 아저씬 무엇이든 뚝딱 만드는 재주를 가져 부러움을 샀지만 다듬지 않는 나무처럼 거친 아저씨의 손마디는 평탄치 않은 삶의 이력을 말하는 듯했다. 늘 히말라야 설산을 꿈꾸는 나는 구름에 가려진 눈 덮인 한라산을 보기 위해 하루에도 수차례 손수건만한 민박집 옥상으로 올라가곤 했다. 그곳엔 작은 탁자와 의자가 놓여있었다. 공중엔 붉은색으로 칠한 깡통에 구멍을 뚫어 갓을 씌운 전등을 머리가 닿을 듯한 높이의 빨랫줄에 집게로 걸어두었는데 바람이 스칠 때마다 흔들리던 홍등은 나를 설레게 했다.

옥상으로 향하는 좁은 시멘트계단을 오를 때마다 감귤 가지들이 발목을 걸었지만 나는 카메라를 들고 다람쥐처럼 잘도 다녔다. 1년에 한두 차례 제주를 여행하곤 하지만 처음 이렇게 감귤밭 속에서 지내게 된 것도 행운이라면 행운일 것이다. 언제든 마음이 동하면 감귤을 따 먹을 수 있지만 천지사방에 주렁주렁 매달린 감귤은 먹지 않아도 포만감을 주기에 충분했다. 나는 아침마다 햇살 가득한, 이 계절에도 수선화가 꽃을 피우는 민박집 마당가에서 펄럭이는 지나를 입고 젖은 머리를 말릴 때면 여기가 남태평양 타히티가 아닌가 하는 착각이 들곤 했다. 욕실과 화장실이 밖에 떨어져 있었는데 그 불편을 견디지 못했다면 그 집에 머물지 못했을 것이다. 그러나 불과 얼마 지나지 않아 낮은 담을 사이에 두고 감귤밭이 있고, 고개를 들면 한라산이 반기는 옥상과 화장실로 이어지는 감귤밭을 통과해야만 하는 그 소박한 풍경을 사랑하게 될 줄이야.

저녁이 되면 아저씬 마당가 그릴에 불을 피우고 새벽 서귀포항과 오일장에서 사온 생선과 조개를 구웠다. 그 냄새가 집안을 채울 때쯤이면 이웃에 사는 아저씨 친구가 와인을 들고 나타나곤 했는데 우리의 대화는 LA로 히말라야로 대관령으로 종횡무진했다. 술기운 때문이었는지. 날개를 가진 여행자라서 그랬는지 나는 내 슬픔을 감추지 않았고 아저씬 자신의 꿈과 행복을 숨기지 않았다. 아저씨가 Bee Gees의 'Don't forget to remember me'를 부를 땐 나도 따라 불렀다. 이 노랠 부르며 내가 먼 과거를 추억할 때 아저씬 아저씨의 옛사랑을 생각했을까. 나는 틈틈이 벽난로에 불이 꺼지지 않도록 장작을 넣었다. 아저씨가 선곡한 음악들은 장작 타는 소리와 함께 집안을 휘저으며 마당으로 귤밭으로 돌담 사이로 대책 없이 흘러다녔다. 그 집에선 길냥이도 강아지도 음악을 들었다.

한나절 걷다가 민박집으로 돌아올 저녁 무렵의 한라산은 구름에 가려 신비감을 더했다. 동쪽 끝으로 달이 차오를 때쯤 아저씬 짠! 하고 옥상 붉은 깡통 등에 스위치를 올렸다. 그럴 때마다 파란 알전구가 깡통 안에서 별처럼 반짝거렸다. 어린왕자가 본 지구별을 상상하기에 그만인 동화 같은 풍경이었다. 흐르는 음악을 멈추고 불을 끄고 자리에 누우면 한지 문살 틈으로 스며들던 달빛, 타이밍이 맞으면 마당가에서 달과 깡통 불빛이 하나로 포개지는 걸 볼 수도 있었다. 그럴 땐 옥상으로 올라가기만 하면 달도 별도 딸 수 있을 것만 같았다. 딸 수 있지만 따지 않았던 그것, 세상에 널려있지만 딴청부리다가 놓쳐버렸던 그것들, 생각해 보면 얼마나 많은 것들을 그리 지나쳤던가.

한라산, 파란 바다와 하늘, 희고 붉은 등대, 노란 감귤밭, 검은 돌담, 나무 십자가, 붉은 말, 벽난로에서 끓는 찻물 소리, 수선화, 강아지, 온갖 장르의 음악들, 식탁을 채우던 신선한 해물 요리와 레드와인, 커피 향, 낡은 LP판 같은 아저씨의 미소, 그리고 진한 나무 냄새로 가득한 집, 떠나는 순간 그리워하게 되리라는 것쯤은 예감하지 않아도 알 수 있는 일이었다. 늘 그 자리에 있을 거라며 살다 지치면 언제든 다시 오라던 아저씨의 목소리가 내 뒷덜미를 낚아채던 그날 아침은 하늘도 바다도 짙은 파랑이었다. 당분간 나는 민박집 마당가에 핀 애처로운 한 송이 수선화를, 좁은 옥상에서 즐기던 설국의 한라산을, 입에 침이 고이게 하던 감귤밭의 향기를, 그리워하지 않을 것이다. 'Don't forget to remember me' 또한 그리워하지 않을 것이다.

레온에서 받은 편지

산티아고를 걸을 때였다. 어떤 끌림이 있었는지 나는 카페에 들어가 이 메일을 열어보는 평소 하지 않던 일을 하고야 말았다. 휴대폰을 소유하지 않을 때였다. 거두절미 한동안 연락이 끊겼던 그가 만나잔다. 기차로 12시간이면 닿을 수 있는 그라나다에서. 귀신이 곡할 노릇이었다. 내가 산티아고를 걷고 있다는 걸 아는 사람이 없었으므로, 나중에 안 사실이지만 내가 스페인에 있었으면 얼마나 좋을까 하는 상상을 하다 그런 편지를 썼다고. 사전에 어떤 사인도 없이 그와 내가 각자 한국을 떠나 그 많은 나라 중 같은 스페인에 있다는 건 가슴이 뛰고도 남을 일이었다.

다음날 나는 배낭을 정리해 마드리드 역으로 갔고 그에게 어떤 것도 묻지 않은 채 그라나다행 기차를 탔다. 사는 동안 가장 빛나는 순간이 좋아하는 사람을 향해 달려갈 때라는 걸 누가 부정하겠는가. 긴 여행과 방황 중 가장 오래 가슴 뛰게 한순간이 그날 기차를 타고 그라나다로 가는 시간이었다는 걸 아직도 나는 설명할 길이 없다.

5백 원의 행복

"꽃 사세요!"

이보다 다정한 말이 또 있을까. 혼자 조용히 걷고 싶었지만 잊을 만하면 고갯마루에서 짠하고 몽족 아이들이 나타나 말을 걸어왔다. 여행자들을 쫓아다니며 시들기 전에 꽃을 팔아야 하는 것이 그들의 일이기 때문이다. 뺨이 노을처럼 발그레한 계집아이들은 남루한 옷차림에 더러는 맨발이기도 했다.

그 꽃을 들고 숙소에 도착할 때쯤이면 반쯤 시들어 병에 꽂을 수도 버릴 수도 없는 상태가 되지만 다음날 산책에서 돌아올 땐 늘 비슷한 꽃이 내 손에 들려져 있곤 했다. 나는 아이가 시든 꽃을 버리고 하루 장사를 망쳐 실망하며 집으로 돌아가는 걸 바라볼 용기가 없었던 게 아니라 매일 아침 내가 나 자신에게 꽃을 바치는 작은 의식이 행복이란 걸 알았기 때문이다.

그 꽃값은 우리 돈 5백 원, 흥정을 잘하면 백 원으로도 살 수 있고 반대로 천 원을 줄 수도 있지만 나는 저들이 정한 5백 원이라는 금액이 적정액이라 믿었다. 사파에서의 날들뿐 아니라 아침마다 단돈 5백 원이면 살 수 있는 행복이 세상 곳곳에 있다는 것을 여행자가 아니었으면 나는 몰랐을 거다. 여행이 행복한 이유다.

고통이라는 선물

함께 있을 때 모든 인간은 고립을 꿈꾸지만 고립에 직면하는 순간 도망 가고픈 유혹을 받는다. 고립은 자신이 고독의 주체가 되는 걸 일컫는다. 인간은 본능적으로 안락을 추구하는 동물이고 육신의 고통에서 자유로울 수 없는 다중성을 가진 존재다. 고통이 없다는 건 생각이 멈춘 상태를 말하는 것이되 영혼으로 이르는 가장 완벽한 단계는 육체를 올바르게 만드는 것이 우선이다. 우리가 꿈꾸는 어떤 세계도 육신을 통과하지 않고는 닿을 수 없으니까.

기쁠 때 박장대소하는 것, 슬픔이 복받칠 때 맘껏 우는 것, 사랑하는 사람과 나눈 오르가즘은 같은 효과라 했다. 하여 몸의 고통에서 자유로워지지 않는 한 마음의 문제는 해결할 수 없다는 건 자명하다. 때로 살다보면 고통을 피하기는커녕 사랑스러운 눈으로 오래 바라보기도 하고 스스로 고통의 불속에 뛰어들기도 한다. 그것은 고통이 사랑과 비슷한 속성을 가지고 있기 때문은 아닐까. 때로 멘토를 대신하는 고통은 지구별을 여행하는 동안 우리가 일상적으로 통과해야 할 가장 고마운 선물인지도 모른다.

살아가면서 어떻게 길들여지느냐에 따라 그것이 운명이 되기도 한다.

뜻대로 되는 것이 있다면 안 되는 것도 있을 것이다. 그러므로 그때그때 영적 기운을 거스르지 말고 자기 자신을 믿고 순간에 집중하는 것이 옳다. 야망을 갖되 자신을 부정하거나 배척하지 않고 무작정 타인을 쫓지 말며 높거나 멀리 있는 것을 바라지 않고 작더라도 현재에 머물러야 한다. 모든 과정이 중요하지만 지금 이 순간만큼 중요하지는 않다. 그것이 여행이라면 더욱 그렇다.

수상시장의 밀떡할머니

방콕을 다시 볼 계획은 없었지만 비행스케줄 변화로 24시간이 생겼을 때 생각이 바뀌었다. 나 같은 배낭여행자가 방콕에 갔다면 카오산 로드(세계의 배낭여행자들이 모이는 곳)에 가게 될 것이고, 카오산 로드에 갔다면 근처 사원을 둘러본 후엔 담난 사두악 수상시장에 가고 싶어질 것이다. 모르긴 해도 여행자라면 삶의 온갖 향기로 가득한 장터에 관심 없는 사람은 없을 터, 특히 오래된 시장이라면 말이다.

5년 전 유난히 환하던 할머니의 미소, 그때와 달라진 것이 있다면 전엔 밀떡이 6개 10(약400원)바트였지만 지금은 4개 20바트라는 것, 값이 오른 만큼 할머니 살림살이는 좀 나아졌을까. 실은 이번 여행도 막바지여서 플로팅마켓에 들어설 때까지 밀떡할머니는 잊고 있었다. 전에도 연로하셨기에 지금껏 할머니가 그 자리를 지키리라고는 생각지 못했다. 하지만 시장 안쪽에서 할머니를 보는 순간 기억은 찬물세례를 받은 듯 화들짝 깨어났다.

낡은 밀짚모자와 인민복 같은 칙칙한 상의, 좁은 거룻배 위에 밀떡을 굽는 넓은 프라이팬, 알록달록한 꽃무늬 접시, 깡마른 할머니의 좁은 어깨, 정말 그대로였다. 웃을 때마다 귀엽게 드러나던 앞니에 빈자리가 늘어난 것 외엔, 흐르는 땀을 닦으며 카메라를 들고 두리번대던 나는 그 재회가 너무나 기뻐사 몸서리를 쳤다.

인연이란 이런 걸까. 혼자만의 감흥일지라도 여행은 때로 예기치 못한 재회로 기쁨이 배가 되기도 한다는 것. 5년 후에도 할머니의 밀떡을 먹을 수 있을지 모르지만 그럴 수만 있다면 그때 내 기쁨은 다시 갑절이 되겠지.

세상 어머니들의 눈물

터키 지방도시에 가면 여행자를 사로잡는 풍경이 있다. 취업이나 입대를 위해 식구가 집을 떠나면 모든 일가친척들이 총출동해 이별의 노래를 불러주거나 손을 흔들며 눈물로 배웅을 하는데 그중에서도 유독 슬픔을 가누지 못하고 흐느끼는 사람이 있다면 그는 어머니다. 터키 전역을 돌면서 정류장마다 우는 사람들을 목도했고 일일이 확인하지 않아도 누가 어머니고 자식인지 알 것 같았다.

엊그제 TV에서 본 혜민스님은 출가하던 날 부모님께 인사를 하고 돌아섰는데 후일 어머니께서 그리 말씀하셨다 했다. 아들을 잃는 것처럼 서운하기 그지없는데 그런 어미 마음을 아는지 모르는지 아들은 뒤도 돌아보지 않고 가서 몹시 섭섭했다고,

나도 이런저런 이유로 공항에서 딸을 배웅한 적 있다. 짐을 부치고 출국심사대 안쪽으로 들어가기 전 마지막으로 아이와 포옹을 나누고 나면 아이는 햇살처럼 웃으며 거짓말처럼 출국장 안으로 사라지곤 했다. 아쉬움에 홀로 남아 자리를 뜨지 못하고 서성대다 보면 꼭 나처럼 허리를 굽히거나 길게 목을 빼고 아이가 사라진 곳을 바라보며 눈물을 훔치는 어머니들을 만나곤 했다.

자식을 보내고 홀로 남겨진 어머니의 마음을 아는 사람은 안다. 지금 어디선가 이별하는 사람이 있다면 남은 가족의 마음을 헤아려주는 건 어떨까. 괜찮다시며 어서 가라 손사래를 치더라도 천천히 걸음을 놓고 한 번 더 뒤돌아보며 따뜻한 눈빛으로 어머니를 위로해 주시라, 세상에는 귀한 아들을 출가시키는 혜민스님의 어머니만 서운한 것이 아니고, 멀리 아프리카로 딸을 보내야 했던 나만 섭섭한 것도 아니다. 지상에 숨어서 가장 많이 우는 존재가 있다면 그건 어머니일 것이다. 어머니는 그런 사람이다. 신이 혼자 세상을 돌볼 수 없어 어머니를 만들었다는 속담을 상기하지 않더라도,

오늘 아침 TV에서 터키를 소개하는 화면 한 자락이 시선을 붙잡는다. 터미널에서 눈물을 훔치며 누군가를 배웅하는 여인이 스치는 카메라에 잡혔던 것이다. 신년 벽두에 혜민스님의 이야기를 듣다가, 딸과의 이별 장면을 떠올리다가, 수년 전 터키를 여행할 때 아들을 태운 버스가 떠나자 땅바닥에 주저앉아 목 놓아 울던 터키 어머니가 생각난 건 나도 나이가 들었다는 걸까.

노을

석양에 혼이 나가 달리던 차를 멈추고 벌판에서 길을 잃고 싶었지. 아니
그 자리에서 돌이 되고 싶었어. 시간을 멈추고 싶었다구. 유난히 붉어
아름답다는 상투적 감탄사는 입 밖으로 나오지 않았어. 뭐랄까. '살면서
받은 서러움 다 보상받는 기분?' 이제껏 단 한 번이라도 저렇게 붉게 타
오른 적이 있었던가? 라고 자문하는 일은 어리석은 짓이겠지. 길 위엔
아무도 없었으므로 노을은 나만을 위한 신의 배려가 분명했어. 입을 틀
어막고 몸서리를 친 기억은 있지만 이제 와 바로 저곳에 내가 있었다는
걸 어떻게 설명하지?

호숫가에서 물보라를 보며 평화롭게 지나가는 계절의 그림자를 쫓는
거, 250cm 크기의 낡은 목재 책상 하나 의자 하나, 좋은 음식으로 배부
른 거, 잔고 넉넉한 통장과 안락한 침대를 가지는 거, 그러나 너무 안전
하게 살지는 마. 라며 떠났던 길이었는데, 나는 그 모든 안락과 서둘러
가야 할 길과 현재의 불편을 순간에 잊고 말았어. 뭔가 불평하거나 핑계
를 대기에 노을은 터무니없이 붉었다고나 할까.

꿈을 갖는다는 것

페루에선 크고 작은 축제 때 손수레나 자판에 뽀얗게 먼지를 뒤집어쓴 조악하기 그지없는 플라스틱 장난감(?)들을 쉽게 볼 수 있다. 품목을 살펴보면 집, 자동차, 오토바이, 자물통과 열쇠, 냉장고, 세탁기, 오디오, 주방기기 등등 하나같이 소꿉놀이용품 같은데 그건 아이들을 위한 것이 아니라 모두 어른을 위한 거라고, 사람들은 처음부터 원하는 것을 선뜻 사는 게 아니란다. 잉카인의 여신 파차마마(잉카어로 '어머니 대지')를 위한 제단에 모형을 놓고 기도를 드려 그걸 갖게 되면 신이 허락해서라고 믿는단다. 집이 필요한 이는 집모형을, 자동차가 필요한 사람은 자동차모형을 놓고 기도하는 것이 일상이라고.

그날은 쿠스코 장에서 잉카전통복장을 한 젊은 여자가 담배상자만한 라디오모형을 만지고 있어 아이에게 줄 선물이냐 물으니 아니란다. 전기가 없으니 가전제품은 꿈도 못 꾸고 당장 작은 라디오 하나 갖는 게 소망이라던 그녀, 한참 후 주머니를 턴 동전과 맞바꾼 라디오모형을 들고 종종걸음으로 사라지자 자판 주인에게 진짜 라디오는 얼마냐 물으니 좋은 건 20~30솔(약 만원)쯤 한단다. 그렇게 갖고 싶은 라디오가 만원 안쪽인데 선뜻 살 수 없다니, 나는 그녀에게 라디오를 선물하지 못한 걸 후회할 뻔했으나 곧 생각을 바꾸었다. 시작이 반이라고 모형을 가진다는 건 구체적인 소망을 갖는다는 것이고 그렇게 꿈을 꾸고 그 꿈에

한 걸음씩 다가가는 삶이야말로 우리가 놓치고 가슴을 치는 행복은 아닐까 싶다.

안데스의 겨울이 끝나고 시골집 돌담위 라디오에서 흘러나오는 그녀가 궁금해하는 세상 뉴스와 좋아하는 노래를 맘껏 들을 수 있는 봄날도 머지않았으리라. 그것이 행복의 전부는 아닐 테지만 어쩌면 지금쯤 그녀는 장마당에서 냉장고모형을 만지고 있을지 모르겠다.

서울의 아침은 분주하다. 카페에 들어가 조각케이크 한 쪽과 커피 한 잔을 시켰을 뿐인데 9천 8백원이다. 잉카 여인이 그렇게 갖고 싶은 라디오 한 대 값이다. 어디에 사느냐에 따라 같은 돈이라도 향유품목과 행복의 색깔은 이렇게 다르다. 커피집을 나서며 내게 묻는다. 첨단을 달리는 문명과 물질이 정신을 지배하는 대한민국에서 현재를 살고 있는 내게 행복이란 뭘까.

동화 같은 마을 라라소냐

동화 같은 마을 라라소냐의 하루는 새소리로부터 시작된다. 싱글베드가 놓인 알베르게(여행자숙소)의 작은 창가엔 붉은 베고니아와 제라늄 화분이 작은 바람에도 향기를 집안으로 퍼뜨렸다. 잊을 만하면 딸랑거리며 지나가는 자전거는 새벽부터 어딜 그리 가는지 궁금해 견딜 수 없다. 늘어진 추리닝바지에 슬리퍼를 끌고 동네 한 바퀴 게으른 산책을 한다. 오래된 성당 주변에는 짖지 않는 개 몇 마리, 고양이 몇 마리가 섞여 있고 집집마다 잠 없는 노인과 아주머니 몇 골목을 쓸고 있다. 라라소냐 사람들은 정원을 가꾸고 창가의 화분을 돌보고 텃밭을 가꾸기 위해 사는 사람들처럼 모두가 특별한 정원을 갖고 있다.

뚱보아저씨가 자전거에서 내려 집집마다 대문에 걸린 천주머니에 막대빵을 넣고 간다. 밤새 빵을 구워 새벽에 배달하는 거라는데 어느 집은 세 개 어느 집은 한 개다. 빵아저씨가 한 바퀴 돌아 내 앞에 멈추었을 때 빵의 수가 식구 수인지 물었더니 그렇단다. 그래서일까. 대문에 걸린 빵 주머니가 행복 혹은 슬픔으로 보이기도 했다. 시골마을이어서 대부분의 주민이 노인들인데 빵 두 개는 두 사람이 사는 집이니 다행이지만 빵 하나는 독거노인을 일컫는 것 같아 쓸쓸해 보였기 때문이다.

빵 두 개가 있는 대문은 정원노 살 꾸며셔 있고 따뜻한 온기가 느껴시시

만 빵이 하나인 대문은 집도 낡았거니와 제대로 된 빵주머니 하나 만들지 못하고 겨우 종이백이 걸려있는 것도 마음이 쓰였다. 세상에서 가장 자연스러운 것은 사랑하는 두 사람이 함께할 때고 거기에 조금 더 욕심을 부리자면 많은 가족이 한 지붕 아래 더불어 살 때다. 언젠가는 어느 누구라도 여러 개의 빵이 두 개로 바뀌고 그 두 개의 빵이 다시 하나가 되는 날이 올 것이다. 빵이 곧 삶이고 사람이고 사랑이라는 거 산티아고 가는 길 라라소냐의 아침을 산책하던 날 낡은 담 너머 장미꽃에게 인사하면서 알았다.

날마다 조금씩 나아지고 있는 삶

여행은 배낭에 무엇을 넣을까 고민하는 순간부터 시작이지만 일상으로 복귀한 후에도 길 위에서의 날들이 어제 일처럼 생생하다면 몸이 어디에 있든 여행은 계속되고 있는 것이다. 그러니까 여행은 안주 혹은 정주의 반대말이 될 수 없다.

욕망을 긍정한다고 타락이나 방종을 허락하는 건 아니지만 살면서 행복 대신 일등이나 부자가 되려는 욕심에 눈이 멀어 알게 모르게 상처를 준 일이 얼마나 많았을까. 여행은 그런 나를 반성하게 했다. 고통과 시련은 집 밖을 그리워 한 죄의 대가로 달게 받겠다. 그리고 깊고 따스하고 흔들림 없는 영혼을 만날 때마다 심장이 터질 듯 좋았다는 것에 감사하며 '아니오'라고 말해준 모든 이들에게도 같은 인사를 대신하고 싶다.

'여행 중에는 여행만 생각하자.'

출발은 단순했다. 하지만 단순하지 않다는 걸 알았고 날로 걷잡을 수 없는 감정으로 웃음과 눈물샘이 발달한 것도 아울러 감사한다.

유랑자는 머문 자리에 미련을 갖지 않아야 하고, 때가 되면 가뿐하게 손을 흔들고 새로운 환경에 감쪽같이 적응하는 기술을 연마해야만 한다. 부족하지만 그것이 나를 견디게 하는 힘인 걸 어쩌랴, 여행은 몸으로 실천하는 것이어서 어떤 경우에도 두 발로 문지방을 넘는 사람을 이길 수 없다.

나는 혁명을 꿈꾸었으나 분노를 터트리고 수습하는 데는 미흡했다. 서툴고 세련되지 못한 감정들 사이에서 마음을 숨기기에 급급했던 것이다. 더러는 타인보다 나를 위해 비겁한 타협을 했다. 가엾게도 이성은 광기를 제어했고 기막힌 희열이나 쾌감에 도달하기 위해선 나를 바닥에 던지는 일 따윈 뒷전이었다. 작파하고 나를 스쳐 간 모든 것들이 지금의 나를 만들어 왔다는 걸 무엇으로 부정하겠는가.

묵은 노트를 뒤적이며 힘들고 슬픈 일, 가슴 아픈 일, 즐겁고 보람된 일, 감정을 주체할 수 없었던 일, 무지개를 만났던 일, 더러는 아버지 심부름 가다 한 장뿐인 지폐를 잃고 우는 아이처럼 난감할 때도 있었지만 추억을 되새김하는 동안 그곳으로 되돌아간 듯 예기치 못한 폭풍감정에 휩싸이기도 했다. 더러는 참말이라며 거짓말도 했을 것이고 미완성이기에 완성인 것도 있었을 터다.

많은 사람을 만나고 미각을 자극하는 음식과 축제와 박물관을 돌아보는 것만이 여행은 아닐 것이다. 거기엔 의식을 자유롭게 확장시키는 정신적 향유 '사색여행'도 존재한다. 어느 여행자는 좋은 여행의 정의를 '내 것을 나누어 그들을 아름답게 하는 일'이라 했지만, '그들의 좋은 점을 발견 내 삶을 이롭게 하는 것'으로 반대해석을 붙여도 좋겠다.

인류애를 생각하면 아프리카로, 죽음을 생각하면 인도로 가야 한다는 것도 관념에 불과하다. 어디든 나를 온전히 맡기므로 일체감과 충족감을 동시에 느끼는 내 여행의 멘토는 역시 사람이고 길이다.

쉿! 이제 입을 닫을 때다. 신(神)이 너무 가까이에 있다. 모두에게 미안하다. 숨어 우는 새처럼 살고 싶었으나 그러지 못했다. 그래서 더 미안하다.

"내 상상이 번번이 실패하는 일 따윈 두렵지 않다. 아직도 여행을 생각하면 가슴이 뛰니까. 그리고 새로운 길에 설 때마다 느낀다. 내 삶은 조금씩 나아지고 있으며 앞으로도 그럴 거라고."

사과나무가 있는 국경

●

초판 1쇄 발행   2017년 07월 10일

●

글쓴이   김인자

●

펴낸이   김왕기
주간   맹한승
편집부   원선화, 이민형, 김한솔   **마케팅**   임동건
디자인   푸른영토 디자인실

●

펴낸곳   **푸른영토**
  주소   경기도 고양시 일산동구 장항동 865 코오롱레이크폴리스1차 A동 908호
  전화   (대표)031-925-2327, 070-7477-0386~9 · 팩스 | 031-925-2328
  등록번호   제2005-24호.(2005년 4월 15일)
  홈페이지   www.blueterritory.com
  전자우편   designkwk@me.com

●

ISBN 979-11-88292-22-6   03810
ⓒ김인자, 2017